村聲迴響

聆聽香港村校記憶

史嘉茵　著

中華書局

公立學校

目錄

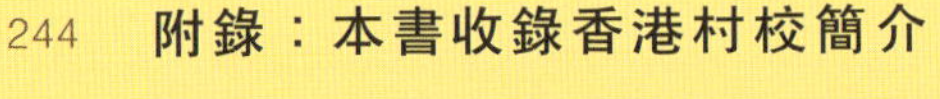

第三章：守護村校的人

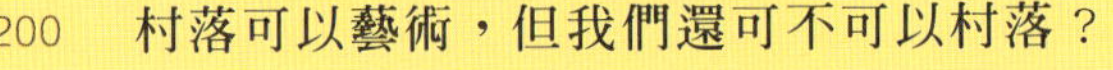

第四章：三十首村校校歌簡譜

序一

鄉郊保育　不僅保存過去
更以創意　傳承邁向未來

黃錦星 GBS, JP　建築師、前環境局局長、無止橋慈善基金主席

我推薦有心年輕人史嘉茵所著《村聲迴響：聆聽香港村校記憶》，既傳承着過往的智慧，更滋養着未來的可能。

2021 年疫情期間，時任環境局局長的我，案頭收到關於鄉郊保育諮詢委員會的青年委員自薦計劃首屆遴選結果，文件建議青年委員名單男女各一，女名：史嘉茵。此委員會於 2019 年成立，予保育偏遠鄉郊地方如荔枝窩的工作提供意見。因當年疫情，我主持委員會會議時均在線上進行，未有緣與新任委員們親身接觸，但感年輕人對保育鄉郊之心。

鄉郊保育

2022 年中，香港特區政府換屆，我任滿後，回復在民間從事保育及環境相關的公益工作。同年年底，有一回我路過沙頭角梅子林村，巧遇在此村落工作中的女生，自稱「阿史」，言談間，我才發現她就是上述當選的自薦青委史嘉茵。原來自 2022 年，阿史進一步投入了「森林村落：梅子林蛤塘永續鄉村計劃」的職務，於山旮旯實戰。從此，她與沙頭角一帶的鄉郊復育，結下不解緣，甚至舉家遷入沙頭角為家，此進駐可見她復育「家」鄉之心。

2024 年，我的書《邁向碳中和：香港人和事》出版，書載四十篇香港環保及保育故事，當中「復育鄉郊的在地藝術試煉者」的故事主角，就是沙頭角生態文化協會主席李以強先生和阿史。於沙頭角一帶，阿史以音樂藝術工作者背景，加上她對舊物好奇的探知力、對人物友善的親和力，以及對事物傳承的創新力，協力與夥伴們保存過去，並且結合藝術及創意傳承，愈來愈見她對保育承擔之心。

鄉郊熱戀

至今年，輪到阿史的著作《村聲迴響：聆聽香港村校記憶》出台。原來，她自 2013 年已展開與香港村校及至鄉郊的愛情長跑，初戀始於如詩如畫的鄉村校歌：「雲山蒼蒼，碧樹茫茫，田疇樹綠，稻麥飄香。」至今，她記錄了三十間村校校歌，經歷包括為糧船灣校園創作校歌，並有感而發：「保育不僅是保存過去，更是以創意延續記憶的生命力⋯⋯這或許就是傳承最動人的模樣——不是將回憶封存，而是讓它在當下繼續生長。」我喜見十餘年來她熱戀鄉郊之心。

另外，阿史從我寫的《邁向碳中和：香港人和事》，偶然發現我在大學時期，建築設計論文竟然關聯村校，在她好奇心驅使下，令我重訪當年村校，訪談中被她進一步掘出我與村校的多段情緣，穿越三分一個世紀，當中故事串連小學時、大學、時任環境局局長及現任無止橋慈善基金主席的我。她將之化為「一份大學論文　1980 年代的城鄉共生夢」一文，收錄於她書中第三章「守護村校的人」之內。鄉村校歌可活現香港歷史片段，村校校舍可活化配合新時代所需，此書更可激活我們想像城鄉共生之心。

鄉郊機遇

近年國家在積極推動鄉村振興的戰略，香港亦啟動了偏遠鄉郊保育的政策，亞洲區內也有稱為地方創生之類的倡議，而香港於 2021 年出台的北部都會區發展策略提出了城鄉共融的規劃重點，沙頭角墟及附近鄉郊正位處北都內東隅，定位是藍綠生態圈，宜保育宜旅遊。當下，阿史鍾情的鄉郊工作及至著作出書，正好與此時代的新里程同頻共震，機遇處處，值得更多如阿史的年輕人去發現，緣份到可深入參與其中，合譜鄉村振興的青春交響曲。歡迎更多年輕人到沙頭角一帶鄉郊，探索北都藍綠之心。

此書生得逢時，正值香港北都項目熱議如何好好落實城鄉共生的未來。阿史對香港村校以至鄉郊的「所聽、所留、所護」，分載於書中三大篇章，從中可發現她處處奇遇的發現，於我對城鄉共生想像，啟迪良多，阿史更在書中後記「村校校歌與城鄉的未來對話」吐露心聲。整體而言，我欣見阿史投入保存過去及邁向未來兩兼之心，值得推介。

序二

海　星　鄉師自然學校校長

「雲山蒼蒼，碧樹茫茫，田疇舒綠，稻麥飄香。」這是村校坪洋公立學校（坪洋）校歌頭兩句。這兩句歌詞，一直記在我心裏，有時想起坪洋，便心裏會自然地唱起來。

我不是坪洋的學生，但是我和坪洋的緣份都幾深，因為爸爸是坪洋的書記，人稱葉書記，我自小便去坪洋玩，家裏還有我幼兒時，在坪洋著名的石滑梯前面，和媽媽的合照。小時候，每年爸爸都會帶我去參加一年一度，由坪洋村舉辦的天后誕，那時會看見坪洋學生的身影，學生不只是在學校上學，還會為坪洋村的大節日服務，學校亦會放假，讓學生去幫忙或看大戲，這是社區和學校緊密合作的例子。

此外，爸爸每年都會帶我們去探望歷任校長，印象最深的是關校長和胡校長，關校長晚年中風，特意學習用左手，繼續寫書法，那種不畏艱難的精神，也許間接造就我今天創辦自然學校時，不怕苦、不怕難的能力。

後來，九七年回歸，當年有很多教師移民他國，坪洋教師校長亦如是，當年只餘下兩位教師，要請人，爸爸問我要不要去坪洋當教師。那年我正在當社區幹事，正在想自己的未來，大學畢業時也想過當教師。當年政府大力發展新市鎮，北區開了很多又大又新的學校，坪洋面臨縮班，甚至有殺校危機。但是學生人數小，又轉全日制，這反而吸引我，便答應了爸爸，去做村校教師，亦開啟了我的教學生涯至今。

第一年當教師，坪洋只有二十九位學生，只有三班，一班有兩級，我要負責三四年級的班主任、常識和中文教學，也要教一五年級的英文。數理出身的我，要教六個主科，居然還有自己不擅長的中英文，也真的不容易。複式教學，也令我很苦惱，後來讀教師文憑，問教育學院的老師，他們也不知道如何有效教學。我經常行山，知道很多村校都是要複式教學的，因為村裏學生人數少，我甚至見過只有一個教室的村校，所以複式教學理應是村校的教育常態。也可能要面對巨大的學習差異，成就我接受和敢於面對差異的心態。

當了坪洋的教師，爸爸多了分享坪洋建設的歷程。最記得創校早期沒有大量資金，學校建設都是教職員一磚一瓦的造出來，每當有村民從外國回來，都會捐贈英泥，一點一點地，把坪洋建設起來。學校是村民的一部份，是社區的一部份，有錢出錢，出物資，出人力，如此，成就了坪洋的基礎建設。記得自校創校當年，也是沒有大量資金，創校資源是向社會大眾募捐得來，沒有錢，便出力吧！那時，很多坪洋學生也有來自校幫忙搬物資的。

後來，因為跨境學生，坪洋得以廣收學生，最高峰時開七班。但是，縮班殺校潮再臨，邊境及開班政策的改變，令坪洋沒有辦法錄取足夠的小一學生，於 2006 年結束。坪洋結束，令我感到可惜，坪洋在村校之中，地方之大，比市區小學還大，有足球場，有籃球場，有禮堂，交通亦便利，其實極為適合需要空間或有特殊需要的學生入讀，甚至適合做各種小班小校的教學試驗。但教育局只考慮成本，不考慮教育的效果，是我不甘心的地方。

後來，我知道，我爺爺是另一所村校東莞學校的校監，我爸爸是村校的書記，而我當過坪洋的教師，還創辦了鄉師自然學校，做校長至今。年青時沒有想過，教育是我一生的工作，當年答應做坪洋教師，心裏只想做六年，結果坪洋結束了，還繼續創辦自然學校，延續村校的歷史使命，為不同學習需要的學生，提供村校獨特的學習環境，那種小就是美的大同世界。

坪洋的故事，也是香港村校的故事，這本書由校歌開始，帶領大家認識村校的人與事。而我心裏還是期待，靠近自然、規模小、較人性化的村校，能成為開放教育的搖籃，令多元教育能在香港開花結果。

序三

校歌譜寫被遺忘的庶民故事

黃競聰博士
長春社高級保育經理（文化保育）

研究村校歷史是無心插柳的，多虧了多年前的「有你有我有田有山有水有意」村校校歌展啟發了我，原來村校擁有特別磁場，通過唱誦校歌，能凝聚不同階層、不同年齡的校友。當提及那段青蔥的歲月，校友彷彿忘卻自己的身份和地位，盡情分享被遺忘的庶民故事。村校，就有這種魔力，我亦燃點起研究村校的興趣，也成為介入鄉村歷史敘事的新視角。

新界村校發展基本上分為五個時期，分別是卜卜齋時期、方興未艾時期、蓬勃發展時期、衰落時期和後村校時期。

卜卜齋時期

1898 年前，香港新界的適齡兒童均接受傳統「卜卜齋」教育。新界各族稍有經濟能力均自建書塾或書室，以鼓勵族人求功名，顯家聲。這時期的學校大部份都是沒有獨立的校舍，而是大多依附村中祠堂、廟宇和書室等作為教育場所 。

村校方興未艾時期

二次大戰後，香港人口急劇增長，政府推出《十年建校計劃》和《小學擴展七年計劃》，以回應適齡學童人口增加的需求。當時正值香港百廢待興之時，政府財政緊絀，但鄉村校舍設施又嚴重不足，政府遂採用「一元津貼一元」的撥款形式，鼓勵官民共同建校。新界鄉村興起辦學潮，傳統私塾逐漸被淘汰，部份則轉型為公立學校。

村校蓬勃發展時期

踏入 1960 年代，鄉村學校如雨後春筍般湧現，全盛時期更是「處處鄉村處處校」。隨着新界適齡學童日增，原有校舍不足以配合教學的需要，政府實行半日制教學，分設上、下午班，提供更多的學額。與此同時，很多村校擴建校舍，加建課室，或另闢土地興建新校舍。

村校衰落時期

自 1970 年代起，不少鄉村人口移居市區，村校學生人數開始下滑。到了 1980 年代中期後，村校更逐漸出現收生不足的情況。2002 年，政府推行學校改善工程計劃，多間村校進行翻新。同年，小學縮班日趨嚴重，教育署遂頒佈《統整成本高及使用率低的小學》文件，殺校潮湧現，地點偏遠、師資配套不足的村校首當其衝。

後村校時期

村校停辦，校舍失去原有功能，很多村校遭荒廢，甚或被拆卸。按統計，2015 年，香港共有 234 間閒置校舍，不少位處新界地區。近年，社會大眾關注文化保育，舊建築活化再利用的概念逐漸為大家所接受，坊間亦開始探討閒置空間持續發展的可能性。

近年，史嘉茵（阿史），成立香村，走訪不少村落，錄製校歌，藉此收集了很多珍貴的村校故事，今將之出版為《村聲迴響：聆聽香港村校的記憶》實屬難能可貴，寄望這只是記錄村校故事的開端，日後有更多有心人用嶄新角度譜寫被遺忘的庶民故事。

序四

守護鄉土記憶的旋律
——寫在《村聲迴響：聆聽香港村校記憶》之前

陳月明　立法會議員、北區區議員、打鼓嶺區鄉事委員會主席

捧讀史嘉茵女士的《村聲迴響：聆聽香港村校記憶》，那些被歲月塵封的旋律與故事，如新界鄉間的晨露般清新撲面，帶着泥土的氣息與時光的溫度。作為土生土長於新界鄉村，並長期服務社區的立法會議員，這本書喚醒了我對自己家鄉最深沉的記憶與責任。

在香港這座國際都會高速發展的背後，新界村落中那些曾經星羅棋布的村校，承載着幾代人的成長印記。它們不僅是傳道授業的場所，更是維繫社區情感、傳承本土文化的重要紐帶。我的母校坪洋公立學校校歌中「雲山蒼蒼，碧樹茫茫，田疇樹綠，稻麥飄香」的詞句，生動勾勒出新界村落昔日的田園風光，唱出了人與土地之間最質樸的情感連結。書中記載的吉澳公立學校建校往事——村民砍伐樟樹籌資、水陸並進興學的感人故事，正是新界居民重視教育、團結互助精神的真實寫照，這種精神至今仍是鄉村最珍貴的遺產。

書中最打動我的，是那些默默「守護村校記憶」的人們。面對「殺校潮」仍堅持研究的學者、四處奔走搶救文物的收藏家、讓消逝旋律重獲新生的音樂人，以及史嘉茵女士帶領的「香村」團隊——他們以藝術為媒介，深入鄉村記錄、活化這些瀕臨消逝的記憶。這種與時間賽跑的「文化保育」，不僅保存了有形與無形的文化遺產，更點燃了社區參與的熱情。當看到坪洋校友時隔數十年再度齊唱校歌的畫面，當聆聽《香村》專輯中那些源自村民生活的動人旋律，我深刻體悟到：真正的文化保育，核心在於「人」的情感共鳴與記憶傳承。藝

術，在此成為連結過去與現在、城市與鄉村、不同世代的重要橋樑。

作為打鼓嶺鄉事委員會主席及坪洋公立學校校友，書中關於母校的記述令我倍感親切。這所學校曾是連結打鼓嶺周邊多條村落的重要樞紐，是培育鄉情、凝聚社區的精神家園。它的興衰歷程，可謂香港眾多村校命運的縮影。史嘉茵團隊在廢棄校舍舉辦的藝術節活動——透過足球賽、音樂會、單車導賞等創新形式，不僅讓校友重溫舊夢，更向公眾展現了村校建築的歷史價值與空間潛力。這種創造性的活化實踐啟示我們：文化保育不是將過去封存於博物館，而是要以創新方式賦予其當代生命力。

《村聲迴響》的意義，遠超於記錄三十首村校校歌或講述幾段往事。它是一部生動的香港鄉村教育史，一部飽含溫情的社區文化誌。在現代化浪潮中，這些看似微弱的「村聲」——那些承載集體記憶的校歌、故事與人物，實則是構築香港多元文化圖景的重要拼圖。它們代表着一種可貴的精神：對家園的認同、對教育的堅持、對傳統的守護，以及社區互助的情誼。這種精神，正是香港社會持續發展的深層根基。

守護這些記憶，就是守護香港文化的根脈。在此，我要特別感謝史嘉茵女士及所有參與者的付出，是你們的堅持與熱忱，讓這些珍貴的「村聲」得以繼續迴響。期待這本書能喚起更多人對新界村落歷史文化的關注，共同思考如何在現代化進程中更好地傳承我們的鄉土記憶與文化基因。願這些迴響不僅留存於書頁之間，更能持續激盪於社區之中，成為照亮香港未來的溫暖燈火。

前言

由稻麥飄香的校歌說起

「雲山蒼蒼，碧樹茫茫，田疇樹綠，稻麥飄香。」這是坪洋公立學校校歌的頭四句歌詞，我永遠記得頭一回聽到的時候，如詩一般讓我驚艷不已，聽得眼睛都亮了：「哇！村校校歌這麼美？」

靜靜佇立在坪洋新村的坪洋公立學校，於 2007 年停辦。2013 年，我第一次踏足村校。走過一座靜靜矗立的金字頂長方形禮堂，從校內籃球場遠眺，校舍在綠意環抱中延伸至視線盡頭，正是歌詞中精煉的「碧樹茫茫」。當時帶我參觀的坪洋新村村民兼舊生張貴財（財哥）解釋，「頭四句是形容學校環境有多美。」財哥在村中指着遠方解釋：「你看天空多大，四周的樹多茂密。『田疇樹綠，稻麥飄香』是講我們坪洋的特色。」至於坪洋，本來就有一大片平坦汪洋的意思，財哥指平坦的土地最適合種稻，稻米快收成的時候，風一吹就會傳來陣陣穀香，所以叫「稻麥飄香」。「我家就在學校對面，以前是種米的。寫校歌的人，肯定是聞到我們田裏的香味才這樣寫。」

從小在城市長大，鮮有接觸鄉村，更莫說稻田，這一切對我來說，都非常新鮮和充滿故事性。歌詞生動描繪出這所學校被綠樹環繞、四處稻麥的環境。就是那個當下，我恍然大悟。原來校歌不只是一段旋律，更連繫着數代的情感。歌詞把村落的景物留住，物換星移，村落景物即使面目全非，但村校校歌把景色定格。這首歌正把當年坪洋公立學校的景色凝成有旋律的圖畫，也打開了我對收集村校校歌的興趣。

「空城計劃」埋伏筆

村校校歌對很多人來說都很陌生，當中盛載的村校故事，散落在廢棄校舍的角落，或是塵封在舊生的記憶中，如果不是因為 2012 年的「空城計劃」，或者我也無緣發現這些珍貴旋律與文字。

我自幼對藝術本身及香港的舊物風情始終懷抱特殊情感，閒暇時總喜歡在城市巷弄間漫遊，仰望唐樓的斑駁外牆，駐足觀察街角小店的日常。從香港演藝學院音響設計及音樂錄音系畢業後，我渴望擁有一個能安靜創作的空間，於是與幾位同窗開始了尋找工作室。我們看過十多處工廠大廈單位，大多位於頂層那些需要多爬一層後樓梯、看似違建的鐵皮屋。當時天真地以為這些「交通不便」的角落租金會較低廉，卻發現不僅價格超出預算，空間條件也大多不盡理想。

正當我們幾乎要放棄時，工廠區裏那些即將被「強拍」的廠廈，以及街道上長期空置的店舖，突然點醒了我 —— 為何不利用這些閒置空間？若能以短期低租金提供空間給藝術工作者，既能解決我們的創作場地需求，也能為其他藝術家創造展示平台。然而，我對城市空間使用權等專業知識一無所知。於是向剛結識、擁有建築背景的朋友盧韻淇（Wiki）分享這個構想，她立即表示支持，並引薦了城市研究者黃宇軒（Sampson）。同時，我也邀請了表演藝術家陳冠而（Fee）加入。2012 年夏天，我們正式成立「空城計劃」（emptyscape），旨在活化城市閒置空間，將空置店舖、廢棄校舍甚至廠廈轉化為表演場地或工作室，為本地藝術家提供創作基地與展示舞台。後來隨着成員變動，建築師阮穎彤（小丸）、何其穎（May Ho）、藝術愛好者新英東（阿東）、陳健忠（Peter）及記者蔡德蕙（Cindy）陸續加入團隊。這個起初憑直覺開展的實驗性計劃，當時並未預見它將帶我走遍香港不同的村校校舍，成為日後「搜集村校校歌」計劃的重要伏筆。

荒廢美麗的坪洋公立學校

當我們在城市空間的探索遭遇瓶頸時，「新界東北發展計劃」的出現意外地將我和團隊引向了打鼓嶺坪輋這片陌生的土地。記得那是 2012 年 12 月，一個格外寒冷的冬日。我們從粉嶺火車站轉乘 52K 小巴，在「九記」站下車。踏入坪輋的瞬間，天氣預報中「打鼓嶺氣溫比市區低幾度」的警示頓時變得真切可感。

在那裏，我們遇見了坪洋公

立學校 —— 這所創校逾四十載的村校。對我這個從未接觸過村校，甚至對「村校」概念都一知半解的城市人來說，是一次全新的認知起點。隨着坪洋新村村民財哥的腳步，我們從籃球場旁的鐵絲網缺口彎身進入校園，蓊鬱的樹影便映入眼簾。我們小心翼翼地繞過籃球場上那些因歲月沉澱而發黑的污漬，財哥不斷提醒：「別踩那些黑斑，會滑倒的。」穿過半開的木製大門，看到一座金字頂的長方形禮堂。禮堂內，洗米石鋪就的舞台在陽光下泛着溫潤的光澤。當我的腳步聲在空間裏迴盪時，不禁脫口而出：「這裏簡直是舉辦音樂會的絕佳場所！」

跟隨舊生探索校舍的過程中，我們登上小丘，整片校舍群豁然展開 —— 淡黃色外牆的金字頂平房教室一間連着一間。村民財哥與幾位舊生沿路熱情地向我們述說校園往事，財哥指着右側空地回憶：「這裏原本有個魚池，是關錫康校長帶着學生親手建造的。」轉頭又指向左邊：「看那條石造滑梯！當年不知磨破了多少條校褲呢！我們有份幫手建造的！」透過略顯斑駁的窗門玻璃，教室內的景象令人屏息：墨綠色的講台與黑板依然佇立，黑板上還留着先前訪客的粉筆塗鴉。2007年的學生作品仍貼在佈告欄上，時間彷彿在此凝固。散落的課堂桌椅靜靜訴說着過往的讀書聲。

穿過一片及腰的雜草，眼前豁然開朗 —— 一個標準的七人足球場展現在眼前。球場邊緣的鐵絲網外，是連綿的蒼翠山巒。財哥跟我們分享了開首提及的校歌含義，又在球場中央講述更多校園軼事：兒時的頑皮事蹟、校園必備的鬼故事，以及這所學校的興衰歷程。

我仰頭望向天空，冬日的雲層泛着灰白，卻掩不住這片空間帶給我的震撼。一所村校的美麗不僅在於建築本身，更在於它以至相連的故事，與自然和諧共存的生命力。在這座被蒼翠樹木環繞的靜止校園裏，每一處角落都在訴說着故事，而我們正成為這些記憶新的見證者。

記錄校歌　多代舊生重唱

2013年，我們八人團隊決定在坪洋公立學校舉辦第一次在地藝術節，邀請不同領域的藝術家與村

☰ 攝於 1960 年代的坪洋公立學校。照片由坪洋公立學校舊生提供。

☰ 坪洋公立學校禮堂早已荒廢，室內牆身原為米白色。殺校後，有製作公司租用坪洋公立學校作拍攝場地，因此油上了綠色。

☰ 荒廢校舍的外牆。

民，以「坪洋公立學校」為主題，創作各式藝術作品與活動。由於我認為校歌與校徽都是一所學校的靈魂所在，是喚醒集體記憶的鑰匙，因此無論如何都想找到校歌的全貌。然而，我發現當時認識的坪洋舊生之中，有人說校歌的記憶模糊了，有人害羞推辭，有人只記得零碎片段，無法唱完全首。幸而，就在我們幾乎要放棄時，平時沉默寡言的興哥挺身而出：「我記得怎樣唱，我唱給你聽。」他笑笑口地開始認真唱，那刻我彷彿看見時光倒流，也得以完整記錄這所村校的校歌。在藝術節開幕當天，活動甚至得到新一代舊生如妹的幫忙，邀請了大約四十位，由二十多歲到七十多歲的舊生們，齊聚這已荒廢的長方形學校禮堂中重唱這首校歌。大家的聲音混在一起，那質樸而滿有記憶的歌唱好像穿透了我，令我「毛管戙」！

我突然清晰意識到，這首歌真的就像一條時光隧道，把不同世代的人都連在一起了。年長的唱的是親身經歷的田園風光，年輕人唱的則是對過去的想像。雖然現在學校周圍的景色已經不一樣了，但這首歌讓我們看見了從前的坪洋。我不禁開始思考：香港其他村校的校歌，是否也藏着這樣動人的土地故事呢？

藝術節發掘的村校回憶

動人的村校的故事，可以在校歌裏發掘，也存在於村民的回憶裏。在舉辦第一屆空城藝術節「坪輋．村校．展演」的過程中，我們特別注重三個核心理念：邀請多元藝術家進行在地創作、鼓勵村民共同參與，以及善用學校原有環境，過程中發掘了很多舊生故事。

最令人難忘的莫過於一場足球友誼賽。許多校友都曾提起，原來當年他們有份親手參與修建坪洋公立學校足球場，童年最快樂的時光就是在這裏奔馳踢球。老校友更在場邊指着某個角落，回憶當年他們如何搬運沙石，夷平小山丘去建成這球場。當我們邀請坪洋舊生組成足球隊，在這塊場地上再一次進行比賽時，那些飛揚的汗水、熱烈的歡呼，都像重現昔日的村校時光。

又如另一個藝術節的創新嘗試是由古洞公立愛華學校校友李肇

足球友誼賽花絮，白衫為坪輋村民隊，藍衫為人民足球隊。

第一屆空城藝術節「坪輋．村校．展演」也舉辦了「碧樹雲山．稻米飄鄉」音樂會。當日飄揚朗朗童聲，歌唱校歌的禮堂內，重現熱鬧人聲。

1980 年代，坪洋公立學校學生合唱團於禮堂作校慶唱歌演出。

〓 在原已荒廢的坪洋公立學校舉行音樂會，彷彿連結過去和現在。

華（華哥）帶領的單車導賞團。六月的烈日下，華哥騎着單車，帶領參與者穿梭於東北山鄉的巷弄田埂。他一邊踩踏，一邊講述童年趣事：哪棵老樹下曾是他偷懶午睡的地方、哪條小路通往當年的秘密基地。令人動容的是，儘管汗流浹背，華哥始終笑容滿面：「像我們這些村童，都在這種地方長大，流汗是平常事！」

用音樂延續村校故事

「坪輋．村校．展演」四天的活動留下很多有趣的村校故事，也在舊地創造了新的回憶，讓更多人對香港村落的歷史產生興趣。活動結束後，一連串問題開始在我腦海中縈繞：這些看似尋常的村落為何對我產生如此強烈的吸引力？我為何執着於在香港村落進行創作？更重要的是，如何讓更多人看見這些村落的獨特價值？

活動籌備以來，我深刻體會到藝術與村落的緊密聯繫。當時香港對「在地」概念仍陌生，我們像摸着石頭過河，透過村校舊生的記憶說故事，與村民建立深厚情誼。在戲劇、裝置藝術等形式外，我思考如何讓音樂真正融入香港村落。音樂人邱立信（Nelson Hiu）曾因窗外鳥鳴創作夏威夷吉他曲，我受他啟發，明白音樂靈感可來自生活每個角落。加上本土樂隊「迷你噪音」描寫基層生活的歌曲，萌生了讓村民成為音樂創作者的想法。加上坪洋公立學校舊生合唱校歌的感動，促使準備 2016 年第二屆「坪輋．村校．之外」藝術節時，有了要做《香村》大碟的計劃 —— 邀請音樂人與村民合作，將生活故事化為旋律。

村民初時總靦腆說「不懂創作」，但當談起童年往事，眼神便亮起來。古洞的華哥平日務農，年輕時竟是樂隊成員；坪輋十八歲的朗仔熱愛饒舌，我們促成他與 MC 仁合作。我們也邀請民謠、電子、饒舌等不同風格音樂人參與，對創作保持開放態度。《香村》專輯收錄的十首歌曲中，創作過程始於真誠的傾聽，音樂人先與村民交流生命故事，再將這些情感轉化為旋律。在坪輋村民住了三代人的家中、在馬屎埔的梧桐河旁，當村民聽見自己的故事被譜成的歌曲，並在他們生活了大半輩子的環境中錄製完成時，那種感動是錄音室永遠

☰ 2016 年舉行第二屆空城藝術節，其中一個活動是在位於打鼓嶺的珍記農場舉行《香村》大碟發佈會。音樂會舞台由 HOUR25 Production 設計，以透白的布、竹枝、繩組成，並以卡板做觀眾席。此舞台設計在 2019 年獲得「布拉格劇場設計與空間四年展 2019 」中表演空間設計項目最後四強榮譽。

☰ 坪輋村民財哥與其他參與《香村》專輯的音樂人，曾一同步上位於中環海濱的 Clockenflap 主舞台高唱《噹噹山舞曲》。當世界各地人們對於香港的印象只有維多利亞港，他們用質樸的歌聲，把香港的另一面 —— 來自新界東北的鄉情，傳遞到城市最繁華的中心。

無法複製的。他們向我講述村校裏的師生情誼，分享兒時在田野間玩耍的回憶，端出自家種植的新鮮菜苗招待製作團隊，也不避諱談及村中的矛盾與紛爭。

這些歌曲藏着老一輩村民半生的記憶，也承載着年輕一代對村落的感悟。若不及時記錄，這些聲音會不會像荒田裏的野草，終將被時光淹沒？整個創作過程讓我看見更多香港村落的價值、村校和村落的生活，這些都令在城市長大的我，覺得需要把村校校歌有系統地記錄下來，將這些可能消失的村校文化保存並推廣。

村校校歌採集之旅

2013 年，我開啟了這段始料未及的村校校歌採集之旅。至今走訪三十所村校，邀請校友們重聚，錄製那些幾被遺忘的旋律，收集他們對校園生活的點滴記憶。這個過程，不斷重塑我對香港村落的認知與想像。

起初，這只是一個單純的念頭。懷着純粹的好奇，我開始尋找散落各處的村校校歌，當時並未設想這個看似簡單的初衷，會成為日後一連串創作與相遇的起點。這趟旅程中，最珍貴的收穫是與「村落人」的相遇。他們慷慨地向我敞開

《香村》收錄歌曲：

1 自由或消失（音樂人：崔展鴻　村民：陳淑鳳 @ 坪輋）

2 This Day We Fight（音樂人：The Interzone Collective　村民：小朋KK@坪輋）

3 梧桐不同（音樂人：Ky@libido　村民：Becky Au@馬屎埔）

4 門前蓮塘（音樂人：MC Yan　村民：阿朗@坪輋）

5 初心（音樂人：Wonderland　村民：如妹一家@坪輋）

6 Village Woman...little mountain（音樂人：邱立信［Nelson Hiu］村民：邱烙汶［Candy Yau］@坪輋）

7 豬農阿咕（音樂人：黃立青　村民：阿咕@坪輋）

8 城（音樂人：煤炭書樓　村民：珍姐@坪輋珍記農場）

9 忘夢洞（音樂人：陳柏達、曹疏影　村民：華哥@古洞）

10 噹噹山舞曲（音樂人：老 B　村民：張貴財@坪輋）

大碟主要混音師：Edmund Leung、小白

☰ 2019年，我成立的非牟利藝術組織「香村」出版《村校校歌》，收錄了第一階段採集的九首村校校歌。

☰ 受村校校歌歌詞中描述村落環境的美學影響，製作了這張《香村》專輯，作為一個能以聲音留住村民眼中村落的平台。

大門，帶我認識真正的鄉村生活和來自土地的智慧，這些都不斷刷新我的感官體驗，激發更深的好奇。特別要感謝他們的包容，讓一個「城市人」得以慢慢上山下鄉，了解村落生活，融入再建立。

尋找校歌的過程，有時循着蛛絲馬跡追尋，卻發現旋律早已隨校舍傾頹而逝；有時意外在茶餘飯後的閒談中，收穫完整的歌詞手稿。

而最令人驚喜的是，身邊原來一直存在着許多「村落人」，正是他們對故土的眷戀，不斷提醒着我記錄這些聲音的迫切性。

如今回想，採集校歌從來不只是關於音樂。這些旋律是一座座無形的橋樑，連接着人與土地、過去與現在。當歌聲再次響起，消失的風景便在記憶中復活，而這正是我最想留住的香港故事。

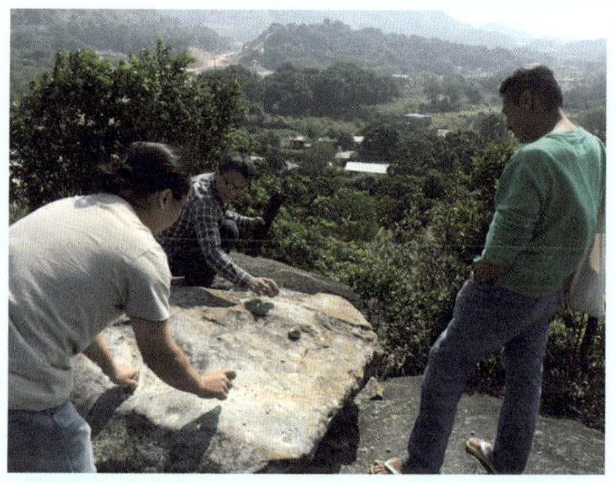

☰ 圖中為噹噹山上的「噹噹石」，音樂人老 B 興奮地嘗試敲出噹噹的聲音，去激發創作的靈感。

《噹噹山舞曲》：一首守護家園的時代之歌

「噹噹山，是我家鄉」這簡單而有力的歌詞，道盡坪輋村民財哥對家園的深情。噹噹山因山上能敲出「噹噹」聲的巨石得名，這首歌記錄了村民守護家園的承諾。2012 年「新界東北發展計劃」啟動時，財哥積極投入保衛行動，將堅持化為歌詞。從中也可看到一首歌如何記錄香港村落歷史的一頁。

〈噹噹山舞曲〉

風蕭蕭，雨漫漫，這灰暗路上前行。

雨傘下，風吹過，跌盪歌聲中抱擁。

我戰步，化作舞蹈，千斤腳步是盈盈。

噹噹山，是我家鄉，守護村莊的美好。

（噹噹山，有個諾言，守護東北的美好。）

心坎內，簡樸的初衷仍舊。

擁抱吧，縱或以後只剩絲絲追憶。

不信命，憶記的火種傳遞。

起舞吧，腳踏每步會是新的風景。

這故事，這村莊，這簡樸互助人情。

這歌唱，這舞步，灑過青春的淚水。

第一章

聆聽村校故事

村校發展縮影
吉澳公立學校

「青山環海，綠水圍繞，水陸一心，建校吉澳。」跟坪洋公立學校一樣，吉澳公立學校的第一句校歌歌詞，也道出當年的學校環境。吉澳公立學校坐落的吉澳島，地處鹽田與香港之間的海域，綠水圍繞。這座島嶼面積2.35 平方公里，因海岸線曲折，英文名為「Crooked Island」，意即「彎曲之島」。而「吉澳」一名，原指島上一處吉祥的海灣，後漸成為全島的稱謂。島上居民主要由客家人與水上人家組成，共同構成了這座小島的社區。吉澳公立學校作為這個社區的鄉校，它的發展不僅反映了香港鄉村教育對村落兒童的重要性，成為社區凝聚力的象徵，也映照出城鄉之間的變遷。許多偏遠村落的兒童，正是依靠村民自發的努力與社區的共同支持，才得以接受正規教育，避免了因交通不便、資源匱乏而影響未來的發展。一所村校，是村民對下一代未來的期盼，也是他們對文化傳承的堅持。

隨着香港城市化進程的加速，許多村校因人口流失、學生人數減少而逐漸式微，甚至停辦，但村校的歷史與故事，仍然是香港鄉村文化的重要組成部份。它們見證了香港從農業社會向現代城市轉變的過程，記錄了鄉村社區在教育與文化傳承上的努力與堅持。校歌、校舍的建築、舊照、校友的回憶，都是香港鄉村教育的重要見證。

在探討村校的起源與故事時，見證村校起盛轉合的吉澳公立學校，可說是一個重要的香港歷史參與者。如今，就讓我們從吉澳公立學校開始，聆聽香港村校的故事。

村校前身：卜卜齋

香港不少鄉村學校（村校）的前身為私塾，由私塾到成立公立學校的過程，其追溯的軌跡是重要的歷史發展脈絡，坐落於新界東北吉澳島的吉澳公立學校是個很好的例子。

☰ 2020 年的吉澳高空圖，可清楚看見各個彎彎曲曲的海灣。吉澳公立學校校歌有一句「青山環海，綠水圍繞，水陸一心，建校吉澳」唱出「彎曲之島」吉澳的地理環境。

☰ 1970 年代吉澳公立學校全貌，校舍被樹木環繞。

☰ 第一代吉澳公立學校校舍，借用天后宮右側作校舍，攝於 1950 年代。1915 年至 1930 年代，同一位置為傳統私塾（俗稱「卜卜齋」）。

☰ 吉澳公立學校的正門。

吉澳的教育始於傳統私塾（俗稱「卜卜齋」），約於 1915 年設於天后宮右側，由村民自聘教師授課，以客家話講授《三字經》、《千字文》等傳統蒙學教材。至 1930 年代初，鄉紳向政府申請資助，正式成立吉澳公立學校，校舍仍沿用天后宮兩側的房舍，並由教育司署委派教師，課程仍以客家話教授。首屆招收小一至小四學生，學費為四元，另加五毫堂費及雜費。隨着教育需求增加，學校逐步擴展至六年級。

1941 年，香港淪陷，學校因戰亂被迫停課，直至戰後才復校，繼續肩負教育吉澳子弟的使命。

戰後興學　轉型公立學校

戰後香港人口激增，適齡學童數量大幅上升，港府遂推行《十年建校計劃》、《七年小學擴展計劃》等政策，鼓勵民間辦學。當時新界鄉村興起辦學熱潮，許多私塾陸續轉型為公立學校。

村校的興建對鄉村意義重大，不僅是教育場所，更凝聚了整條村落的資源與期望。校舍土地多由村民捐贈或由官地拼湊而成，建校資金則由政府與村民共同分擔 —— 政府資助一半，其餘由村民籌措。因此，這些學校多命名為「公立學校」，有官民一同建立的意思，並象徵村民對未來的寄託。

吉澳在此背景下，於 1952 年成立建校委員會，成員包括周馬麟、劉蔭民、黃旭峰、曾水清、王坤等客家與水上鄉紳。村民以發展教育為目標，捐出私人土地興建校舍。然而，政府要求吉澳自行籌措一萬五千元建校經費，

☰ 1954 年剛落成的吉澳公立學校，還未漆上校名。

☰ 吉澳公立學校門牌背後，立有校訓「明、恥、立、信」。

對當時經濟拮据的村民而言，實屬艱巨挑戰。最初，村民期望每戶捐獻五元，但籌款進展緩慢。

後來，由於樟木市場價值高漲，村民向農林處申請砍伐周屋村後的樟樹，並出售予樟木傢俬廠，終籌得足夠資金，使新校得以順利興建。這一過程，不僅見證了吉澳村民對教育的堅持，更體現了鄉村社區同心協力的精神。

由新校舍到運動場　推全人教育

1953 年，吉澳公立學校新校舍正式動工，並於 1954 年竣工啟用。隨着學生人數持續增長，校方於 1957 年再度擴建校舍，增設課室以應付需求。為容納更多學童，學校亦由全日制改為半日制，分上下午校授課。

由於校內尚未設有運動場地，當時的學校運動會運動會於距離學校 10 分鐘腳程的赤角頭沙灘上舉行。赤角頭沙灘舉行，師生們在沙灘上競技奔跑，成為獨特的校園記憶。

1960 年代初，校監劉蔭民先生倡議興建專屬運動場，主張學生除學習知識外，亦應鍛煉體魄，達至「文武兼備」的全人教育理念。為此，他慷慨捐出校門前的祖傳耕地，並以其父劉觀南先生之名，將運動場命名為「劉觀南運動場」。運動場落成後，不僅成為學生日常體育活動的重要場地，更使校方得以在校內舉辦運動會及各類課外活動。1963 年，學校更成立童軍團，編屬北區第十五旅，成為當時香港地理位置最偏遠的童軍隊伍。這支童軍團致力培育少年領袖，服務社區，進一步豐富了吉澳學子的成長經歷。

吉澳公立學校初期沒有運動場，運動會於赤角頭沙灘上舉行。

學校前建立的劉觀南運動場，旁邊是遊樂場。

☰ 1960 年代，於劉觀南運動場舉行運動會。

☰ 1960 年代劉觀南運動場上舉行的頒獎禮。三名得獎學生中，有兩位未有穿上鞋子，他們有機會是漁民子弟，穿白鞋的可能為客家子弟，那時候，大多數漁民或其子弟，都沒有穿鞋子。

☰ 1960 年代任教於吉澳公立學校的男老師，前排左三為呂元韻老師，後排中間為校長林宗柏。

1960年代　吉澳公立學校的全盛時期

1960 年代中期，可謂吉澳公立學校的鼎盛年代。當時吉澳大街非常繁榮，街道兩旁的商舖多達六十家，從衣食到日常用品一應俱全。由於吉澳位於香港與鹽田之間的島嶼，鹽田的漁民常會到此上岸採購物資，因此吉澳一度商貿興旺，養活了許多家庭，有機會到學校就讀的學生亦增加。吉澳西澳村民張少芳（吉姐）回憶道，她於 1964 年入學，至 1971 年畢業。由於當時鄉村普遍「重男輕女」，女生要在家幹活，她十歲才有機會入學校讀書，十七歲方完成小學課程。但作為村落女孩而言，能夠獲得讀書機會已屬難能可貴。

在吉姐就學期間，學校呈現空前盛況，多達九百名學生擠滿了小一至小六的各間教室，校園裏處處可見學童活躍的身影。當時吉澳島上無論是務農的陸上人家，還是捕魚的水上家庭，普遍子女眾多。這些家庭的孩子們雖然需要協助農務、家計或漁事，但仍有大量適齡兒童得以入讀吉澳公立學校，形成了一派熱鬧的學習景象。

全盛時期，吉澳學校的教師多達二十餘名。但因交通不便，往返市區需耗費大量時間，大多數老師選擇在吉澳村內租屋作為宿舍。這樣的居住安排，讓師生情誼不僅限於校園，更延伸至「村民」般的緊密關係。

舊生兼村長何馬生回憶，老師戚智明每逢考試前夕，晚飯後總會在碼頭榕樹下當糾察巡視，見到學生便叮囑:「明天要考試了，還玩？快回家溫書！」

學校旅行和課外活動

吉澳公立學校位於偏遠的離島，由於地理環境限制，學生鮮少有機會前往市區（出城）。因此，每年的學校旅行成為孩子們最翹首期盼的盛事。

學校為學生們精心籌辦了多項活動，如植樹日等常規項目，但最令人期待的莫過於一年一度的校外旅行，地點包括屈臣氏汽水廠、虎豹別墅、《天

校名記趣：巧克力學校、Kut 和 Kat

林錦平是吉澳的客家子弟，1959 至 1964 年間就讀於吉澳公立學校。當時他的父親已遠赴英國謀生，不時寄錢回家補貼家用。得益於此，林錦平得以購置整齊的童軍制服，成為北區第十五旅童軍團中年紀最小的成員。這段特殊的經歷，為他的童年歲月增添了難忘的色彩。

林錦平至今仍清晰記得 1963 年那個特別的日子。當時港督柏立基爵士親臨吉澳島，為島上首個自來水系統主持啟水典禮。吉澳公立學校特別派出童軍團前往碼頭列隊歡迎。

當港督的座船靠岸後，柏立基注意到隊伍中年幼的林錦平，親切地詢問道:「What's the name of your school?」

緊張之下，林錦平脫口而出:「Kut O...Chocolate School!」

事實上，吉澳公立學校的正確英文名稱是「Kut O Public School」。後來林錦平回憶，可能是當時太過緊張，又或許是八歲時第一次品嚐巧克力留下的深刻印象影響了他。那塊巧克力是他在牙買加打工的舅父帶回鄉的珍貴禮物，甜美的滋味令他記憶猶新。

這個與「洋人」首次用英語對話的有趣插曲，成為了林錦平終生難忘的珍貴回憶。每當想起自己將學校說成「巧克力學校」的趣事，他都會會心一笑。這段經歷不僅見證了吉澳島的重要歷史時刻，也記錄了一個鄉村學童純真可愛的成長片段。

此外，若細心觀察吉澳學校年代較近的校徽，會發現這所村校的名字有一個有趣的變化，就是英文譯名已從原本的「Kut O」改為「Kat O」。這段變革的背後，蘊藏一段跨文化的趣聞。1990 年代，從荷蘭回流香港的漁民村長張任民發現，「Kut」在荷蘭語中實為粗俗用語。為避免不必要的誤會，他主動向時任村長提議更改英文拼寫。

WAH KIU YAT PO

吉澳島四千居民歡欣鼓舞

港督主持啓水典禮

表明駐港英軍對地方問題重視
互相合作乃產生長遠有利成果

工兵隊指揮官詞
做了有價值工作

行將興建避風塘
並注重漁民教育

讚揚軍民合作
製水管之努力

港督柏立基在 1963 年 3 月 21 日到訪吉澳出席啟水典禮。《華僑日報》，1963 年 3 月 22 日。

穿上童軍服的林錦平（右二）。另外還有：何馬生（右一）、村長兼校監劉蔭民（中前）和旅長戚智明（左），為吉澳公立學校老師。

☰ 吉澳公立學校同學列隊放學，可見學生之多。校舍上能見「Kut O Public School」字樣。

☰「Kut」在荷蘭語為粗俗用語，後來改為「Kat O」。

天日報》印刷廠等。舊生林斯奮回憶道：「當年是由水警船隻負責接送，載着學校師生從吉澳出發，一路航向港島碼頭。」他特別記得，其中一次旅行的目的地是位於土瓜灣的屈臣氏汽水廠，學生可以免費飲汽水，這一群來自「山旮旯」的島上小孩，平日均沒有飲汽水的機會，大家都拼命把汽水灌入肚子！

村民赴海外「搵食」 學生日減

1948 年的《英國國籍法案》鼓勵英國海外屬土或殖民地的勞動人民移民英國，申請人只要有英國當地僱主的擔保信便可赴英工作，讓包括香港在內的殖民管治地居民成為「聯合王國及殖民地公民」(Citizen of the United Kingdom and Colonies, CUKC)，當中包含英國居留權與工作權，以吸引殖民地居民赴英填補戰後勞工短缺。

當時香港市區當建築工人挑泥，一周工資為二十一港元，但在英國，以餐館雜役為例，一周至少有五英鎊，相當於八十港元，而且赴英手續容易，對新界鄉民來說十分吸引。因此自 1950 年代起，新界村落的鄉民們逐漸從傳統的鄉村生活中走向外地尋求生計。村中成年男丁大多出外「搵食」，希望在「鄉下」生活的家人，能有更好的生活，不用以艱苦的務農或捕魚業，

☰每年植樹日，吉澳公立學校的老師都會帶領全校學生，徒步登上島上的高棚頂山頂進行植樹活動，幫忙種植松樹。

☰參觀位於土瓜灣木廠街及九龍城道交界的屈臣氏汽水廠。

☰1950 年代尾的學校旅行，老師帶學生到大埔遊覽。舊生曾瑞英憶記，這張相是第一代校長黃茂芬的珍藏。他於 1986 年吉澳安龍打醮時，特意拿回吉澳，將這張相片給她。

☰師生前往位於大坑的虎豹別墅。

為口奔馳。吉澳水陸居民亦然，陸續移居海外（英國、荷蘭甚至巴西）打拼幹活，到 1970 年代初，這些「拓荒者」陸續申請新界的妻子兒女赴英團聚，因此村內的「適齡入學兒童」，於短時間內大幅減少。吉澳大街的店鋪亦日漸息微。到 1980 年代，吉澳公立學校的學生人數大減，舊生劉平意憶記當時每班只剩下大概十數人，大部份同學為漁民後代。

林斯奮是早期隨家人離開吉澳、遠赴海外謀生的典型例子。1965 年，他在六年級下學期輟學，與母親乘坐輪船，歷經五十天的航程抵達巴西，與已在當地站穩腳跟的叔叔林福生會合。林斯奮回憶，當時他的班主任呂東明老師甚至將他的畢業證書寄到巴西，希望他能收到這份學業證明。然而，年少時的他並未意識到這張小學文憑的意義，心想：「一張小學證書，有甚麼好保留的？」於是隨手丟棄。多年後回想此事，他卻深受感動 —— 原來當年的老師始終惦記着他，即使遠隔重洋，仍不忘寄來這份牽掛。

吉姐就回憶道:「1973 年 6 月 14 日，我穿着最心愛的淺粉紫色連身裙，歷經十七小時的航程，轉機多次才抵達阿姆斯特丹。一下飛機，刺骨的寒風便撲面而來 —— 那瞬間，我幾乎想立刻返回香港，當時我十八歲半，一句荷蘭話都不懂。」

1980 年代，吉澳的客家村落大多已人去樓空，吉澳居民以漁民為主，他們的子女大多仍就讀於吉澳公立學校。當時，島上漁民雖仍從事漁業，但生產方式已逐漸從傳統的出海捕魚轉變為魚排養殖，主要飼養紅斑等高價魚種。在赤角頭、澳背塘等海域，漁排遍佈，構成獨特的海上景觀。

八九十年代　學生人數持續減少

隨着 1980 年代香港工業起飛，加上對外交通日益便利，愈來愈多年輕人選擇前往九龍市區謀生。漁業本屬勞力密集型產業，年輕勞動力流失導致人手嚴重不足，加上成本上漲及經常發生紅潮，魚類養殖業因而日漸式微。這一系列變化對吉澳的人口結構產生深遠影響。新生代大多在海外或香港市區出生，島上適齡學童數量銳減。生源持續減少，吉澳公立學校的北區第十五旅童軍可能因人數不足，於 1991 年 6 月 1 日解散。

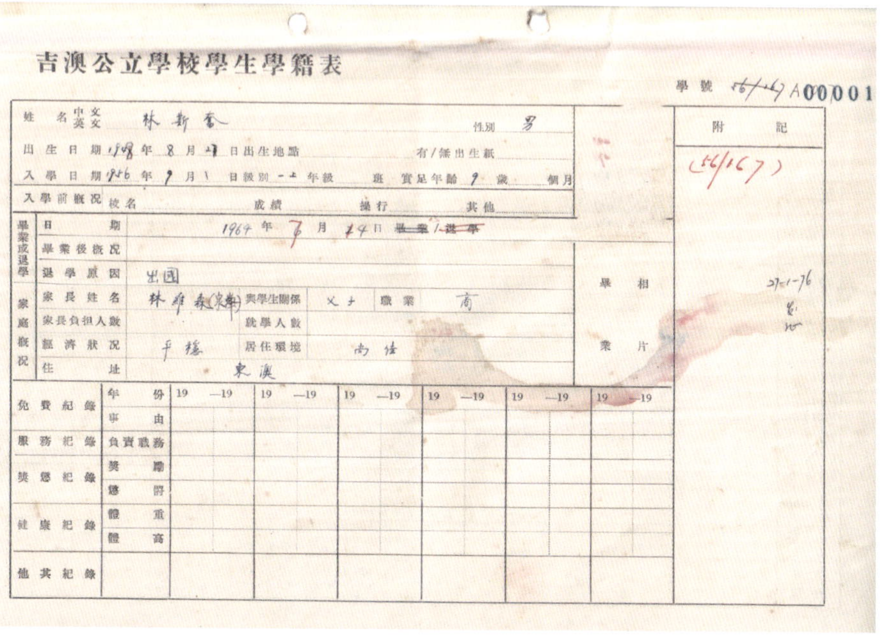

吉澳公立學校學生學籍表

學號 56/67A00001

姓名 中文 英文 林新奮　性別 男

出生日期 1948 年 8 月 4 日 出生地點　有/無出生紙

入學日期 1956 年 9 月 1 日 級別 一上 年級　班　實足年齡 9 歲　個月

入學前概況 校名　成績　操行　其他

畢業或退學 日期 1964 年 7 月 24 日 畢業/退學

畢業後概況

退學原因 出國

家庭概況 家長姓名 林　與學生關係 父子　職業 商

家長負担人數　就學人數

經濟狀況 平穩　居住環境 尚佳

住址 東澳

學相 業片

附記 (56/67) 27-1-76

		19 —19	19 —19	19 —19	19 —19	19 —19	19 —19
免費紀錄	年份						
	事由						
服務紀錄	負責職務						
獎懲紀錄	獎勵						
	懲罰						
健康紀錄	體重						
	體高						
他其紀錄							

林斯奮的學籍表，上面註明退學原因：出國。

由於新界地區的鄉村學校大多建於 1950 年代至 1960 年代，在硬體設施上普遍較為簡陋，多數缺乏禮堂、特別教室等基本教學場所。在吉澳公立學校學生人數已十分稀少的情況下，教育署於 2000 年代仍持續為學校提供設備升級服務，其中一項重要措施是在「資訊科技綜合津貼」中，為小學提供多媒體電腦計劃，透過「一人一機」的配置，確保每位學生都能獲得現代化的教育設備。

走過千禧　村校最後的教學時光

2002 年，香港政府審計署從成本效益角度出發，對鄉村學校的辦學經費提出質疑，指出其營運成本偏高。根據《藍天樹下：新界鄉村學校》一書，2003 年 4 月，當時的教統局向立法會提交《統整成本高使用率低的小學》文件，以「師資不穩」、「單位成本高」、「設施不足」為由，建議 2006 至 2007 學年關閉七十七所村校，預計節省 3.725 億港元。而吉澳公立學校在

☰ 1980 年代，吉澳公立學校的上課情況。

☰ 1980 年代，吉澳海灣前，佈滿漁排的景觀。（圖片來源：陳錫恩；拍攝者：梁煦華）

2002 年的時候，全校已僅剩十一名學生，其中更有六人來自深圳布吉。這些跨境學童每日的求學之路格外漫長，光是往返交通就要耗費四個多小時。

清晨六時許，天尚未亮，孩子們就必須起床準備。七時正，他們乘搭校車前往中英街，這段車程約需半小時。抵達邊境後，學生們在老師帶領下辦理過關手續，隨後轉往沙頭角碼頭，趕搭八時三十分的渡輪。經過約半小時的航程，終於在九時左右抵達吉澳的學校，開始一天的學習。

按《藍天樹下：新界鄉村學校》，「統整村校大事年表」中：2005 年 1 月 7 日，停辦的資助小學原有十三間，僅蘆鬚城學校及沙頭角的吉澳學校因地處偏遠而得以續辦一年，次年結束。2006 年，吉澳公立學校迎來了最後的教學時光。當時全校僅餘九位教師與八位學生，幾位教師在如此艱困的條件下仍堅守教育崗位。最終，這所承載數代人回憶的鄉村學校，於 2007 年正式劃下句點，結束其長達接近百年的教育使命。

停了的村校　未知的未來

審計署在 2015 年的調查報告顯示，香港當時有超過二百間空置校舍，其中僅 45%（約一百零五間）未被使用，部份更已閒置逾三十年。2017 年，政府開放部份閒置校舍使用權，允許改變原有用途，為這些空間帶來新的可能性。規劃署與審計署曾就此提出具體建議：

1. 為校舍「物色和安排短期用途，確保土地資源有效運用」；

2. 推動跨部門合作，邀請「區議會、民政處、地區福利辦事處」等單位參與；

3. 處理產權問題，確保「涉及私人地契及政府土地牌照的用地得以交還政府」。

這些被時代遺留的鄉村校舍，正面臨不同命運 —— 有的等待政府規劃新用途，有的則面臨清拆。吉澳公立學校的政府土地部份，已於 2021 年批出，由一大學機構承接作進一步用途。但數年過去，學校的大門仍被上鎖。

☰ 吉澳公立學校最後一任校長梁智湘（左四），與全校的十一名學生。

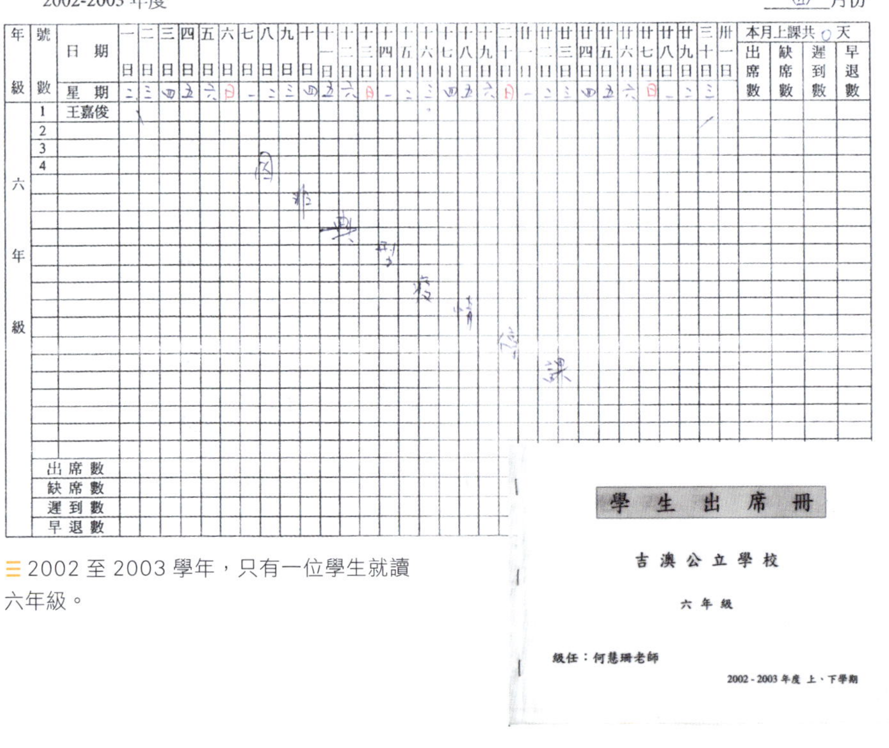

2002-2003 年度 四 月份

年級	號數	日期	一日	二日	三日	四日	五日	六日	七日	八日	九日	十日	十一日	十二日	十三日	十四日	十五日	十六日	十七日	十八日	十九日	二十日	廿一日	廿二日	廿三日	廿四日	廿五日	廿六日	廿七日	廿八日	廿九日	三十日	卅一日	出席數	缺席數	遲到數	早退數
		星期	二	三	四	五	六	日	一	二	三	四	五	六	日	一	二	三	四	五	六	日	一	二	三	四	五	六	日	一	二	三					
六年級	1	王嘉俊																																			
	2																																				
	3																																				
	4																																				
		出席數																																			
		缺席數																																			
		遲到數																																			
		早退數																																			

本月上課共 0 天

因非典型肺炎停課

學生出席冊

吉澳公立學校

六年級

級任：何慧珊老師

2002 - 2003 年度 上、下學期

☰ 2002 至 2003 學年，只有一位學生就讀六年級。

至於吉澳公立學校的再利用，各界曾提出多種構想。例如：

1. 轉型為社區文化中心
2. 改作文化創意或生態教育基地
3. 提供給學術機構使用
4. 旅遊中心、民宿

☰ 1970年代（下）與2025年（左）的吉澳公立學校大門。大門靜待重啟的一天。

村校除了提供教育服務，亦是連結社區的中心點，對該區意義重大。這些提案都試圖為完成歷史任務的村校校舍注入新生命，讓盛載故事的空間價值得以延續。活化，並無標準方案，該因應地區需要，制定由下而上的路線圖。

儘管吉澳公立學校已不再運作，但它的歷史仍值得記錄。這些資料不僅有助於了解過去，也對今天的文化保育工作，特別是鄉郊保育提供了參考。村校的故事提醒我們，在快速發展的社會中，不應遺忘這些曾經支撐起鄉村社區的基石，我們應持續探索村校所帶來的無限可能，讓這些承載着歷史與文化的記憶，繼續在我們的心中迴響。

2025 年的吉澳公立學校 。

吉澳公立學校舊生
兩位村長的水陸情緣

在吉澳、青衣和糧船灣等島嶼，水陸居民不和的往事常被提起。吉澳的漁民生涯在 1940 年代前都漂泊在船上，直到二戰期間，當時的張姓村長不忍漁民繼續漂泊，與同姓張的漁民代表協商，允許漁民在赤角頭定居。這個地名看似普通，卻暗含深意 —— 用客家話讀作「赤腳頭」，相傳是嘲笑漁民貧窮得買不起鞋，甚至有說法稱當時客家人不許上岸的漁民穿鞋。有吉澳村民就指，吉澳大街曾有許多「大檔」（即賭博的地方），漁民大多沒穿鞋子去圍觀賭局，當漁民踮起腳尖看熱鬧時，頑皮的客家仔就會把還點燃的煙頭放到漁民腳跟底下，等他放下腳跟平地站立，就會被煙頭燙到。但漁民長年赤腳，腳底早已長滿厚繭，根本感覺不到痛。那些頑皮的客家孩子就會哈哈大笑。

然而，在這段充滿隔閡的歷史背景下，曾就讀吉澳公立學校的兩位村長 —— 漁民後代何馬生與客家人後代林錦平，卻以六十年的友誼見證水陸吉澳人的世代情誼，也象徵着吉澳水陸居民從隔閡到融合的歷程。

因學校結緣　住家艇閣樓嬉戲

何馬生與林錦平於 1957 年同時入讀吉澳公立學校，成為同班同學。當年甚少客家子弟會到漁民艇上玩樂，客家人聚居在背向碼頭的右邊，漁民村則在左邊，中間彷彿有着無形的「邊界」。但因着學校這個平台，他們一起讀書、玩耍，每天上下課都要在操場合唱校歌。其中何馬生是較早在岸上居住的漁民後代，屬比較幸運的一群，不用跟家人「開身」（即開船出海打魚），可以專心讀書。他住在姑姐家中，家中有個「閣仔」（又稱「閣樓」），就成了他和林錦平的小基地，他們有時會在那閣仔玩樂留宿。何馬生說：「我們很夾，見甚麼玩甚麼，當時林錦平的媽媽夜晚不見兒子回家，不會擔心，因知道是到了我家留宿。加上林錦平比較頑皮，愛撩事鬥非，而我性格較為

何村長（右）和林村長（左）都是吉澳公立學校舊生。他們在相隔六十年後，重新帶上童軍領帶，在吉澳公立學校的校園上望向前方。

上世紀五六十年代的吉澳，可見漁船分佈位置，集中於一邊，那是吉澳漁民村。

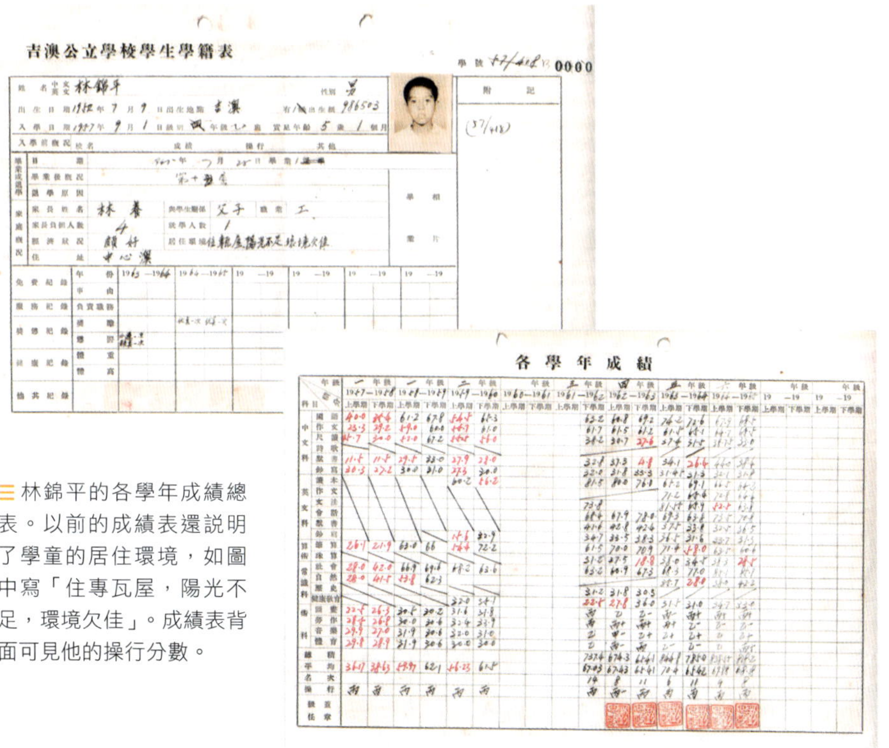

吉澳公立學校學生學籍表

各學年成績

☰ 林錦平的各學年成績總表。以前的成績表還説明了學童的居住環境，如圖中寫「住專瓦屋，陽光不足，環境欠佳」。成績表背面可見他的操行分數。

文靜，有些時候也會好言相勸。」

林錦平笑說：「對呀，我小時候好調皮，記得試過在考試前跟同學在夜晚偷入校務處偷試卷看，但成績最好的一年都只是考獲全班第八。相隔六十年後，再重看成績表，才知自己的操行一直都是丙，更試過得到『丙-』，有退步而沒有進步。」他又記得有一次也許是自己頑皮，被媽媽責罰。他跑到了何馬生的住家艇上，度過了一個晚上。第二天早上，何馬生的媽媽在艇上煮好了早餐，是新鮮的魚粥，那鮮甜的味道至今仍難忘，還笑說記得那魚粥內有好多細細的魚骨。

加入童軍　在吉澳上山下海

二人在四年級時，均加入了學校的北約十五旅童軍團。每周六的訓練中，除了在學校禮堂練步操外，童軍旅長也常利用吉澳的「上山下海」地理

☰1950年代尾，人群聚於吉澳大街檔口前。圖中右邊第二位頭戴漁民帽的男士並沒有穿上鞋子。(圖片來源：香港大學圖書館特藏部)

☰1960年代，漁民在赤角頭沙灘上曬鹹魚。

☰吉澳在1960年代的住家艇，稱為罟仔艇，是漁民一家賴以維生的作業工具，同時也是一個家庭日常起居的棲身之所。

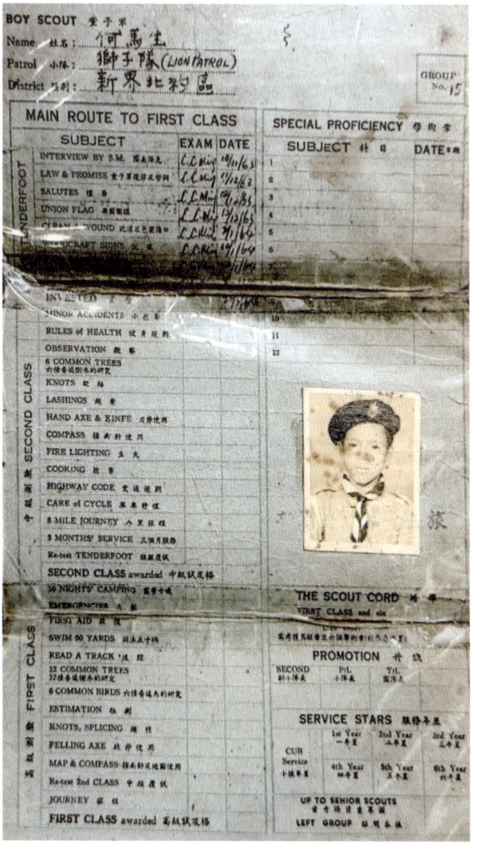
BOY SCOUT 童子軍
Name 姓名：何馬生
Patrol 小隊：獅子隊 (LION PATROL)
District 區別：新界北約區
GROUP No. 15

MAIN ROUTE TO FIRST CLASS

	SUBJECT	EXAM	DATE
TENDERFOOT	INTERVIEW BY S.M.	C.C.Ming	18/11/63
	LAW & PROMISE	C.C.Ming	11/12/63
	SALUTES	C.C.Ming	
	UNION FLAG	C.C.Ming	13/12/63
	CLEAN A WOUND	C.C.Ming	7/1/64
	WOODCRAFT SIGNS	C.C.Ming	14/1/64
	INVESTED		
SECOND CLASS	MINOR ACCIDENTS		
	RULES of HEALTH		
	OBSERVATION		
	6 COMMON TREES		
	KNOTS		
	LASHINGS		
	HAND AXE & KINFE		
	COMPASS		
	FIRE LIGHTING		
	COOKING		
	HIGHWAY CODE		
	CARE of CYCLE		
	8 MILE JOURNEY		
	3 MONTHS' SERVICE		
	Re-test TENDERFOOT		
	SECOND CLASS awarded		
FIRST CLASS	10 NIGHTS' CAMPING		
	EMERGENCIES		
	FIRST AID		
	SWIM 50 YARDS		
	READ A TRACK		
	12 COMMON TREES		
	6 COMMON BIRDS		
	ESTIMATION		
	KNOTS, SPLICING		
	FELLING AXE		
	MAP & COMPASS		
	Re-test 2nd CLASS		
	JOURNEY		
	FIRST CLASS awarded		

SPECIAL PROFICIENCY

	SUBJECT	DATE
1		
2		
3		
4		
5		
6		
7		
8		
9		
10		
11		
12		

THE SCOUT CORD
FIRST CLASS and six

PROMOTION

SECOND	P/L	T/L

SERVICE STARS

CUB Service	1st Year	2nd Year	3rd Year
	4th Year	5th Year	6th Year

UP TO SENIOR SCOUTS
LEFT GROUP

☰ 1960 年代，何馬生的童軍考章證書，上寫新界北約區。

優勢作訓練，記得有一次，他們要到吉澳山上的一個地方訓練紮營技巧，並留宿一晚，儘管他們的家都在吉澳，也要把食物親自背上山，自行準備晚餐。當時沒有方便露營用的輕便爐具，他們要在山上找石頭砌爐，燒柴火煮食。何馬生笑着回憶：「我和林錦平睡同一個營，他總是很懶，隨手拿了營位旁邊墳頭的石頭來搭灶，我趕緊把石頭還回去，再另找石頭。」

1965 年於吉澳公立學校畢業後，兩人均短暫於旺角的大同中學就讀，雖然不再同班，但情誼不減。後來人生道路各異 —— 何馬生選擇留在香港，林錦平則跟隨父親遠赴英國發展。但時空的距離並未阻斷這份友誼，林錦平回港時，都會寫信予何馬生相約見面。何馬生笑說：「當時沒想過要把這些信件留下！」

☰「吉澳天后宮福利渡」於 2003 年剛落成，由江門抵達吉澳的情況。

☰何馬生親自設計的「吉澳天后宮福利渡」，林錦平稱這條船是印洲塘上的巨龍。

水陸一心　傳承情誼

1997 年，何馬生成為吉澳漁民村村長，林錦平後來也回港，於 2019 年開始擔任吉澳原居民村長。兩人以各自的方式服務着共同的家園。何馬生以他從事海事船務，擔任船塢長的深厚知識，為吉澳設計了全港第一隻由村民自行設計，並由村民籌募而成的「吉澳天后宮福利渡」，為鄉民服務了二十餘年，直到 2024 年退役。如今，他們正與吉澳其餘五位村長攜手籌備 2026 年的吉澳安龍打醮，讓這份跨越水陸的情誼與傳統一起傳承，也像呼應了當年校歌歌詞的意思：「水陸一心，建校吉澳，發揚文化，孕育賢豪。」

兩位村長表示，「了解彼此的根與過去，才是共同前行的基石。」他們由小到大，都各自能融洽地與水陸鄉民相處，這是很重要的社區橋樑。兩人繼續為他們深愛的家吉澳，以不同的方式連繫水陸鄉民，並留存獨有文化，希望這些歷史傳統有如流水般，繼往開來。

海的兒女
漁民子弟學校

♪ 青衣漁民子弟學校校歌

浩瀚汪洋深又廣
我們並不害怕
我們鍛煉好頭腦
又有好體魄
來　來漁民的兒女們
大家高聲頌唱
海洋學問無窮盡
母校比天長
海洋有魚和寶藏
學問在書本裏
我們是海的兒女
勤奮勇進取
來　來漁民的兒女們
大家高聲頌唱
海洋學問無窮盡
母校比天長

「我們是海的兒女，勤奮勇進取。」細讀青衣漁民子弟學校校歌歌詞，會發現很多漁民子弟學校才有的獨有描述，生動描繪了漁民生活其中的海洋文化。歌詞強調汪洋深廣，但他們不怕，還要鍛煉頭腦、練好體魄，兼讀海洋和書本的學問。它歌頌了漁民的勇敢精神，亦真實反映漁民子弟的生活，同時飽含激勵人心的力量，這首傳唱於十四間漁民子弟學校（包括十三間漁民子弟小學、一間中學暨小學）的校歌，值得珍視。

回看香港歷史的宏大敘事中，「從小漁村到國際大都會」的蛻變故事我

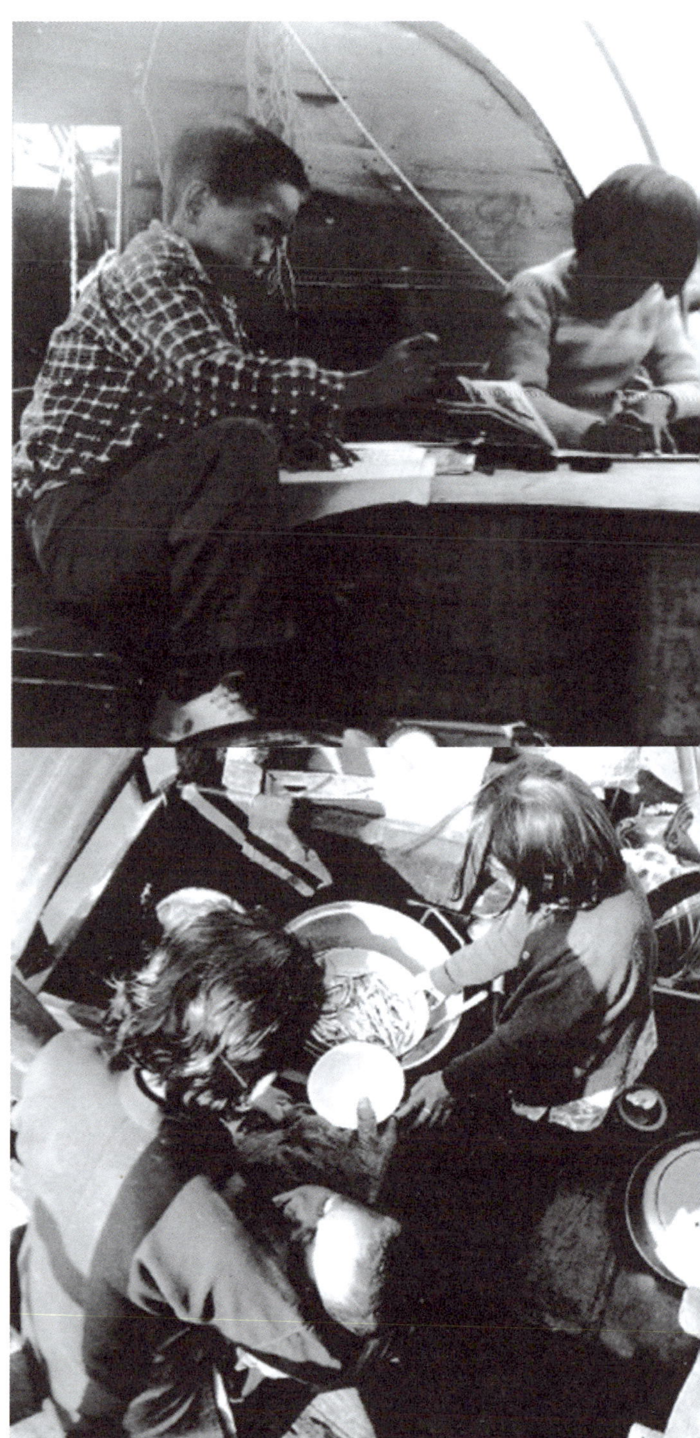

以前的漁民小孩四海為家，需要在船上做功課。

上學以外，漁民小孩平時也要幫忙工作，在船上煮食，照顧弟妹。

☰ 盧銀鳴回到母校青衣漁民子弟學校，手執珍藏數十年的聯校畢業典禮場刊。當年從村裏到香港大會堂參與畢業典禮，也有遠行的感覺。

們耳熟能詳。但那些真正構成漁村記憶的細節去了哪裏？每當聽到「漁民生活艱苦」、「常受岸上人欺負」的敘述，我總不禁想問：我們標榜的那個「小漁村」，究竟承載着怎樣的精神？在走訪不同漁村的過程中，我逐漸發現漁民在海上漂泊的生活經歷，以及曾經遭遇的不公對待，反而淬煉出更為頑強的生命力，青衣漁民子弟學校的校歌以至一個個舊生的生活經歷，都是這種精神的具象呈現。

非漁民子弟的漁校回憶

在我接觸的漁民子弟學校舊生中，有位非漁民子弟，名叫盧銀鳴。她是我們接觸青衣漁民子弟學校的重要橋樑，無論是錄製校歌或進行訪談，總是熱忱地協助聯繫校友，更協助籌備「香・校變奏」，讓展覽得以在青衣漁民子弟學校舊址校舍中舉辦。

顧名思義，「漁民子弟學校」是專為漁民子女設立的學堂。有趣的是，

☰ 青衣漁民子弟學校開幕時留下的照片。

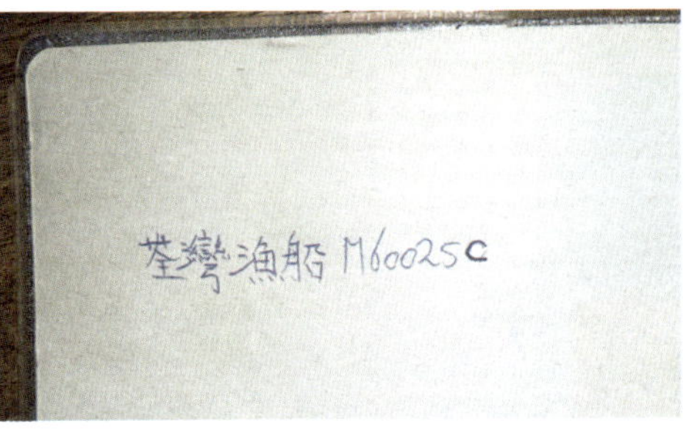

☰ 盧銀鳴珍藏差不多五十年的小學畢業紀念冊，可見同學寫住家地址是一條漁船。

用心為漁校奔走的盧銀鳴，本身並非漁民子弟，卻在此度過了六年珍貴的小學時光。原來，她是家中幼女，七個兄姊皆就讀青衣公立學校，但盧銀鳴當年未能考取該校，而住家恰巧位於通往漁民子弟學校的必經之路。某日，漁民子弟學校校長途經盧銀鳴的家，見她未就學，便親切說道：「來我們學校讀書吧！」就這樣，一個既非客家人，也非漁民的孩子，意外成為漁校一員。

「走堂」打魚的漁民同學

青衣漁民子弟學校於 1968 年開辦，為漁類統營處轄下的十三間漁民小學之一，目的為生於漁民社區的幼童提供就學機會。漁民學校毗鄰青衣漁民村及聖保祿村，同處海邊一山崗上。學校旁邊便是昔日的門仔塘，供漁船停泊。

盧銀鳴的不少同學出身於漁民之家，在一本她珍藏差不多五十年的小學畢業紀念冊上，可見同學的地址是漁船編號。相似的背景孕育出深厚情誼，

☰ 同於青衣島上的青衣公立學校第十一屆畢業相中可見美麗的大麻石拱門。

校舍雖簡樸，卻處處洋溢溫暖，晨起聞漁舟出港，暮色見滿載而歸。由於漁民要出海打魚，出海往往是全家人一起上船，因此有些同學會突然消失幾天，其他人也不會大驚小怪，因為都知道他們是隨家人出海幫手打魚了，過幾天又回來一起上課和玩耍。這些漁村日常，深深烙印在她的童年記憶裏。

十四所漁校學子唱校歌

此外，學校的活動豐富多彩。她在荃灣運動會上初嘗粟米肉飯的驚喜、在烏溪沙夏令營結識其它灣頭的漁民子弟同學時的歡笑，都是難以忘懷的片段，她還記得每年一度的全港漁民子弟小學夏令營，只有考獲頭十名方能參加。盧銀鳴記憶中最震撼的莫過於畢業典禮 —— 全港十四所漁校學子齊聚中環大會堂共唱校歌的盛況，「猶記畢業那年我榮獲首名，那張領獎照片背面，我鄭重註明年份與活動名稱，珍藏至今。這不僅是榮耀的見證，更承載着那段影響深遠的求學歲月。」

大麻石砌成的青衣公立學校校舍牆身。

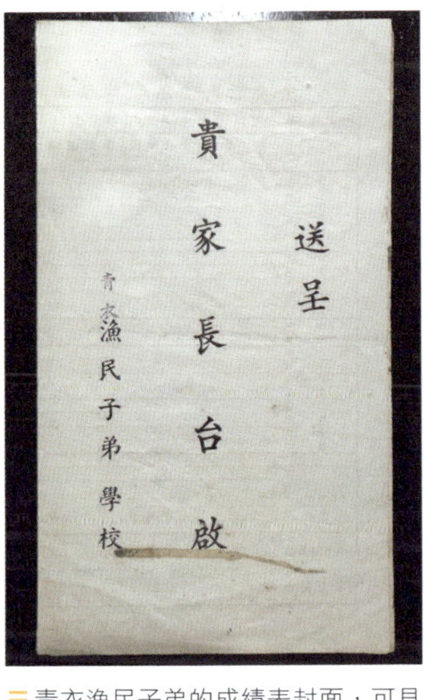

送呈
貴家長台啟
青衣漁民子弟學校

青衣漁民子弟的成績表封面，可見「青衣」兩字是用印章蓋印，方便同一款成績表供給全港十三間漁民子弟學校使用。

重拾與漁校的聯繫

盧銀嗚升中後，新環境逐漸沖淡了與漁校的聯繫。從頻繁返校探望師長，到中三後幾乎不再踏足，直至聽聞學校即將關閉的消息，才驚覺錯失道別的機會。這份遺憾，成為成長路上最深刻的體悟之一。「當我聽說母校即將舉辦一場展覽，重現當年的校園生活時，我毫不猶豫地參與其中及盡量幫忙。」

展覽中，她跟其他老同學重溫了校歌，還一起繪製當年的校園地圖，憶起那時每逢夏天，都會跟同學一同到一個充滿荔枝樹的山頭摘荔枝吃。她又想起一眾學生待教職員在黃昏時分離開，便偷偷爬進學校球場，不時踢破球場旁的燈泡。為了逃過校長法眼，學生會湊錢預備數盞燈泡，隨時更換。「然而，當我們再次站在操場上，眼前的景象已經完全不同。曾經的漁村變成了高樓大廈，屏風樓取代了我們熟悉的風景。」如今青衣漁民子弟學校校舍已成為基督教堂，但回憶還在，盧銀鳴閒時會來參與教會活動，看見自己的母校仍充滿生命，感恩萬分。

☰ 插畫家 Stella So 根據盧銀鳴（八妹）和幾位舊生在青衣漁民子弟學校的回憶所繪的「記憶地圖」，可見當時的村校學生生活。

魚類統營署辦學歷史

（《魚類統營處轄屬漁民子弟學校聯合畢業典禮專刊》節錄，1972 年。）

漁民子弟，於教育上，歷蒙不便，固不可與農業及城市中人媲擬，因漁民多棲留艇上，不得不隨船出海作業，處此環境下，實不能每日返校上課，其父母亦時感無法負擔低廉之學費，且子弟中多屬超齡學童，未容入學，魚類統營處有見及此，乃在香港及新界各地先後設立漁民子弟小學校十三所，並在主要漁港香港仔設立中學暨小學一所，作為對漁民服務之一種工作，在此十四所漁校中，有十一所分佈於新界各地，其中數間且設在極遙遠之地區。

魚類統營處最初在大埔，沙頭角，筲箕灣及赤柱創辦四私立漁民子弟學校，後來學校之數目逐有增加，最後於一九六八年三月在青衣島再開辦漁民學校一所。早期開辦之漁校，校舍簡陋，自一九五六年起，香港政府開始依照教育津貼則例資助各魚統處轄屬之漁民學校，由該年起，所有漁校逐漸改建成為標準形式之新校舍，並由教育司署津貼各校建築費及校具購置費之半數，此等學校皆設有由當地漁民領袖所組織成之漁校顧問委員會，協助推行校務。

☰ 十四間漁民子弟學校之一：魚類統營處三門仔新村小學。

目前在十四間魚類統營處學校受教育之漁民子弟共有四千零六十七人，另有一百六十九人接受魚類統營處助學金在其他小學就讀，及有六名漁民子弟由魚類統營處保送攻讀其他中學。

小學部的辦學理念

本署所屬小學十四所，均在魚類統營處教育計劃之下辦理，校址雖散處港九新界各地，其辦理之宗旨，校務之風格，以及活動之步調，均大致齊一，互相配合，一般言之，各校原為便利漁民子弟接受義務教育而設，一切校務，均按照香港教育司署頒行之法制辦理。然漁民生活情特殊，實施上勢須力求適應漁村生活環境。並就各校實際措施舉其大者列陳如下：

教務概況

各校課程編制，除迎照教育司署頒行之小學新六年制課程綱要編定外，更針對漁民實際需要，加重尺牘珠算二科，以其學能致用。除每學期之興革大端與教學方針，必於學期開始由教務會議討論决定，並於學期終結交教務會議檢討外；各科之教學實施，更分別舉行分科會議，詳予計劃，務期實際可行而又日有進步。至於學生成績之考核，除每學期必須期中期終兩試外，更按時舉行定期測驗與隨時測驗；為鼓勵學生之學習，各科均擇尤陳列，以利觀摩，每學期已有各項學術比賽，成績優良者，均領獎品。

訓育概況

由於漁校學生離校後多即就業，各校對於學生離校入世之適應能力特加注意，認為知識之培養固屬重要，整個人格之陶鑄尤為急切。故除功課教學之外，對於學生德、智、體、羣、美、五育均力求均衡發展。

每學期均針對實際生活需要擬定訓育綱要，分週推行；每週均按綱要中心詳予講解，加考核，以期分別養成學生良好之生活習慣，將來置身社會，能以健全公民之人格應世。

課外活動

各校向主張學業與活動並重，以期陶冶學生性情，增強學生學習興趣，故對於課外活動之幅度，力求擴展，除校內常有各項學術比賽，體育比賽，以及生活項目比賽如秩序，清潔，禮貌以至演講辯論比賽外，對於校外各項社會活動，均鼓勵學生盡量參加，舉凡政府倡導，社團推行，地方舉辦之各項運動，均有各校學生參加。至於新界離島等地之各項校際活動，如運動會，幼童遊戲比賽，舞蹈比賽，園藝比賽等，更按年參加，多獲有成績優異之獎勵。

園藝活動

漁村大都自然環境優美，漁民子弟如能利用所在之天然環境多作活動，既可鍛煉身心，陶冶性情，亦可直接對自然環境作實際之體驗。各校為倡導學生從事園藝活動，均利用校舍餘地闢有寬闊之校園，力求利用原有自然環境，分別設計，以供學生實習，並邀請漁農處派出農業專家到各校實地指導，務期提高活動效果。各校對於此舉均運用匠心，設計佈置；對於農事上之基本設備，如溫室，苗面等，盡力之所能，應有盡有。此項活動，除提供學生實際農業知識之外，各校亦可利用校園環境美化校容，其中茂林修竹，鳥語花香者所在多有，不特可供員生遊憩欣賞，亦促使附近環境生色。

夏令營

本處各校於一九六九年度起，按年於暑假期內舉辦漁校學生夏令營，計至本年度止，已舉辦四屆。第一、二兩屆假九龍男拔萃書院舉行，第三屆假沙田崇基學院舉行，第四屆仍借用九龍男拔萃書院校舍。每屆均由十四校共派出學生四百二十人參加，為期四日三夜，營內舉辦各項體育、康樂活動，上午舉行田徑比賽，下午舉行集體遊戲及各種比賽，或參觀附近地方名勝，晚間則有電影晚會等。所有四屆夏令營之經費，悉由教育司署及魚類統營處撥付。

免費助學及福利工作

過去各校除教育司署規定給予百分之二十免費學額，並每年每名津貼書簿費二十元外，其升讀香港仔職業中學或攻讀其他中學各漁民子弟，均由魚統處給予助學金。此外沙頭角漁校，學生全部免收學費。坑口及沙頭角漁校，因課室不敷，未能開設高年級，如該兩校學生升讀其他各校，所收學費如比漁校為高，均按月由魚統處補助。自一九七一年度起全港小學一律免費後，各校學生已毋須另行補助。至於英國救助兒童會，從一九六一年起迄今，按年均有贈款給與坑口漁校，作為添置學生益智、康樂、運動等用具之需要，則仍繼續接受。

☰ 魚類統營處為漁民子弟學校舉辦的夏令營活動中，有運動比賽項目，讓同學初嘗得獎滋味 。

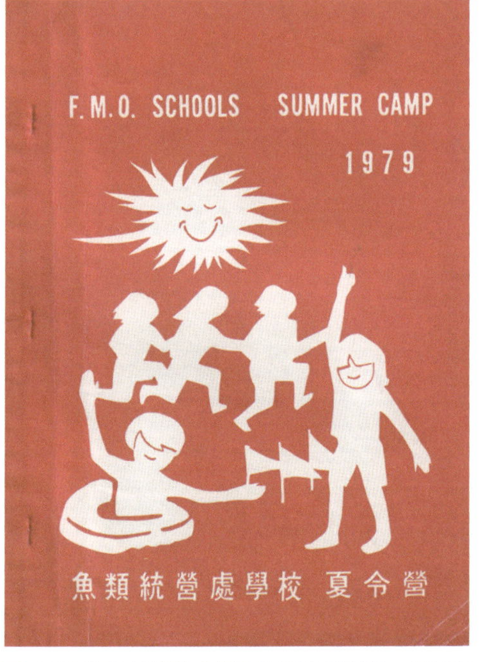

☰ 1979 年魚類統營處學校的夏令營場刊，場刊中英對照，列出五日四夜的活動流程及舉辦此夏令營的目的，希望讓分處邊遠地區的漁民子弟有機會交流感情，增進友誼。

擴校增班

歷年來一部份漁民聚居鄉村，由於漁民子弟求學之自覺日增，頗感學額不足容納學戶之要求，魚類統營處有見及此，特就就學人數特多之大埔等五地擴建校舍增開班級，計大埔增加課室三間，西貢青衣各增加課室二間，三門仔沙頭角各增加課室一間，五地共增加達十八班，容納漁民子弟達八百人。上項新課室均於一九七一年九月及一九七二年二月先後落成啟用，開始上課。

凡此種種，均秉承魚類統營處一貫方針分途並進，力之所及，無不竭盡棉薄為之，雖目標之距離尚遠，然悉力以赴，於漁民文化水準之提高未嘗不漸見效果也。

沙頭角中心小學執教
見證村校合併

「我叫葉本立，『葉』是一片樹葉的葉，『本』是書本的本，『立』是立正的立。」1991 年，剛從嶺南大專中文系畢業的年輕人，因一則誤將「沙頭角」寫作「沙角」的招聘廣告，意外踏入這所特殊的學校。當時他不會想到，自己將成為這所「中心小學」三十五年變遷的見證者。

沙頭角中心小學誕生於 1988 年，是港英政府「村校合併計劃」的產物。時任民政事務專員統籌將六所在沙頭角範圍的村校整合為一。葉老師珍藏的老照片裏，還能看到這些村校的舊貌，他形容：「校舍都很小，像萬和公立學校就在現在沙頭角公路小巴經過的萬屋邊，覺群學校則來自烏蛟騰。」六所村校合併後，學校仍保留村校特色：漁民的子女會在捕魚季節，突然請假幫父母出海打魚，回來時常提着兩條鮮魚送給老師；農家孩子曾抱着活雞來上學。這些畫面在八九十年代，構成了這禁區中的學校獨特的教學圖景。首任校長呂東明在面試時告訴他：「我們要為村落子弟提供更優質的教育。」

跨山越海的上學路

六所學校停辦、合併，全因周邊學生人數稀少。政府於沙頭角禁區內創立的這所中心小學，本可建成五層建築，但因收攏六校學生後，四層教室已足夠，因此落成時只蓋了四層。其獨特的綠色外牆，呼應着沙頭角的青山翠谷。葉老師笑着回憶，當時到校要跨山越海，「以前在每天清晨七時來到上水北區會堂前，學校準備了一架沒有空調的校車，接載師生蜿蜒行駛。單線雙程的窄路穿過醬園廠，鹹蛋黃般的朝陽與豉油香氣交織成難忘的晨景。」由於交通不便，那時三時必須放學，老師想留堂都不行，因為校巴要趕着送孩子回家幫工。

☰ 葉老師站在沙頭角中心小學天台，後方為中英街，看見後方高樓四起，正是內地沙頭角的現況，與圍欄內的小屋（香港沙頭角禁區範圍），形成鮮明的對比。

☰ 2025 年的沙頭角中心小學。

♪ 沙頭角中心小學校歌

抬頭看天高日朗　激我心志飛揚
邁步向大道康莊　公德道義同嚮往
趁青春　莫等閒
我們努力學習奮發向上
正少年　該立志
大家和睦親愛共覓理想
我們來自四方
同成長　同茁壯
毋忘師恩
浩蕩　育我成才作社會棟樑

校歌裏的教育傳承

現任教師中，葉老師是唯一完整經歷校歌演變的人。每周三朝會，他總能在孩子們參差不齊的歌聲裏，分辨出本地生與跨境生的微妙差異：「以前漁民後代唱校歌時，非常整齊，富有感情，現在學生大部份是跨境學童，內地孩子對國歌比校歌更有感情。」

沙頭角中心小學的校歌由梁耀明創作，歌詞濃縮着這所學校的靈魂。葉老師說，廣府話的原版中，有一句「抬頭看天高如日朗」，旋律明快，2000年後已轉為普通話，但歌詞「一字未改」。「『我們來自四方』這句最妙，」葉老師手指輕敲節拍，「既是六村合併的寫照，也預言了後來跨境學童的時代。」

講台上的三十三個春秋

「先管後教」是葉老師堅守的原則。他記得1990年代帶學生去香港公園旅行時，漁村孩子與外國遊客因語言不通起衝突。他也見證過水上話與客家話在校園裏此消彼長。如今面對教育理念的迭代，他始終相信：「嚴管與厚愛從來不是對立面。」書桌抽屜裏，三十三張畢業照按年份排列。有學生

☰ 時任港督彭定康，到邊境中的特殊村校沙頭角中心小學參觀，與同學交流。

帶着子女來報到時說：「葉 Sir，我們全家都是你教出來的。」這種跨越世代的連結，或許正是他在這所禁區中的學校一直任教的原因。

隨着社會發展，愈來愈多人搬到城裏居住，村校持續面臨生源減少的問題。2003 年 SARS 期間，學校一度只剩下六個班級。2007 年，葉老師和同事開始每周往返深圳鹽田、布吉招生。「周六全天、周日下午，我們在內地表演招生，反應比香港本地的家長會更熱鬧。」隨着「單非雙非」學童政策開放，跨境生從鹽田步行經中英街上學成為特色，學生人數逐漸回升至十二班的規模。

2019 年後，因政策調整，中英街通道關閉，在中英街居住的學童，不能再從中英街通道直接步行到沙頭角中心小學上課。葉老師就憶起，1990 年代騎車穿過中英街去鹽田，沿途還是低矮的平房；如今窗外燈火璀璨的高樓，恰如教育生態的隱喻 —— 有些傳統終將消逝，但總有些精神會像校歌般，在代代傳唱中獲得新生。葉老師翻着不同時期的畢業照感慨：「因為疫情，那幾年的合照都是電腦合成的，但每張照片背後，都是香港教育變遷的見證。」

坪洋公立學校 村校運動精英搖籃

在理解村校生活的過程中，許多故事雖然各有不同，卻總有一些相似的脈絡、重複出現的主題，成為認識村校文化的切入點。

記得在坪洋公立學校錄校歌那天，來自坪洋村的舊生陳房水（房水哥）笑着說：「你要聽這間學校的故事，五天五夜都聽不完。」而在所有故事中，有一個名字必定會被反覆提起：關錫康校長。他不會一味強調「求學只為求分數」，而且非常重視體育教育。在他的帶領下，坪洋公立學校一度成為「上粉沙打」地區（北區上水、粉嶺、沙頭角及打鼓嶺的合稱）的運動精英搖籃，培養出許多優秀的運動員，有新界小學籃球、乒乓球王國之稱。邱烙汶（Candy）正是其中一位出自坪洋公立學校的運動員。

邱烙汶：全能運動員校友

認識 Candy 的過程，總是先聞其聲，後見其人。我在 2013 年在坪輋辦藝術節時，她那爽朗的笑聲成為我們最熟悉的「導航」—— 每當在村中迷路，總能循着這陣笑聲找到方向。

「是啊，我四年級開始做運動員！」她笑說。Candy 是那種讓人過目難忘的女子。高挑勻稱的身形，尤其是那雙運動員特有的修長雙腿，總能讓人一眼認出。Candy 在 1974 年入學，四年級時被選為田徑隊員，參加了 50

舊生眼中的關錫康校長

坪洋公立學校的校友總津津樂道關錫康校長的治校點滴。在這片達 16 萬平方呎（約相當於十個標準足球場）的廣闊校園裏，校長推行獨特的「因材施教」。他會在每天清晨逐班詢問：「誰想勞動？」舊生邱建海（海哥）笑稱自己總是第一個舉手。他們親手剷平山丘建球場，用紅毛泥（混凝土）澆築滑梯，甚至戲稱「成績差就罰搬泥」。這些汗水交織的記憶，讓校友對母校產生深厚情感。

☰ 右二為 Candy，可見她拿了兩面獎牌，中間為她的體育老師胡燕龍。
（圖片來源：香港教育大學香港教育博物館）

☰ 坪洋公立學校運動會上拍的照片，戴眼鏡的是關錫康校長，其治校方針孕育出一班坪洋運動好手。（圖片來源：香港教育大學香港教育博物館）

☰ 坪洋公立學校的學生們（約 1970 年代），正使用泥鏟及雞公車（鐵製獨輪手推車）運送建材，協助修建校舍後方的足球場。

☰ Candy 於上粉沙打四區學體分會第二十一屆校際運動大會中，在跳遠項目獲得第三名。
（圖片來源：香港教育大學香港教育博物館）

米、100 米、200 米等多項比賽。她的努力與天賦很快得到了認可，五年級時，她加入了籃球隊，並在六年級時開始參加羽毛球比賽，是學校的「全能運動員」。「每次比賽，我都會盡全力跑，」她說，「雖然訓練時我很懶散，但一到比賽，我就會像一隻『癲馬』那樣，拼盡全力。」她的努力不僅為學校贏得了許多獎牌，也在多年後的小學聚會才知道，自己當年是同學們的偶像。

關校長的「汽水獎勵制度」

坪洋公立學校當年的學生體育成績出眾，Candy 回憶道，「尤其是籃球，連續取得很多年的冠軍。」而關校長正是孕育出一班坪洋運動好手的重要推手，他採用具創意的獎勵機制，讓學生在運動場上找到了持續努力的動力。其中最讓 Candy 津津樂道的，莫過於獨特的「汽水獎勵制度」。關校長親自設計了一套獎勵系統，為每位運動員準備一本專屬紀錄簿。Candy 說：「校長自己做了一本簿子，運動員每人派一本。我們每天參加訓練時，

☰ 1977 年，關校長與坪洋籃球隊合照。（圖片來源：香港教育大學香港教育博物館）

大埔理民府喇沙鄉村團合辦

嘉錫美修士杯籃賽頒獎

坪洋學校以三分之優奪冠軍

（特訊）由九龍喇沙鄉村服務團及大埔理民府合辦的「嘉錫美修士杯籃球邀請賽」，經於昨日完滿結束，參加學校計有新界及城市學校，南涌公立學校、沙頭角官立小學、石湖學校、坪洋學校、[illegible]、中英文中學、鹿頸學校、陳瑞祺學校、喇沙書院等。

球賽經過競爭異常劇烈，各隊健兒均努力赴賽，高潮迭起，結果：坪洋學校以三分之微壓倒陳瑞祺（喇沙）書院，勇奪冠軍，陳瑞祺屈居亞軍。

頒獎典禮於當日下午六時假座喇沙鄉村服務團所興建的籃球場舉行，蒞場觀禮嘉賓計有：大埔理民府高級[illegible]、喇沙書院校長嘉錫美修士、林鈞、李志超、李卓南、沙頭及各校校監、校長、師生、鄉紳父老數百人。首由鄉村服務團團長致詞，除多謝各校校長師生的支持外，並宣佈冠軍隊伍，繼由嘉錫美修士頒獎。冠軍隊伍除獲錦旗一面外，並得保存嘉錫美修士杯一年，亞軍獲贈錦旗一面，其他參加隊伍均獲贈紀念旗，以資紀念。

繼頒發「常識問答」比賽優異獎，首名喇沙小學、第二名沙頭角官立小學、南涌公立學校得第三名，各得名貴獎品，藉資鼓勵。

最後全體拍照，並茶會招待各校嘉賓，盡歡而散。

又訊：九龍喇沙書院鄉村服務團定於本（八）月六日，招待沙頭角村民作環島遊河，並往香港牛奶公司及荳品公司參觀，經由香港海事處及大埔理民府代爲安排有關交通問題，使村民們得享盡暢遊之樂。

☰ 坪洋公立學校籃球隊擊退城市學校的籃球隊伍。《華僑日報》，1970 年 8 月 1 日。

校長都會在場邊認真記錄，當我們投進三分球時，還能獲得更多小印章。當印章累積到一定數量，便可到球場旁的合作社換取汽水作為獎勵。」這個小小的激勵，讓孩子們在烈日下揮汗練習時，總能保持高昂的鬥志。

關校長還積極為學生們創造各種比賽機會，開拓他們的視野。Candy 分享:「我們小學的冠軍球隊會選拔優秀隊員，代表新界區到九龍參加比賽。不僅是我，連我朋友的姊姊們都有過這樣的經歷。」這些難得的比賽機會，讓「鄉下妹」可「出城」展現自我，是非常重要的童年成長經歷。

最令人感動的是，關校長總是親力親為地陪伴學生訓練。Candy 動情地說:「校長每天都會在場邊看着我們練習，絕不讓我們偷懶。每一次訓練，他都會在場為我們加油打氣。」這種無聲的陪伴與支持，往往比任何獎勵都更能激勵孩子們堅持下去。

追夢學生的可靠後盾

Candy 因出色的運動表現，經常獲選代表學校參加「上粉沙打」運動比賽，也因此有機會到北區不同村校集訓。然而，對一個小學生來說，獨自往返不同學校並不容易，幸好背後有葉書記 —— 坪洋公立學校的書記默默支持。關校長特別安排葉書記開的士接送 Candy，確保她能準時抵達訓練地點，並安全返回學校。回憶起這段經歷，Candy 笑着說:「當時哪會懂得去那麼多學校，更別說有錢搭車。」

在葉書記的接送下，她得以踏進不同的校園，見識到更完善的訓練環境。有一次，她到上水鳳溪公立學校集訓跳高，那裏的場地鋪設了專業的軟墊，讓她能放心練習落地動作。然而，一回到坪洋學校訓練時，她一時忘記兩地差異，毫不猶豫地縱身一跳 —— 結果「啪」的一聲重重摔在硬地上，痛得她當場大叫:「怎麼這麼痛啊！」這時她才猛然想起，坪洋的跳高墊只是類似榻榻米的簡易保護墊，根本沒有軟墊的緩衝效果。

眼界開闊過，當刻她又氣又好笑，立刻跑去找關校長反映，要求換成軟墊。但關校長聽完，也只能無奈地笑着回應，畢竟學校資源有限，無法像其他學校那樣配備完善的器材。即便如此，對 Candy 來說，關校長和葉書記的支持，早已讓她的運動之路走得更遠。他們的付出不僅是接送或獎勵，更是一份讓孩子敢於追求夢想的安心與勇氣。

運動以外　在校慶飾演梁山伯

在坪洋公立學校的日子裏，Candy 不僅在運動場上發光發熱，也因身形比同齡孩子高大，成為校慶表演的常客。每年校慶，學校都會精心籌備演出，學生的投入讓這些表演成為村校最令人期待的盛事。Candy 回憶自己最特別的一次演出，是反串飾演梁山伯。「那是一個現代舞表演，我們像蝴

Candy 於 1981 年的畢業照，當時畢業生人數仍頗多。

Candy 於校慶中反串演梁山伯，背後可見坪洋公立學校正門。

蝶一樣翩翩起舞，雖然不用唱歌，但每個動作都要優美流暢。」她笑說。當年的表演服裝，是由一位胡老師親自為學生量身訂做，舞蹈編排也全由老師一手包辦。校慶對這所村校來說意義非凡，不僅在校生全力以赴，連畢業生都會回校參與，節目從山地舞到疊羅漢，無不展現師生的創意與默契。

最讓 Candy 印象深刻的是，她在小六那年首次扮演梁山伯，而升上中學後，老師竟特意邀請她回校，在校慶時再度演出同一個角色。「明明已經是中一生了，但老師還是希望我能回來表演。」她笑道。這份邀請不僅是對她表演能力的肯定，更蘊含師長對她的信任與期待。無論是運動場還是校慶舞台上的每一次轉身、每一次跳躍，都成為她成長路上最鮮明的印記，也見證這所村校如何以熱情與創意，為孩子編織難忘的童年回憶。

☰ 男同學於校慶中表演疊羅漢。學生及老師均於放學後，留在學校排練校慶演出。（圖片來源：香港教育大學香港教育博物館）

村校的蔬菜種植賽

香港的校際運動比賽和音樂比賽廣為人知，但鮮少有人知道早期的鄉村學校曾舉辦「校際蔬菜種植比賽」。這項比賽不僅獎金可觀，參賽的作物種類也相當豐富，例如蘿蔔、甜粟及矮瓜等，反映了當時農業在社會中的重要地位。

☰ 火炭公立學校參加蔬菜種植比賽，以大蘿蔔榮獲優異獎。

跨越三十年 兩代坪洋記憶

莫偉恒，Candy 的兒子，與母親有着一個特別的共同點 —— 他們都是坪洋公立學校的畢業生。然而，相隔三十年的時光，讓母子兩代的村校經歷呈現截然不同的面貌。莫偉恒的故事不僅記錄了個人的成長軌跡，更折射出香港村校教育在時代變遷中的深刻轉變。

談及學校的變化，莫偉恒感觸良多：「媽媽那個年代的村校很純樸，充滿鄉土氣息。但到我讀書時，學校已經變了很多，特別是『雙非兒童』的加入帶來了全新的校園文化。」所謂「雙非兒童」，是指父母在香港工作卻居住在內地，每天跨境上學的學童。在莫偉恒的班級裏，雙非同學佔了相當比例，只有少數是來自附近村落的本地孩童，這種獨特的人口構成讓他的學習環境與母親那一代形成了鮮明對比。

運動場上，莫偉恒完美繼承了母親的運動天賦。在校期間，他特別熱衷於籃球運動，但這段經歷卻充滿了挑戰。「那些雙非同學通常年紀比我們大，身材更高大，體格也更強壯。」他回憶道，「每次『鬥波』時，我們本地生常常處於劣勢，那時候總覺得很委屈，感覺被欺負了。」

然而，時過境遷，如今已成為籃球教練的莫偉恒對當年的經歷有了全新的理解。「現在教小朋友打球時才發現，小時候被迫和年紀大的同學對抗，反而讓我的球技進步得更快，學到的也更多。」這段特殊的成長經歷，不僅磨練了他的球技，更培養了他面對挑戰的韌性，成為他日後從事教練工作的寶貴財富。

從 Candy 到莫偉恒，兩代人在同一所村校的成長故事，就像一面鏡子，映照出香港教育與社會的變遷。母親記憶中的純樸校園，在兒子時代已轉變為多元文化的熔爐，而不變的，是這所村校始終為學子提供了成長舞台與人生啟蒙。

☰ Candy 和兒子莫偉恒回到坪洋公立學校的籃球場「鬥波」。

坪洋公立學校

PING YEUNG PUBLIC SCHOOL

No. 44

This is to certify that Yau Wong Tai of this school has completed a 6-year Primary Course and has reached a satisfactory standard in the School Leaving Examination.

茲證明學生 係

在本校小學六年級修業期滿

並經參加本校畢業考試成績

及格准予畢業此證

監督 凍廣才

校長 關錫康

Supervisor

Headmaster

坪洋公立學校

PING YEUNG PUBLIC SCHOOL

No. 16

This is to certify that MOK NGO HANG of this school has completed a 6-year Primary Course and has reached a satisfactory standard in the School Leaving Examination.

茲證明學生 莫敖恆 係

廣東省東莞縣人現年十二歲

在本校小學六年級修業期滿

並經參加本校畢業考試成績

及格准予畢業此證

監督 陳廣才

校長 魯倩卿

Supervisor

S. H. Lo

Headmaster

Date 10/07/2005

☰ 兩代人的畢業證書，左為 Candy 的姐姐於 1968 年的畢業證書，右為莫偉恒 2005 年的畢業證書，時隔三十七載。

教育傳承
葉氏父子的坪洋歲月

在坪洋公立學校的歷史中，除了關錫康校長備受敬重外，還有一位不可或缺的人物 —— 葉書記。自 1968 至 2001 年，葉書記在坪洋服務長達三十餘年，與關校長、胡燕龍老師並稱「三劍俠」，於關校長在任期間，一同帶領學生建設校園，例如校門的石砌校章等。葉書記見證了這所村校的興衰，而他與坪洋學校的緣分，更延續至下一代，譜寫出兩代人投身教育的動人故事。

葉書記是坪洋公立學校的元老級人物，由第一任校長工作至第五任校長，直至退休為止。坪洋從祠堂旁的私塾開始，到有自己的校舍，葉書記都有份建設。他常向兒子葉頌昇（海星）憶述當年創校的種種，這些故事原來一直給予海星無比的力量，推動他那另類教育的夢想，成為教育路上的精神支柱。有趣的是，葉書記夫婦當年在坪洋拍攝結婚照，被視為當年的「新潮」之舉，而這份與學校的情感紐帶，日後竟在兒子身上重現。

海星也是村校畢業，村校總給他一種獨特的親切感。從香港浸會大學應用物理學學士畢業後，1997 年回到父親仍在服務的坪洋公立學校任教，展開教育生涯。當年全校僅二十九名學生，年輕的他甚至被誤認為轉校生。在坪洋的九年教學歲月裏，他深受這所自然氣息豐富的村校啟發：孩子們在操場自由奔跑、師生一同打球遊戲的場景，讓他萌生創辦另類學校的夢想。一年後，海星的太太白鷺也加入坪洋教學，兩人因共同理念攜手，最終在 2007 年創立「鄉師自然學校」，實踐自然教育與自主學習的理想。

創自然學校　延續坪洋精神

鄉師自然學校的校舍，亦沿用了建於 1957 年的鄉村學校「鄉村師範專科學校同學會學校」校舍。海星說：「我一直覺得坪洋結束，是一件很可惜的事，因為偌大而自然的校園，正是辦另類教育理想的場地，不僅是父親的

前排左二為葉書記，右一為海星，兩代一起在學校前，與第三十五屆畢業生與校董、教師留影。

相中為關錫康校長，手抱的嬰兒為海星，即葉書記的兒子。

葉書記常帶兒子海星回坪洋公立學校遊玩。左圖為校舍內師生一同建設的石滑梯。

☰ 坪洋公立學校的校章公園。這校章當年由關校長帶領葉書記及同學一同砌成。

青春，更是我教育夢想的起點。」

海星回憶，父親那一代人親手建設的坪洋校園，承載着樸實而深刻的教育價值：「村校的學習生活自然簡單，學生純樸，對學校感情深厚。」儘管坪洋最終因縮班殺校潮結束，但海星將它的精神在鄉師自然學校重生——孩子不必追趕功課，而是在自然中成長。自然學校除了主要科目教學之外，提供如登山、露營及獨木舟等戶外教學，孩子可從小體驗大自然。校內也有不同類型的選修科，及自選題目的畢業專題，讓學生選擇喜歡的課程，提倡人本和自主。為了給予學生自由遊玩的空間和時間，小息時間亦比一般學校長和多。

從葉書記見證坪洋的創校，到海星在廢校陰影中開創新教育模式，兩代人的故事勾勒出香港鄉村教育的變遷。如今，海星為鄉師自然學校校長，繼續書寫自然教育的實踐與反思。這種跨越時空的傳承，或許正是教育工作者最珍貴的浪漫。

訪問期間，我拿着一張海星小時候坐在父親私家車上的舊照，提起葉書記用的士接載 Candy 到其他村校接受訓練的往事，海星笑說：「我沒有聽過啊！不過爸爸以前的確有一架的士，新界的士是在 1976 年 9 月 23 日開始發牌，我爸是第一批獲發牌的的士司機，1976 年我是七歲，所以七十六年前開的是私家車，圖中便是爸爸揸的士前的私家車，這車牌，我仍在使用。」

村校的故事，不只有歌山水樹人，只要慢慢細看，處處是香港故事。

☰ 兒時的海星坐在父親葉書記車上留影。

☰ 海星與自然學校的學生玩成一片，學生看到海星校長拍照時，主動説要一起合照。

火炭公立學校的村落日常

♪ 火炭公立學校校歌

九龍半島　沙田之東　佛子坳上　立我黌宮
厥名火炭　烈炎熊熊　生比鋼鐵　師如匠工
鍛之鍊之　既冶且鎔　德智是尚　勤毅成風
莘莘學子　郁郁葱葱　名實相副　造極登峯

「莘莘學子，郁郁葱葱，名實相副，造極登峯。」位於沙田市中心以北的火炭公立學校的校歌寄語學子造詣能登高峰，但村校回憶，自然不止於學問的精進，舊生李子顏倒是想起一個小山坡。那時每日上學須經過一條小徑，穿過蔥綠的農田，再攀上那座山坡。約莫十分鐘的路程，晨露總會沾濕鞋履。

然而，年幼的李子顏對此其實頗為厭煩，老師要求他們每日撰寫日記，記錄生活點滴，她只覺得日子枯燥乏味，無非是起床、上學、吃飯、睡覺這般循環往復。然而時光逝去，看似尋常的村落日常，卻成為最令人懷緬的時光。

尤如動植物園的學校

事實上，火炭公立學校可供玩樂的地方可多了。校方設有種植馬尾松與鳳凰木的區域，還劃出一個有毒植物區，老師諄諄告誡同學哪些植物只可遠觀，宛如一座生機盎然、可供探險的動植物園。校內飼養許多動物，李子顏說：「我小息時最愛觀看的是白兔。又如孔雀開屏時，絢麗的尾羽會持續展示接近一個小時，經常引得學童爭相圍觀。還有猴子籠中的獼猴，獼猴雖然曾經抓傷同學，卻是我們喜歡尋找的玩伴。」她又指，校園的水池底以石塊

☰ 李子顏（左）與現為火炭村村長的學兄鄭志興（右）重回母校。母校早於 1980 年代停辦，只剩下大門石柱。

☰ 火炭公立學校內的動物園，包括猴子籠、孔雀籠、兔子亭等。

砌成了香港地圖，是師生共同創作的結晶，他們常指點着說：「這是九龍，那是香港島。」池水便成了遼闊的海面。

李子顏又說起一次跟隨學校出行，師生一起前往大水坑及亞公角。當年到大水坑需乘船，那艘形似龍舟的木船雖不若龍舟修長，卻也別具特色。當船在海中，晨光初照，會看到銀光閃閃的魚兒在船邊跳躍，聽見魚尾拍打船板的聲響。她指當時其實心裏驚惶失措，如今想來卻是難得的體驗，現今也難以再見此景。

回憶經過歲月沉澱，變得甘甜好玩，連當年眼中的頑童鄭志興，今天也已長成用心傳承火炭村歷史的村長。李子顏笑指，有一年中秋節，還是小孩子的鄭志興和其「童黨」玩抛石頭，打壞了李子顏掛在屋前花園的燈籠，因此非常討厭他。如今，身為村長的鄭志興不時分享自己的兒時回憶，傳承火炭村的故事，令李子顏完全改觀，甚至一起重返母校笑談當年。

校內的兩條小鱷魚

同為火炭公立學校舊生的鄭志興，對村裏的歷史深有研究。他說，火炭公立學校校園內曾飼養兩條鱷魚，而這背後的故事與一場工展會有關。當年，學校的黃偉才老師帶領學生參加工展會，其中設有鱷魚館，主要展示利華民公司出品的「鱷魚袖」（即鱷魚牌襯衫）。為了吸引市民入場參觀並購買商品，商家特意從新加坡引進活鱷魚供人觀賞。更特別的是，當時的促銷活動規定：購買兩件「鱷魚袖」，即贈送兩條鱷魚 BB（幼鱷）。於是，火炭公立黃老師便買了兩件「鱷魚袖」，並將獲贈的兩條小鱷魚帶回學校飼養。自此，校園內的動物園中，便多了這兩位「猛獸居民」，成為一段鮮為人知的趣聞。

日戰時曾作馬房

回顧火炭公立學校的創校歷史，鄭志興說，她前身為沙田火炭村私塾，1920 年定名育文學校，1931 年更名中華型教義學。二戰期間，校舍被日軍徵用為馬房，被迫停辦，後經村中父老協力修繕校舍復課。然而，校舍老

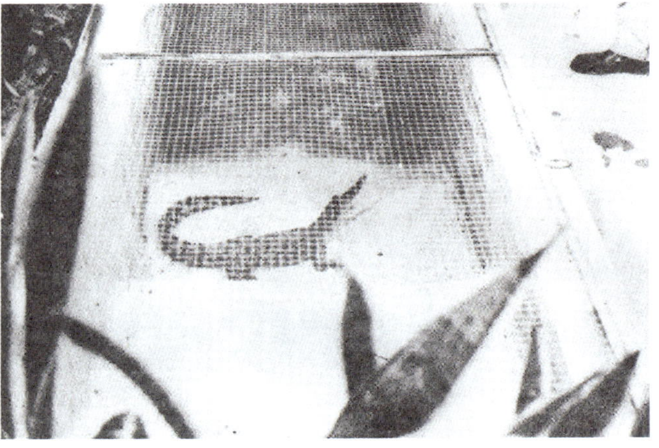

☰ 在工展會購買鱷魚袍送的兩條活鱷魚，成為學校內的「猛獸居民」。

☰ 第二十屆工展會設鱷魚館，從新加坡引進鱷魚供人觀賞。《天天日報》，1962 年 12 月 9 日。

☰ 圖中為 1964 年，鄭志興於屋前留影，背景正是渣甸染廠（怡和染廠）。當時火炭公立學校的學生包括了廠房工人的孩子。

舊，難以應付需求，鄉賢組成了校董會，獲政府撥地撥款，於現址興建新校舍，更名為火炭公立學校，設兩間教室，收容本村及鄰近村落兒童。1959 年 9 月新校啟用時僅辦初級小學。

由於香港渣甸染廠（怡和染廠）在同年區內設廠，為廠房工人提供宿舍，為解決工人子弟就學問題，廠方與校董會協議擴建，升格為完全小學。其後陸續增建文澤亭、乒乓球桌等設施，又設孔雀籠、魚池、氣象台等，荒地煥然一新。李子顏記得，這個名為文澤亭的避雨亭，有幾條圓形的柱子，每當油漆剝落便會重新上漆，而秋風送爽正是上漆的最好時機。有一次，課堂鐘聲響起，同學匆匆忙忙走回課室上課，正當經過文澤亭之際，遠見一位女同學站在圓柱旁邊不動，她心想:「奇怪了，不用上課嗎？」李子顏一看，原來她的頭髮與紅色漆油黏在一起，怎樣拉扯也分不開，樣子非常無奈，但因為須趕回山上上課，不知後續如何，只記得一位低年級的男生通知了老師處理。事發的第二天，女同學的頭髮就由長髮披肩變成清湯掛面了。

課室裏的風雨夜

在一件接一件跟母校有關的回憶中，最驚險的要說一年夏天的風雨夜。李子顏回憶，那天颱風襲港，狂風暴雨，加上潮汐影響，海水倒灌，水塘排洪的情況下，整個沙田都陷入了山洪水災。「我家就在火炭谷最低窪的地方，每逢翻風落雨，除了大型電器用品外，我和弟弟就將所有家居物品都搬到小閣樓上，已是習以為常！」那天下午，她本來還懶洋洋地如常將物品如衣服鞋襪、書包書本、證件相簿搬到小閣樓，弟弟就將心愛玩具火速搬放到安全位置，「與此同時，海水已經從去水渠倒灌湧入屋裏，爸媽就讓我帶着兩個弟弟及尾隨的小狗到親戚家中暫避，他們就留在家中執拾。」誰知洪水很快從山上洶湧而來，爸媽及時與他們會合，但洪水也灌進親戚家中，轉瞬水深及膝，他們唯有撤離家園，一行十幾人走到高處的村民家中暫避。

由於情況惡劣，火炭谷恍如一片汪洋。正當大家憂慮之時，就收到及時通知，可以到火炭公立學校暫住。「這個消息令大家都鬆了一口氣！我們帶着少量的餅乾食水，拿着電筒，迎着風雨攀上小山坡走向學校。我們瑟縮在一間低年級的課室內，弟弟兩人就睡在乒乓波枱上。窗外狂風嚎叫、雨勢凌厲、樹木的拍打聲響，令我實在無法入睡。」當天還發生一件小插曲，突然「嘭」的一聲，眾人驚醒，原本睡在乒乓球桌上的二弟居然躺了在地上，幸好檢查後，沒有發現損傷。當晚的事雖然艱難，但慶幸還有火炭公立學校成為他們的容身之所。

留下來的校園精神

在一個風雨夜裏，這所村校曾經成為學生稍為安心的容身之所，但最終也得被時代淘汰。鄭志興說，火炭公立學校在 1968 年，因配合火炭谷安置區落成，曾經擴建，學額由最初的七十八名增至六百多名，但到 1970 年代初，由於怡和漂染廠因污染問題停業，加上沙田新市鎮發展，交通日漸便利，學生可到城裏的新式小學上課，火炭公立學校的人數便直線下降，最終於 1980 年代尾停辦。

火炭公立學校雖然早已不在，校園點滴卻在舊生心裏植根，形塑了他們的人生觀。李子顏尤其記得現年一百歲的陶老師的教誨，運動會上那句「要有體能精神，做事要堅持到底」的勉勵，至今仍在她耳際縈繞。又如兒時的繪畫作品遭老師否定，曾令她沮喪，直至目睹女兒畫出與兒時如出一轍的山水船畫，方悟藝術本無定式，每份創作皆有其價值。當兒子吹奏蘇格蘭民謠《蘇格蘭藍鐘花》時，那旋律又瞬間喚醒她與同窗齊聲合唱的校園記憶，彷彿過去遇過的一事一物依然存活在當下。「如今我仍保持仰望雲天的習慣。母校坐落山崗，遠眺可見馬鞍山景致。」就連某日目睹烏雲自山邊翻湧而來，風雨欲來之勢與雲色交融的景象，都成為她珍視的回憶。鄭志興亦特別為養育他的母校提詩，贈予學校與舊師生們：

火熱紅心齊創校
炭焰送暖無類教
學生綿綿人才眾
校譽傳頌沙田留

《火炭公立學校建校十周年紀念校刊》中，可見該校老師於 1968 年的合照。當時老師人數頗多。

1958 年舊校舍 。

1961 年擴建的新校舍。

☰ 火炭公立學校內的標本室收藏昆蟲、鳥類、蛇類等。

令人嘖嘖稱奇的標本室

火炭公立學校除了曾經出現兩條鱷魚，還有一間標本室！李子顏在訪問形容，當年由火炭公立學校黃偉才老師執掌的標本室，堪稱校園奇觀。室內收藏豐富，不僅昆蟲、鳥類、蛇類應有盡有，居然還有一頭雙頭豬標本，乃禾寮坑村農夫所贈。傳聞黃老師曾任軍醫，故精通標本製作技術。

回想我走訪過的村校，有數間均曾飼養許多不同的動物，讓學生觀賞和了解動物生態。但最為人稱奇而又最有系統的，確實要數黃老師的標本室。他曾在《火炭公立學校建校十周年校刊》撰文分享校內自然科設施及其發展，現也節錄如下，可從中一窺標本室的收藏理念。

〈本校自然科之設施及其發展〉（節錄） 文：黃偉才

香港是一個工商業發達的城市，但新界鄉村環境簡樸，學校向注重語文科教育。十年前當局開始提倡農村自然常識的發展，並於新界各校增設農村常識科目，舉辦各種自然科的活動，如自然科教具展覽，校園比賽，園藝種植比賽等，目的提高鄉村自然科常識的水準，使香港城市與鄉村教育平衡的發展。

本校位於沙田的小村中，四周田園林野，背山面海，風景優美，而隨處充滿自然科的題材，到處都是自然科的教具，這是本校對於自然科發展的優厚條件。例如：本校後山，滿是荒林灌木，夏秋間，鮮紅盛熟的馬錢果，

☰ 魚類動物展室在展覽中展示了不同魚類標本。

茄子，了哥王等，教人垂涎欲滴；奇形好玩的野果，如羊角拗、假芒果等，無法不教兒童不去採摘，那知，這都是有毒的禁果。

山野間的斷腸草、土南星、夾竹桃、開羊花、白花丹等，都有鮮艷的美花，兒童採摘後，液沾在指頭，再用手指拈取食物，毒液於是隨之入口，從這多方面的實情，我們於搜集學校附近所有有毒的植物，移植於校園的一角，闢為有毒標本植物畦，有系統的去指導兒童認識瞭解，這是我們自然科具體而實用的教材。

有些學生家長是以採藥為生的，他們很高興和我們合作，就在學校附近，採集許多實用的草藥，闢為藥用植物標本角，汝導兒童認識藥用植物的用途與價值。本校學生也有不少是漁民子弟，他們採集許多魚類、貝殼，製成許多教學用的標本。

好奇的學生，帶些青蛙回來學校，我們為他們設備玻璃缸，孵育青蛙，觀察牠的生活狀態。

春夏間，是蝶蛾繁殖的季節，火炭谷蝶蛾的品種特別多，我指導兒童去採集，製成標本，觀察牠們的生態，研究牠們與農作業的關係與利害。本校自然科的標本與設備，就是這樣一天天的研究、搜集、設計、創作、積累而成的。

我們對自然科的教學，不限於課本，也不限於課室，由課本的學理，推到我們現實生活及所接觸到的一切環境。我們課室沒有自然角的設備，但把自然角的設備，擴展到全校的各地。把課室的教學，移到菜圃、氣象臺、蜂場、花畦、魚池、鴿……使全校的園地成為課室，到處都充滿自然科學的問題，用以啟發兒童學習的氣氛。

目前我們感到最缺憾的，是自然科中物理與化學方面簡單儀器的設備，因為限於財力，無能購置。

本校今日有此淡薄的設備，皆由吳禮本校長的領導與鼓勵，及全體同事的幫助與合作，這一切都是我們大家的嘗試，希望教育先進，社會賢達多賜指導，萬幸！

古洞公立愛華學校的校園比武

☰ 在古洞公立愛華學校裏，兩位先生正擺好姿勢，準備切磋。

在蒐集村校故事的過程中，許多校友慷慨借出珍藏多年的舊照片，希望透過這些影像，讓更多人了解村校的故事。以上是一張來自古洞公立愛華學校的照片尤其引人注目 —— 在第二代校舍的操場上，兩位先生正擺開架勢，準備切磋武藝。這讓我不禁好奇：他們是誰？為何會在校園裏比武？

兩個版本的比武故事

那天適逢農曆三月十九日，為古洞觀音誕聚會。在古洞村鄧遠強村長的幫助下，我結識了一群古洞公立學校的校友。當我拿出這張照片詢問時，大家立刻興奮地說：「當然記得！」然而，關於這張照片的故事，校友們卻給出了兩個版本：

版本一　鄧村長回憶：這是一場武術表演，照片中是陳年柏校長的弟子，專程來學校為學生展示功夫。

版本二　另一位校友的回憶：照片中的兩人是學校員工，右邊那位是校役，他們平日就喜歡切磋武藝。

究竟哪個版本才是真相？或許需要更多校友的回憶來驗證。但對我而言，這正是蒐集村校故事的趣味所在 —— 每個人的記憶都有獨特的視角，真假或許並不重要，重要的是這些故事本身承載的情感與歷史，和那些願意分享的人。

文武雙全的陳柏年校長

提起陳年柏校長，校友對陳校長的印象極為深刻：他身材不高，卻才華橫溢。每天早晨，他會用小提琴為校歌伴奏，琴技精湛；他擅長繪畫，隨手在黑板畫幾筆，就能勾勒出一隻栩栩如生的猴子；他還時常帶學生外出寫生，可惜當年的「鄉下仔」還不懂得欣賞這些藝術薰陶，如今回想起來，才深感「走寶」，而古洞公立愛華學校的校歌亦出自他手筆，旋律非常優美。

在尋找村校故事的過程中，我見證了無數珍貴時刻。古洞正面臨「北部都會區」發展，承載着校友兒時回憶的菜站前地 —— 觀音誕的舉辦場所，也在 2025 年迎來最後一屆盆菜宴。那天，我與校友們合影，笑稱這是「再拍畢業照」。或許，照片無法留住土地，但至少能讓記憶「有圖有真相」地留存下來。

第二章

村校校歌留聲

歌詞背後的村校故事

我自 2013 年起開始走訪香港不同村落去尋問村校校歌，找回村校的舊生，把他們印在腦海的校園憶記，再翻出來。歌詞記錄歷史，旋律凝住記憶，校歌由此得以成為一種情感的召喚，連繫數代人。

記得一次約定谷埔啟才學校的校友回到已荒廢的校舍錄製校歌，事前其實無法預知會有多少人出現，但出乎意料，即使天文台預報有驟雨，依然有三十多位校友陸續抵達。錄音結束，一位阿姨緩緩走向我：「謝謝你，讓我有機會回到母校。」她沉默片刻，繼續說道：「其實我一直想回來看看，但又害怕見到學校現在荒廢了的模樣。沒想到今天，我重遇五十年沒見的小學同學。」原來許多校友因為地處偏遠、交通不便，多年未曾返校，校歌錄音卻成為一個讓他們有理由回來相聚的契機，衍生更多的回憶。

又例如嶺英公立學校的校歌，歌詞道「環繞着鼓嶺山光」，意指校園在打鼓嶺中，被群山圍繞，形成非常壯麗的景色。在校園，只要舉頭一望便能看見翠綠山群，而往時孩童，大部份來自打鼓嶺的村落，與大自然共生，這一句能鈎起舊生對村落環境的回憶，或兒時在村中上山下河的頑皮事。校歌歌詞，往往成為開啟村校故事的鑰匙，當校歌響起，舊生就會自然地圍在一起，哼唱、回憶，甚至爭論某句歌詞的細節。

這些舊生的回憶，讓人不禁認真思考每首歌詞背後，寫的到底是甚麼？當幾代學童每天在校園重複歌唱同一首校歌，把同樣的字詞刻印在童年的回憶裏，他們共享的是一段怎樣的故事和回憶？

一首可以唱的活歷史

如同今天所見的香港學校，坐落於鄉村的村校一樣擁有屬於自己的校歌。這些學童每天早上朗朗上口的校歌，字數不多，內容驟眼看來都是描述校園環境優美，鼓勵學生發憤圖強，但仔細聆聽，便會發現很多歌詞都根據

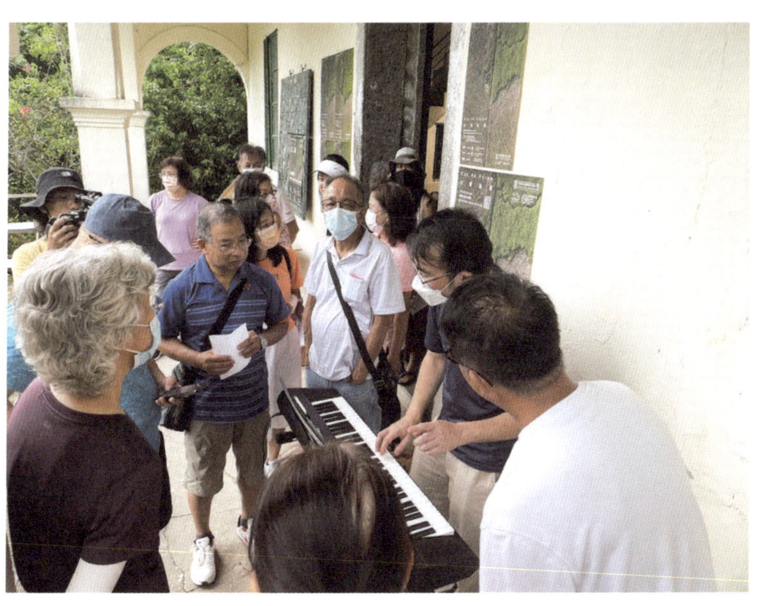

☰ 連綿雨下，無阻谷埔啟才學校舊生回到母校錄校歌。歌詞留住歷史，也連結今昔，串連幾代情誼。

每間學校各有的獨特之處，以簡單而優美的文字，仔細記錄學校創辦時的四周景觀、社會環境。

在我錄製過的多所村校校歌中，就有不少能見字如見校，寫出了校園的周邊環境和其辦學精神。如前文介紹過的坪洋公立學校、吉澳公立學校、青衣漁民子弟學校等，歌詞或是有山有稻，或是有海有魚，當中有在農田耕作的生活記憶，亦有漁民子弟隨父母打魚的片段。又如老圍公立學校的「務耕務讀務栽培」，兼提耕作和讀書，一些學校校歌則兼及運動。加上村校坐落鄉郊，師生每天面對自然景色，許多村校的校歌，充滿了對自然的讚美與對鄉土的留戀，唱出了村民對故土的深情。歌詞將每所村校獨有的風景與情感，凝結成旋律，用字自是跟城裏的學校不同。若能仔細閱讀，自有一番趣味。

除此之外，村校校歌歌詞會放進村中子弟建校的決心、辦學理念和對學生的期望，當中展現村校與自然、社區的深厚聯繫。好比小瀛學校的旋律便蘊含着多位鄉民共建校舍的歷史、沙頭角中心小學有六校合併的過去，即使如第三章會介紹的一首葵涌公立學校校歌，其跟校園環境幾乎完全不吻合的歌詞描述，原來也藏有學校的一頁小故事。本章亦會介紹一些學校隨社會變化而更改歌詞，出現新舊版校歌的情況。而在歌唱語言上，香港村校校歌除多以廣東話唱出，也有普通話、客家話或圍頭話版本，展現了濃厚的文化和地方色彩。村校校歌，不只是音樂，也是活的歷史檔案。

吉澳公立學校校歌

以下先以吉澳公立學校校歌為例，分析一首村校校歌的涵蓋內容。全首字數只有約八十字，但描述了學校的自然環境、建校精神、教育理念、對學生的期望和文化與情感的連結。雖然校歌的結構、理念都有相似的地方，惟同中有異。逐字細讀，自然讀到一所村校的故事。

☰ 1963 至 1964 年度吉澳公立學校的畢業典禮現場，可見課室黑板上方懸掛着校歌歌詞，顯示校歌在學校日常活動中的重要地位。

♪ 吉澳公立學校校歌

青山環抱　綠水圍繞　旖旎斯島　鍾靈毓秀

水陸一心　建校吉澳　發揚文化　孕育賢豪

興學培才　遠慮深謀　莘莘學子　負笈來遊

如日初昇　如泉始流　宜和平謙讓　毋自大自驕

刻苦勤求　為國效勞　吉澳之光　斯校長流

1. 描繪自然環境：鄉村的美麗風景

「青山環海，綠水圍繞，旖旎斯島，鍾靈毓秀」，生動描繪吉澳被山海環繞的美景，而且是個美麗小島。

2. 建校精神：社區的團結與努力

「水陸一心，建校吉澳，發揚文化，孕育賢豪」，村校的成立往往依靠社區的支持，吉澳居民主要由客家人與水上人家組成，這句展現水陸村民齊心建校的決心。後兩句亦反映村民對教育的重視，以及希望透過學校培養下一代、傳承文化的願景。

3. 教育理念：培養人才與品德

「興學培才，遠慮深謀，莘莘學子，負芨來遊」表達以培養人才為目標的使命。「如日初昇，如泉始流，宜和平謙讓，毋自大自驕」，太陽是校歌中常見的比喻，泉水則相對少見，也許由於吉澳島中多達十多個水井，加上島上十年一次打醮活動時，會從井中取龍水，滋潤龍脈，所以泉水對島上生活非常重要。全句寄語學生像初升太陽和湧動的泉水一樣充滿活力，同時保持謙虛平和的心態。歌詞既重教育的價值，也展現對學生品德的重視。

4. 對學生的期望：勤奮與貢獻

「刻苦勤求，為國效勞，吉澳之光，斯校長流」鼓勵學生勤奮學習，未來為國家和社會作出貢獻。這不僅是對學生的勉勵，也體現村校的使命——培養能夠回饋社會的人才，「吉澳之光」同時建立對吉澳的歸屬感。

5. 文化與情感的連結：校歌的意義

這首校歌是學校的教育宣言，也見社區文化的縮影。它通過對自然環境的讚美、對建校精神的歌頌，以及對學生的期望，將學校與社區緊密聯繫在一起。校歌會成為數代學生的共同記憶，讓每一位曾在吉澳公立學校求學的人都能感受到那份獨特的歸屬感。

古雅風韻的用字

除了看歌詞背後反映的故事，也可特別留意用字。不少村校歌詞往往蘊含深厚的古典文學底蘊，用字古雅考究，與一般認為「鄉村教育等同簡陋」的刻板印象大相逕庭。

這些校歌不僅承載教育理念，更展現了中國傳統文化的精髓。以下是幾個典型的用詞範例：

1. 修藏游息，興味深長（節錄自嶺英公立學校校歌）

典出《禮記・學記》:「君子之於學也，藏焉，修焉，息焉，游焉。」意指學習應貫穿生活各個層面，連閒暇時也不忘進修。這種將教育融入日常的理念，在村校校歌中獲得嶄新詮釋。

2. 濟濟蹌蹌（節錄自嶺英公立學校校歌）

源自《荀子・大略》，形容學子行列整齊、舉止合禮。戰國時描述朝廷儀態的詞彙，被巧妙轉化為描繪校園秩序的用語。

3. 巍巍黌宇（節錄自四山公立學校校歌）

「黌宇」一詞見於《後漢書・儒林傳序》，指古代學舍。村校以「巍巍」形容校舍，既展現對教育場域的重視，也寄託了對學子的期許。

4. 濟濟多士（節錄自蒲苔學校校歌）

出自《詩經・大雅》，原指周文王時人才濟濟。校歌借用此語，期盼學子成才後回饋鄉里。

5. 公立序庠（節錄自公立友恭學校校歌）

「序庠」是古代地方學校的稱謂，《孟子・滕文公上》記載夏、商、周三代學校名稱演變。村校以此自稱，彰顯其承先啟後的使命。

6. 洙泗溯宗（節錄公立攸潭美學校校歌）

洙泗是洙水及泗水兩條河條，流經魯國之地，春秋時孔子在洙泗之間聚徒講學，洙泗代表孔子及儒學的意思。《禮記・檀弓上》曾記載。

這些典雅詞彙的運用，顯示村校教育者自覺地將中國教育傳統融入現代辦學理念。尤其值得注意的是，這些引經據典的歌詞往往由當地教師創作，反映出戰後香港鄉村教師深厚的國學修養。後文〈夾縫絕響：由學堂樂歌至香港村校校歌〉中，徐允清也會提及，這可能跟當年內地有不少文人移居香港有關。不管如何，透過校歌，我們不僅聽見鄉村教育的聲音，更發現一條貫通古今的文化脈絡。

☰「有你有我有田有山有水有意」村校校歌展展示了村校校歌中一些富古典韻味的歌詞。

夾縫絕響：由學堂樂歌至香港村校校歌

文：徐允清

2022 年，我舉辦「香・校變奏：時光藝術展」村校校歌展，深感需要為計劃補上音樂分析的一章，我們有幸邀請到音樂學者徐允清老師加入研究團隊。徐老師不僅完成了詳盡的村校校歌音樂分析報告，更從專業音樂學角度撰寫專文，系統性地梳理了這些校歌的歷史淵源、音樂特徵與文化意義。這項開創性的研究，為香港村校研究開拓了全新的學術視野，這篇在 2025 年重新整理成稿，現也錄入本書。

2022 年 5 月，藝術工作者史嘉茵女士邀請本人為其搜集得到的一批香港村校校歌進行研究分析的工作。於是從當年 5 月開始，我對十間學校共十三首校歌從詞、曲、編的角度進行研究，並於同年 11 月 5 日及 13 日在長春社文化古蹟資源中心主辦（現香港文化古蹟資源中心）及藝術單位「香村」策劃的「香・校變奏：時光藝術展」中舉行了兩場講座，發表研究成果，其後整理成〈村校解碼：「校歌」再發現〉的研究報告。[1] 這很可能是第一篇系統性地研究香港校歌的文章。

在進行研究時，我將史嘉茵搜集到的校歌樂譜、歌詞及其安排的演唱錄像作為第一手資料，對校歌的音樂、歌詞及演繹進行分析。與此同時，我也搜集有關二十世紀初在內地流行的「學堂樂歌」的資料。在比較過香港村校校歌和學堂樂歌後，發覺它們音樂上的特色完全吻合。現在這篇文章討論兩者的關連和異同，所以從學堂樂歌說起。

1 徐允清：〈村校解碼：「校歌」再發現〉，《香港文化古蹟資源中心：〔香・校變奏〕成果展示紀錄》，2022 年 12 月 23 日，http://cache.org.hk/blog/vs_exhibitionrecord_essay/（瀏覽日期：2025 年 6 月 4 日）。

☰ 徐老師於元朗五和公立學校的黃屋村堂課室門前。碰巧地，他正現居於黃屋村，此村為組成五和公立學校的五條村之一。

學堂樂歌

在中國古代的正規教育中，音樂也是重要的一環，例如《周禮》的六藝為：禮、樂、射、御、書、數，當中便包括了「樂」，而孔子這位偉大的思想家、教育家，亦很重視音樂教育，並且訂正和編刪了《詩經》。[2] 然而，在一千三百年（605－1905）的科舉制度中，音樂在正規教育中是被忽略的。在十九世紀當西方文化以船堅炮利的方式傳入中國後，中國的知識份子深感自身音樂文化之落後，銳意向西方學習，於是在正規教育中也設立音樂課。

2　修海林：《中國古代音樂教育》，上海：上海教育出版社，1997，頁 13-20，40-47。

康有為在 1898 年上書光緒皇帝的奏摺中，倡議在新式的西式「學堂」加入「樂歌」一科。[3] 在二十世紀首三十年，在中國大量出版了適合兒童唱的歌集。當時的學堂樂歌，主要改編自日本、歐美的歌曲，填上中文的歌詞。後來也有知識份子自己新創作的歌曲，但百份比不多。當時着力從事這項工作的人物包括沈心工、李叔同、曾志忞等。[4] 據內地學者錢仁康整理而得，知道出處的學堂樂歌不下三百首。[5]

據陳燕婷整理，在二十世紀初出版的樂歌，音樂上有如下特徵：[6]

1. 旋律以二度、三度音程的進行為主，較少大跳；
2. 音域較窄，以十度以內為多；
3. 節奏簡潔、明快，多採用規整節拍；
4. 篇幅不長，多是對稱性的偶數樂句，一般不超過八個樂句；
5. 曲調以偶數拍子和大調式為多。

據內地學者的研究，學堂樂歌的思潮在 1930 年代便完結。[7] 學堂樂歌為引入西方音樂文化起着橋樑的作用。之後在 1927 年，在上海成立了中國第一間音樂學院——國立音樂院（上海音樂學院的前身），負責培訓本國正規音樂家的工作。而在 1920 年代開始，在內地共產黨控制的地區則興起「群眾歌曲」，[8] 因此學堂樂歌在 1930 年代亦完成了其歷史任務。

香港村校校歌

筆者在進行這項香港村校校歌研究工作的過程中，發現這批校歌音樂上的風格，與學堂樂歌完全吻合。通常這批校歌都沒有準確記錄創作的年份，

3 許常惠：《中國新音樂史話》第四版，台北：樂韻出版社，1998，頁 22。

4 齊柏平：〈「學堂樂歌」及其意義研究〉，《音樂創作》，2014 年第七期，頁 103-106。

5 錢仁康：《學堂樂歌考源》，上海：上海音樂出版社，2001。

6 陳燕婷：〈學堂樂歌：新音樂「共性語言」的源頭〉，載中國藝術研究院音樂研究所、香港中文大學音樂系編：《音樂文化・2001》，北京：文化藝術出版社，2002，頁 266。

7 齊柏平：〈「學堂樂歌」及其意義研究〉，頁 106。

8 蔣慧民：〈群眾歌曲與抒情歌曲〉，載「華夏樂韻」編輯委員會編：《華夏樂韻》，香港：香港電台第四台、教育署輔導視學處音樂組、香港教育學院藝術系，1998，頁 132。

但相信與學校的創辦年份相若。這批村校成立的年份由 1930 年代至 1960 年代不等（「香・校變奏：時光藝術展」場刊 2022），亦即是說，學堂樂歌並非如內地學者所言，在 1930 年代便完成其歷史任務，而是移植到香港這個英國殖民管治地繼續保存和發展。

然而，香港的村校校歌面對一個和學堂樂歌十分不同的問題：演唱的語言。據內地學者所言，學堂樂歌無疑是以國語演唱的，因為學堂樂歌一種潛在作用，就是推廣白話文和國語。[9] 然而在香港，究竟在創作者心目中，這些歌曲是以甚麼語文唱的？是粵語？是國語？或是其他方言？則恐怕難以有固定或確切的答案。

如果這批村校校歌是以粵語演唱的話，則要面對學堂樂歌無須面對的問題：詞曲音韻協調問題。粵語為高度音調化的語言，有九聲六調，亦即歌詞中已隱含旋律。若歌詞隱含的旋律和音樂上的旋律反向而行，則會出現「詞曲音韻不協調」（即「倒字」，或廣東話所稱的「拗音」）情況。

綜觀這批村校校歌，若以廣東話演唱，大部份都是「拗音」的。如何理解這種「拗音」的廣東歌現象？筆者認為有兩個解釋：一，在創作者心目中，並非預算以廣東話來演唱這些歌曲；二，在這批歌曲創作的年代，社會上並未普遍意識到創作廣東歌，需要考慮詞曲音韻協調的問題。

對粵語歌曲詞曲音韻協調的覺醒

筆者這裏談談以上的第二個情況。在以粵語演唱的傳統樂種（包括粵劇、地水南音、木魚、龍舟等），行內人都會懂得「問字攞腔」，即有了唱詞，演唱者便會依據唱詞唱出旋律，一般情況，創作人都無須特別記出旋律。至於粵劇中的小曲，大部份都是舊曲新詞（只有少數是為某劇特別新創作的）。[10] 劇作家憑經驗，自會寫出詞曲音韻協調的曲詞。因此，在以粵語演唱的傳統樂種，甚少出現嚴重的「倒字」情況。

9 陳燕婷：〈學堂樂歌：新音樂「共性語言」的源頭〉，頁 280。

10 Bell Yung, "The Role of Speech Tones in the Creative Process of the Cantonese Opera," *CHINOPERL News*, no. 5 (1975): 160.

然而，在主要以西樂思維運作而以粵語演唱的樂種，在 1990 年代以前，除了粵語流行曲外，大部份都未意識到詞曲音韻要協調。這些樂種包括教會聖詩、校歌、音樂教科書中的兒歌等。就以筆者成長年代（二十世紀七八十年代）所唱的以上三個類別歌曲，普遍出現嚴重倒字的問題。社會上普羅大眾開始意識到詞曲音韻要協調，是在 1990 年代以後的事。

以下勾勒筆者所知在香港對粵語歌曲詞曲音韻協調的覺醒歷史。這裏討論五個人的著作和教育工作：榮鴻曾教授（Prof. Bell Yung）、黃志華先生、Kelina Kwan、陳守仁教授及梁寶華教授。

上文提及在香港以粵語演唱的傳統樂種中，創作者和演出者在學習過程中不斷浸淫，自然而然便會懂得問字攞腔，寫出和唱出詞曲音韻協調（粵劇行內稱為「露字」）的旋律和歌詞。但不少行內人都是「知其然而不知其所以然」。要客觀理性解釋其道理，便要依賴學者的研究和分析工作。

筆者所知在香港最早進行這項研究的是榮鴻曾，他於 1976 年以 "The Music of Cantonese Opera"（粵劇的音樂）為題在美國哈佛大學取得音樂學的博士學位。他於 1975 年和 1983 年以英文在國際學術期刊刊登了三篇文章，討論粵語的音調問題，以及其在粵劇中板腔和小曲的運作方式。[11] 其後又於 1989 年出版粵劇音樂的專著。[12]

榮鴻曾教授指出粵語為有音調的語言（tonal language），[13] 據演出唱段的分析統計，平聲和去聲字常用的音高為 G, A, C, E，而上聲字通常旋律上行。[14] 在粵劇演出中，演員憑着對粵語的自然掌握便會唱出適當的旋律，而音樂上的旋律與唱詞隱含的旋律關係密切。

---

11 Bell Yung, "The Role of Speech Tones in the Creative Process of the Cantonese Opera," 157-167; Bell Yung, "Creative Process in Cantonese Opera I: The Role of Linguistic Tones." *Ethnomusicology*, vol. 27, no. 1 (1983): 29-47; Bell Yung, "Creative Process in Cantonese Opera II: The Process of T'ien Tz'u (Text-setting)," *Ethnomusicology*, vol. 27, no. 2 (1983): 297-318.

12 Bell Yung, *Cantonese Opera: Performance as Creative Process*. Cambridge: Cambridge University Press, 1989.

13 Bell Yung, "The Role of Speech Tones in the Creative Process of the Cantonese Opera," 157-167.

14 Ibid,162-163.

榮鴻曾教授在 1983 年兩篇文章的研究方法是將實際演出錄音記譜，然後歸納出粵劇中音樂操作的模式。[15] 一是透過研究不同演出或不同段落中的「七字清」（板腔的一種），總結粵劇板腔的共通之處在於唱詞結構、節拍及唱詞位置、線（可籠統地理解為西方音樂所說的調式）、結句音及伴奏模式。[16] 至於旋律則是不固定的，因為要問字攞腔達到露字效果。

另一篇文章則透過研究三個以《平湖秋月》作為小曲填詞的段落，總結劇作家在為小曲填詞時，會考慮歌詞隱含的高低音與旋律的高低音進行吻合。[17] 此外，音樂上分句之處，歌詞也有分句，亦即音樂上和文字上的分句必須吻合。但和板腔不同的是：唱詞的位置相對有彈性，可以留有空間由演出者演繹。

由於榮鴻曾教授以上的文章及書本是以英文撰寫的學術性著作，在 1990 年代以前，在香港的流傳面不廣，會閱讀的主要是民族音樂學者。而在普羅大眾的層面，有較大影響力的主要是黃志華先生的著作。

黃志華先生在 1989 年和盧國沾先生合著出版了《話說填詞》一書，當中他首次提出了「零二四三」的理論。[18] 這理論以廣東話這四個數目字代表九聲中不同的音高。填詞時只要將新填的詞配對這四個數目字，再看看音程是否在可接受的範圍之內，便可鑑定詞曲音韻是否協調。這種方法為沒有很強音樂基礎的人士，提供便捷的填寫廣東話歌詞方法。他又用表列出從一個音高組別到另一個音高組別可以接受的音程。這套方法後來在香港廣泛流行。

黃志華先生後來在 2003 年出版的《粵語歌詞創作談》中，補充說有人認為廣東話九聲的音高應歸納為「零二四九三」，但他認為「九」和「三」音高上的差別甚微，在填詞時可以忽略。[19]

15 Bell Yung, "Creative Process in Cantonese Opera I: The Role of Linguistic Tones," 29-47; Bell Yung, "Creative Process in Cantonese Opera II: The Process of T'ien Tz'u (Text-setting)," 297-318.

16 Bell Yung, "Creative Process in Cantonese Opera I: The Role of Linguistic Tones," 29-47.

17 Bell Yung, "Creative Process in Cantonese Opera II: The Process of T'ien Tz'u (Text-setting)," 297-318.

18 盧國沾、黃志華：《話說填詞》，香港：坤林出版社，1989。

19 黃志華：《粵語歌詞創作談》，香港：匯智出版，2016，頁 67-71。

Kelina Kwan 以英文撰寫、在 1992 年出版的學術性文章“Textual and Melodic Contour in Cantonese Popular Songs”（粵語流行曲中文字與旋律的線條），刊登在意大利學術性會議文章結集中。[20] 她承襲黃志華先生將粵語九聲的音高分為四個等級的觀點（但她列出來的四個音和榮鴻曾教授所列的四個音有所不同），以及從一個音級組別到另一個音級組別，在適當的音程範圍內是可接受的看法。這篇文章創新之處是以圖表繪出音樂的旋律線和歌詞的旋律線，由此可見在粵語流行曲中，這兩條線是同方向進行的。她也提及這兩條旋律線的關係，只須在一句之中考慮，亦即新的一句歌詞可從另一個高度重新開始。

筆者意識到填寫粵語歌詞要考慮詞曲音韻協調，始於 1988 年。當時我在香港中文大學攻讀學士學位，修讀了陳守仁教授的「中國音樂：戲曲」課程，了解到粵語為高度音調化的語言，因此在填詞時盡力做到詞曲音韻協調。

陳守仁教授於 1986 年以“Improvisation in Cantonese Opera”（粵劇中的即興）為題，在美國匹茲堡大學取得民族音樂學的博士學位，師隨榮鴻曾教授。陳教授在大學執教二十年中，培養了一批懂得欣賞、演唱和進行粵劇研究的學生，當中不少人後來成為香港推廣粵劇的中堅份子，包括梁寶華教授。梁教授現任香港教育大學文化與創意藝術學系教授及粵劇傳承研究中心總監，他於香港浸會大學修讀碩士學位課程時，曾修讀過陳守仁教授的粵劇課程，多年來對推廣粵劇的教育工作不遺餘力。由於這兩位教授的工作，在 1990 年代以降，香港人對粵語有音調的意識大大提高。

由以上討論可見，在香港普遍意識到粵語歌曲要考慮詞曲音韻協調這問題，是在 1990 年代以後的事。筆者所研究的村校校歌相信大部份成於 1930 至 1960 年代，當時即使創作者擬以廣東話演唱，也未意識到這問題，所以

20 Kelina Kwan, “Textual and Melodic Contour in Cantonese Popular Songs.” In Rossana Dalmonte and Mario Baroni, eds., *Secondo Convegno Europeo di Analisi Musicale*. 2 vols. Trento: Dipartimento di Storia della Civiltà Europea, Università degli Studi di Trento, 1992, vol. 1, pp. 179-187.

很多都是「拗音」的。

而這些校歌當中，有一個例子充份證明在這時代的轉變中，人們對這問題的覺醒。馬鞍山聖若瑟學校的校歌有兩個版本。舊版由胡文義於 1952 年作曲，作詞者佚名。這版本若用國語演唱是沒有詞曲音韻不協調的問題的，因為國語只得四聲，沒有像粵語般高度音調化。但若以粵語演唱，則出現嚴重倒字的情況。新版的校歌採用舊版校歌的旋律，由胡健挺於 2001 年重新填詞。這新版校歌以粵語演唱，完全沒有倒字的情況。這一點足可見證社會上對這問題的覺醒。[21]

香港村校校歌 VS 學堂樂歌

香港村校校歌雖然在音樂特徵上與學堂樂歌一脈相承，但有一點是與學堂樂歌不同的：歌詞撰寫的風格。學堂樂歌在二十世紀初流行，其中一個目的是要推廣白話文，因此歌詞上「質直如話」、「淺而不俗」。[22] 然而香港村校校歌很多在歌詞上十分典雅，具有文言文的風格。舉例如下：

♪ 長洲女校校歌

倚山觀白雲，面海看歸櫂。
展卷聽鳥語，濡筆賞花開。

♪ 青衣公立學校校歌

秀美山川，莊嚴學苑，
蓽路藍縷追前賢。
禮義廉恥，明恕忠信，
作育英才承訓言。
發揚校譽，切蹉黽勉，
努力求學策先鞭。

21 徐允清：〈村校解碼：「校歌」再發現〉，頁 20，35，90-95。
22 陳燕婷：〈學堂樂歌：新音樂「共性語言」的源頭〉，頁 265。

筆者相信這是與當時內地政治動盪，大批文人移居香港，因此歌詞撰寫者當中不乏文采豐富者有關。

以下總結香港村校校歌和學堂樂歌的異同：

1. 香港村校校歌在音樂風格上與學堂樂歌一脈相承，是二十世紀初內地新興、模仿西方歌曲的風格在香港的延續。

2. 學堂樂歌無疑以國語演唱，香港村校校歌可能以國語、可能以粵語或其他方言演唱。若以粵語演唱，很多時出現「倒字」的情況，這問題要到1990年代以後，當社會大眾對這問題有所覺醒才得到改善。

3. 學堂樂歌的歌詞顯淺，以配合當時推行的白話文運動。香港村校校歌不乏文辭典雅之作，相信與當時大量文人從內地移居香港不無關係。

結語

香港村校校歌乃富有本地特色的音樂作品，歌詞用中文演唱，音樂技法上結合中、西音樂特點。西方音樂技法表現在定量音樂（measured music）、切分音（syncopation）、附點節奏（dotted rhythm）、大調音階（major scale）、自然和聲（diatonic harmony）等的運用上。中國音樂技法表現在旋律潤飾、放慢加花及合尾的使用。而中西兼融的另一方面則表現在一些主要是五聲音階的旋律中，卻會在終止式（cadence）之處加上 fa 和 ti 音，以配合西方和聲學中終止式所要求的和弦進行。[23]

文字上，這些村校校歌旨在為兒童建立正確、正面、健康的價值觀，歌詞適切地表達了學校在辦學方面的理念、目標和方法。內容方面，鼓勵學生努力向上、勤奮勵學、學成自用、作國家棟樑、服務社會、造福人群。當中大部份用字典雅、文采豐富、廣泛使用文言文的修辭技巧。而歌詞中描繪的學校，可見美麗的環境、寬闊的景象，以及山明水秀、雀鳥嚶鳴的園林景色，這都和這些村校坐落的環境有關。[24]

23 徐允清：〈村校解碼：「校歌」再發現〉，頁 24-34。

24 同上，頁 6-23。

香港村校校歌是香港在英國殖民管治的夾縫下獨特的「中西文化結晶」，其音樂上的風格、技法，和二十世紀初在內地廣泛流傳的學堂樂歌一脈相承，但文字上卻保留了中國傳統文言文的典雅特質，所以既「非中非西」，但又「亦中亦西」。它們代表了 1930 年代至 1960 年代在香港特有的一種文化遺產。當學堂樂歌在 1930 年代後在內地湮滅時，香港村校校歌卻在這英國殖民管治地延續其生命。感謝史嘉茵在過去十多年來，不辭勞苦地為保存和重構這些村校校歌以及當中的人和事而努力，使我們今天能欣賞到它們的獨特之處。本人能參與其中，深感榮幸！

新舊校歌的坪洋變遷

師生會變換，學校會合併，校歌也不是一成不變。以介紹過的坪洋公立學校為例，由初次接觸、舉辦「坪輋．村校．展演」，以至後續的交往，我們與舊生們相處了近五年時間，反覆唱過無數次校歌，自以為對這所學校已相當了解。

然而，村校故事總有更多的細節正等待有心人發掘，那天當正式邀請舊生錄製校歌時，才驚覺原來還存在一個被他們稱為「舊版」的校歌版本，只要細察歌詞，就會發現不同版本的歌詞之間，映照出村校的歲月變遷。

一班跨年代的坪洋公立學校舊生，在殘舊卻依然在綠意中佇立的舊校校舍錄校歌。

突然冒出的舊版校歌

那天是第一次正式召集不同年代的校友錄製校歌，一共來了四位較早期的畢業生，都是我初次見面的坪洋村民。錄製前，我們照例與司琴劉子斌練習，調整音調和節奏。正當大家唱得起勁時，這幾位老校友突然停下來:「我們當年唱的校歌不是這樣的！」他們隨即精神抖擻地唱起了那個我們從未聽過的版本。

以下先來看兩個版本的歌詞：

♪ 坪洋公立學校校歌（舊版）

雲山蒼蒼　碧樹茫茫　田疇樹綠　稻麥飄香
巍然兀立是我坪洋　萃集農莊子弟　學習今古賢良
刻苦自勵　百鍊乃能成鋼
堅忍卓絕　行建方克自強
大家努力　一致向上
發揚華冑精神　為桑梓大放光芒

♪ 坪洋公立學校校歌（新版）

雲山蒼蒼　碧樹茫茫　田疇樹綠　稻麥飄香
巍然兀立是我坪洋　萃集勤勞子弟　學習今古賢良
刻苦自勵　百鍊乃能成鋼
堅忍卓絕　行建方克自強
大家齊努力　大家齊努力
為母校放光芒　為母校放光芒

找不同

兩首校歌的歌詞，究竟有甚麼不同之處呢？

從「農莊子弟」到「勤勞子弟」

坪洋公立學校早在 1958 年創校，由村民與政府合作興建現存佔地接近一公頃之校舍，到經過不同年代師生的建設，校內的設施、一磚一瓦、一草一木，早已跟當初不同。而校歌不僅是旋律，更是活生生的歷史文本，歌詞的轉換反映歷史的變化。像上述這首坪洋公立學校校歌，透過比對兩個時期的校歌版本，能清晰讀出村落經濟形態的轉變。早期校歌中的「萃集農莊子弟」，在新版本中已改為「萃集勤勞子弟」—— 這短短兩字的更動，背後是一整個時代的變遷。

舊版校歌中「稻麥飄香」的意象，描繪的是坪輋曾經的農業風貌。據校友回憶，1970 年代前，村裏幾乎家家務農、養家禽牲畜，孩子們放學後都要下田幫忙，餵雞養豬。校園成為「農莊子弟」的聚集地，歌詞如實反映了這種以農為本的生活形態。

經濟轉型的印記

隨着內地改革開放，毗鄰邊境的坪輋逐漸轉型。農田被物流倉庫取代，村民的職業也從農夫轉變為司機、工廠工人。新版校歌將「農莊」改為「勤勞」，正是對這種變化的微妙註解。有校友打趣道：「我們確實從拿鋤頭變成握方向盤，但勤勞的本質沒變。」使人感歎兩個校歌版本的奧妙之處。除了坪洋公立學校外，還有老圍公立學校、馬鞍山聖若瑟學校等都有不同版本，有些除了改變歌詞，更改變了語言，如前文提及過的沙頭角中心小學就出現了普通話版本，或有如橫洲公立學校由圍頭話變成了廣府話的演繹，背後反映的正是社會的變化。

☰ 坪洋公立學校在 1960 年代的航空圖，可見坪洋公立學校附近一帶滿是農田，正是校歌形容的「稻麥飄香」。

☰ 坪洋公立學校 1990 年代的校園，仍見天空廣闊，大樹壯健成長。

沒有校歌的培文記憶

「培文學校有校歌嗎？」第一次踏足培文學校所在的榕樹凹村，我如常第一句便問村民有沒有校歌，村民卻搖頭說沒有。由於在此之前，我也遇過沒有校歌的深井公立學校，因此這次我並不感到意外，即使並非每間村校都有校歌，每間村校仍有其獨特的故事與歷史，值得被記錄。

那天由榕樹凹村溫華聰村長駕駛快艇，從沙頭角出發，短短五分鐘便抵達榕樹凹。村民熱情地在村口的榕樹下擺了一桌盆菜，配上瓦斯爐，我們就這樣在樹蔭下共進午餐。村民溫國強（強哥）更向我介紹了溫玉香，別名「香香公主」。她是培文學校舊生，也是村中最後一位出嫁的少女，強哥當年還為她在村內家中門前的婚宴擔當大廚，煮九大簋。香香公主見證了榕樹凹的變遷，尤其是英軍駐守時期的點滴，堪稱村中的「真人圖書館」。

卜卜齋老師留下的歌詞

「我們的學校沒有校歌，但記得鄰家的哥哥溫華生，以前在村內的卜卜齋裏讀過書（舊培文學校），那裏有位在村裏留宿的老師劉裕祺老師，他為榕樹凹作過一隻歌。」提起校歌時，香香公主回憶道，更讀出全首歌詞：「榕樹凹係個好地方，家家戶戶養個大豬王，背山面海風水好，前面有個大魚塘，對面就係鹽田港。」我驚訝：「鹽田港？時代不吻合啊！」「哈哈，被你發現了，最後兩句是我自己新作的，可以 Rap。」培文學校雖然沒有校歌，但音樂從來不是官方專利，一位老師的作品還是在舊生心裏留下回憶，甚至用創意改編自娛。

提起培文學校，她回憶道：「它在榕樹凹碼頭附近，從碼頭走到學校，兩分鐘便到。學校為甚麼開在這裏呢？一來就比較靜，老師教書時不會影響到其他村民。而且從學校再走，要走一段路才進村，稍為遠離村落家園，學生可以專心一點。」

☰ 香香公主在村中出嫁，於家門前大排筵席，駐榕樹凹的蘇格蘭士兵亦為香香公主以蘇格蘭風笛吹奏音樂慶賀。

☰ 榕樹凹大王伯公旁邊的培文學校，攝於 1958 年。

滿載故事的祖屋

重陽節時，香香公主邀請我一同回村祭祖。每次回祖屋，香香公主都會帶上鐮刀、祭品和雞飯，回到祖屋拜祭祖先。我會跟着她幫忙燒香、分發祭品，漸漸地，這成了一種習慣，也讓我更深入了解村民對祖先的敬重與傳統。

她的祖屋是兩層大宅，瓦片金字頂，於 1966 年重建。當我第一次步入香香公主的祖屋時，祖屋已荒廢了接近三十年，漏水情況嚴重，我們在第二次造訪時，戰戰兢兢上樓，香香公主分享她曾經居住的房間，那是一間面向大海的房間。她又提到當年如何將音樂盒放在床頭櫃上，聽着叮叮叮的聲音度過無數個夜晚。

在香香公主的房間裏，還有一座塑膠觀音像，放在櫃子上，面向大海。當年她離開榕樹凹後，有一位出家者曾暫住這間屋，這座觀音像是那位出家人留下來的。多年來，它一直靜靜地守護着這間屋子。數月後，我再次因工作回到榕樹凹，發現香香公主的祖屋屋頂塌了下來，心中頓時一緊，擔心觀音像的安危。幸運的是，觀音像雖被瓦礫掩埋，卻完好無損。我將它取出，安放在屋內一角，並向香香公主報了平安。

重遇失散課本與成績表

所有相遇都有可能造就新的發現。後來我認識了村校物品收藏家梁經緯（梁 Sir），他收藏的一本課本正寫着「溫玉香」三個字，這極可能就是香香公主的課本。他手上還有一份培文學校的成績表，上面也寫有同樣的名字。那一刻，我內心激動不已，想立刻致電香香公主，但很快制止了這個想法，想給香香公主製造一個驚喜，因為這緣分實在太奇妙了。我離開梁 Sir 的工作室後，打電話給香香公主，跟她說：「我想約你去一個地方。」她問：「有甚麼玩啊？」我笑答：「你去到就知啦。」

到了工作室，香香公主果然驚喜，她看着眼前泛黃的紙張說：「真沒想到，六十年前的成績表會突然出現在我面前。」她看着上面的評級，有些不好意思地笑，「成績不太好看呢，當時村內沒有幼稚園，一讀就係小學，根本沒有根底。」香香公主又翻開那本寫了她名字的《兒童詩歌課本》：「詩歌集封面內頁那張綠色蠟紙是我親手包上的，那是中秋節做燈籠時會用的蠟紙。你看書裏的內頁幾乾淨，證明我有好好用功讀書！」

祖屋與舊物重見天日

香香公主回憶道，最後一次見到這些成績表，應該是 1994 年回榕樹凹村的時候。這些書本和成績表一直放置在祖屋房間中的書櫃內。後來村裏斷了水電，她就沒再回去過。那時候偷渡情況嚴重，有些偷渡客會掀開瓦片、鋸斷橫樑，在屋頂開洞鑽進去，把空屋當作臨時藏身處。「雖然我們家的門窗都上了鎖，但他們從屋頂的破洞爬進去。雨水和落葉從那個洞灌進來，房子愈來愈破敗。」香香公主說，「可能也因為這樣，有些不法分子會進去把屋裏的東西拿走。」

沒想到這些年來遺失的物品，如今會以這樣的方式重新出現。「我真的不知道該怎麼形容這種感覺，」她看着那些被保存下來的舊物，「緣分真的很奇妙，匪夷所思，謝謝你，梁 Sir！」現在有一班有心人正為她的祖屋復修，期望成為村落的核心空間，她提議這些物件也許可以重新放到榕樹凹的祖屋，以滿載生活回憶的物件將舊日重現。

≡ 荒廢二十多年的香香公主祖屋外牆上貼有的揮春，早已殘破褪色。

≡ 祖屋內部亦已殘破，黃色間隔後方曾為香香公主寢室，窗外能望見大海，但現被大樹擋了視線。

≡ 這座祖屋是兩層大宅，內有一條木造的樓梯。

≡ 香香公主房間裏的塑膠觀音像。

☰ 香香公主（中）在收藏家梁 Sir（左）的工作室重遇當年的課本。

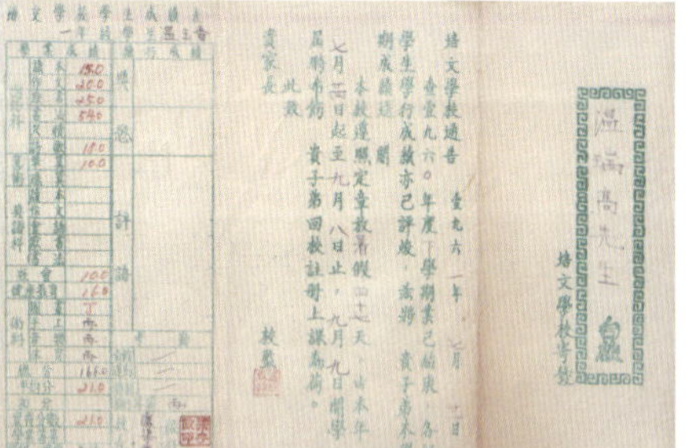

☰ 香香公主 1961 年的成績表，可見當年的成績表是用人手寫的，不像現在都用電腦印製。

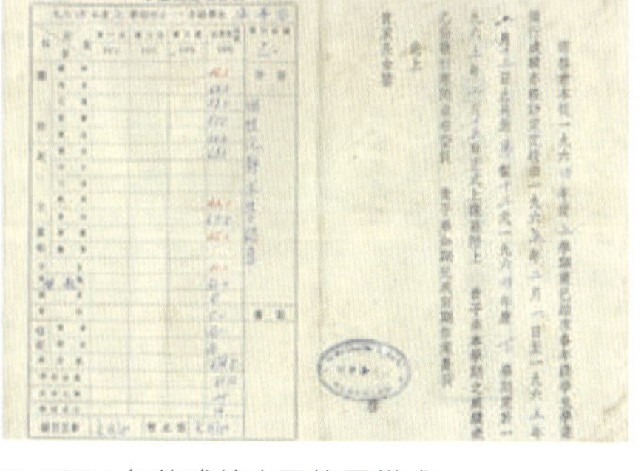

☰ 在收藏家梁 Sir 的工作室找到的《兒童詩歌課本》，意外看到「溫玉香」的名字。

☰ 1964 年的成績表已換了樣式。

舊生回憶：入學贈米粉的培文學校

文：溫華容

榕樹凹為單姓村，每次到村中參與不同聚會，總會聽到不同的溫姓子弟對自己家鄉的期盼。有一次在村落中認識了溫華容，他近年於建築界職場退下來後，致力回鄉為荒廢了的家鄉：榕樹凹繼續他的「建築」夢，他有感於兒時在村落讀書對他的影響，特此為自己的母校歷史，留下一點註腳。

我所知道的培文學校是位於榕樹凹大工伯公旁邊，靠近村碼頭的那所學校。依稀記得 1964 年 9 月的某一天，我入讀培文學校，成為小學一年級學生。還記得，當年報讀培文學校的學生都會得到一包米粉，作為獎勵。

培文學校是一所 1958 年開辦的公立學校，為榕樹凹村的小孩子們提供小學教育。走進校園，可以看到一座小型單層金字瓦頂建築物，內設有一間課室和一間教員室；旁邊有兩棟細小建築物，分別為一間茶水間，另一間是有三個隔間的廁所；附近還有一個籃球場、一座滑梯、一座鞦韆和一座蹺蹺板。

據村裏的父老說，滑梯、鞦韆和蹺蹺板等遊樂設施是村民於 1960 年捐資建造的。學校有兩位全職老師，分別為校長盧渠慶及班主任李潭均，還有一位兼職英文老師（我記不起他的名字）。老師都是來自香港市區，通常是周日晚或周一早上入村，在村裏住一周，周五晚上或周六早上回家。

榕樹凹是客家村，村民通常只用客家話來溝通，而老師卻用廣東話授課。上學初期，我和村裏的其他孩子一樣，很難聽懂老師講課。我們上學幾個月後才漸漸聽得懂廣東話。翻閱以前的學生成績報告表，我理解學校的課程設定大致與香港主流小學的課程設定一致，包括中文、英文、數學、社會科學、藝術和體育等科目。從我以前的學校報告，可以見到入學初期，我的學業成績並不太好。學生會根據不同年級，被安排在上午班或下午班上課。

1964 年我入讀培文學校時，一年級有二十五名學生。從上世紀六七十年代起，由於耕地和漁業資源缺乏，交通不便，村民逐漸遷往周邊城鎮及世界各地謀生。1970 年我離開培文學校時，六年級只剩下四名學生。由於村裏人口不斷減少，培文學校最終在 1970 年代中期關閉。

我很感激培文學校和老師們，為榕樹凹村的小孩子提供正規基本教育，培育成為社會棟樑。

六十年過去了，昨日的小孩子已成為今日的老友記。培文學校亦已完成了它的使命，成為歷史一個記錄，但培文學校會永遠留在他們的記憶和心中。

☰ 早期位於村中央的培文學校，當時為私塾。培文學校後來在榕樹凹大王伯公旁建新校舍。

☰ 1960 年代的培文學校，旁有籃球場。

☰ 2023 年培文學校舊址，遺下的校舍已見殘破。

延續記憶
為糧船灣公立學校寫歌

2023 年，西貢海藝術節策展人團隊 One Bite Design Studio 曾邀請我和建築團隊 napp studio & architects 合作，走進糧船灣公立學校進行「在地」創作。我帶着十年來走訪三十間村校的經驗，胸有成竹地準備記錄這裏的校歌。但跟培文學校遇到的情況一樣，沒想到舊生們的第一句話就讓我愣住了：「糧船灣公立學校是沒有校歌的。」

但創作仍要繼續，我們走訪糧船灣三條客家村 —— 東丫、北丫、白腊，以及漁民村沙橋和水上的漁民舊生，期望先深入了解糧船灣的村校情況。在這些訪談中，有一道聲音的記憶反覆出現：那神秘的校鐘聲。「噹，噹噹」的一長兩短節奏，幾乎所有舊生都能準確模仿。有人說那是炸彈殼改造的，也有人說是潛水用的氧氣樽，掛在校門外的影樹上，由校役負責敲打。這個聲音非常響亮，據說整個島都能聽見。

這些生動的描述讓我靈光一閃 —— 既然沒有現成的校歌，何不將這個共同的聲音記憶轉化為新的旋律？我開始整合不同年代舊生、老師和家長的校園回憶。特別感動的是，有位舊生從英國越洋通話一個多小時，跟我分享兒時故事，亦連繫上一些「殺校」前畢業的新生代舊生，收集跨世代的村校記憶，再化成校歌字句。

沿用他校校歌模式

過去記錄三十多首村校校歌的經驗成為重要參考。典型的村校校歌往往先描述校園環境，再講述校園生活，最後表達理想抱負。我將這個研究而成的村校校歌模式與收集到的糧船灣故事相結合。建築團隊的 Aron Tsang 和 Wesley Ho，則將這些聲音記憶轉化為空間及聲音裝置，讓作品在視覺與聽覺上都能喚起共鳴。以下是我為糧船灣公立學校寫的校歌歌詞：

♪ 糧船灣公立學校校歌

糧船灣　公立學校
屹立於　山崗上
校舍建　大海旁
南接東丫　西接北丫
後山白腊　前面水上
水陸村民　共前往
浪泊岸　鐘聲響
噹噹噹　返學去

純樸村童　莘莘學子
循循善誘　作育英才

翻山涉水　上學路
無拘無束　溫情在
師生情誼　共成長
春風化雨　糧船灣

浪拍岸　鐘聲響
噹噹噹　放學啦

當作品《動聽校園・糧船灣》在糧船灣公立學校中展出時，最令人欣慰的是舊生們對這首新校歌的認可。看着他們跟着旋律輕聲哼唱，我明白這已不僅是一首歌，而是將散落的記憶重新串聯的紐帶。十多年來，我記錄村校校歌，從未想過會親手為一所村校創作校歌，但保育不僅是保存過去，更是以創意延續記憶的生命力。糧船灣的鐘聲或許已經消失，但透過眾人的故事與新的創作，它以另一種形式重新響起。這或許就是傳承最動人的模樣 —— 不是將回憶封存，而是讓它在當下繼續生長。

☰ 1960 年代的糧船灣公立學校，相中人為當年的行山發燒友。收藏家梁經緯指出，這班人走遍了香港許多村落，為當時的村校留下了許多珍貴照片。

☰ 錄音時，江水生村長特意把那疑似潛水炸彈的校鐘拿來，在校歌錄製中作樂器，敲出「噹噹噹」。

☰ 從高空看這坐落在糧船灣公立學校操場上的互動聲音裝置：《動聽校園・糧船灣》。是次作品獲得台灣的金點設計獎，空間設計類的金點設計獎標章。（圖片來源：Leon Xu〔攝影師〕，napp studio & architects）

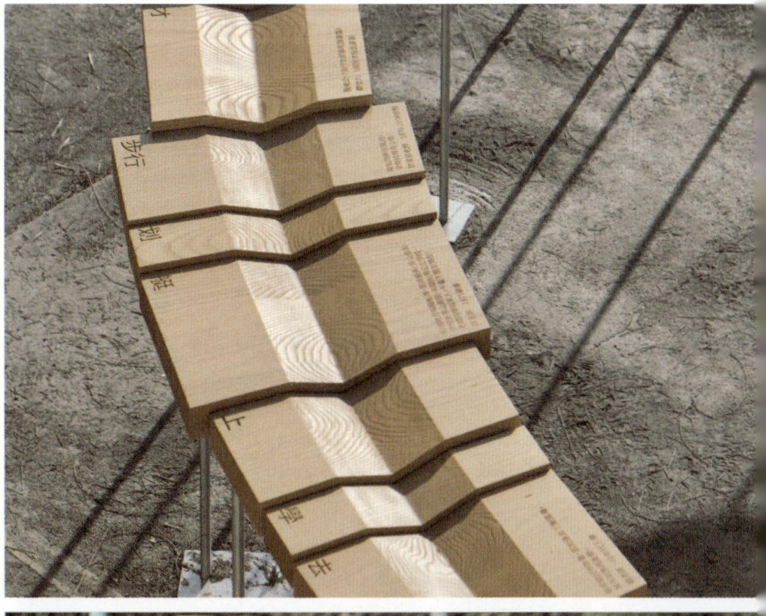

☰ 每一塊木板上，一邊刻有與舊生共創的校歌歌詞，另一邊刻上不同年代舊生的校園記憶。（圖片來源：Leon Xu〔攝影師〕，napp studio & architects）

☰ 不同年齡的朋友都能享受這聲音作品帶來的樂趣。（圖片來源：One Bite Design Studio）

讓校歌成為靈感
移植消逝的校園

在葵涌的一個曾被工廠包圍的小山丘上，曾有一所名為葵涌公立學校的村校。這所學校不僅是許多人的童年記憶，更是一位藝術家創作靈感的源泉。

藝術家謝淑婷（Sara），曾在這所學校度過她的小學時代。步上校園的斜路，隨意哼起藏在潛意識裏的校歌，是她回憶和對母校產生好奇的起點。如今，她以這校舍為靈感，創作了一系列充滿情感與回憶的作品，不僅療癒了內在的小孩，更連繫了同窗，重尋村校往事。村校校歌，可以帶來更多想像。

歌詞與景物不符　回母校查證

故事要從 2015 年說起。當時，Sara 把工作室搬回了葵涌，每次在回去工作室的路上，都會經過自己的母校，勾起了她在校園的記憶。因此，她走進被荒廢了差不多十年的校園，希望拾回一些往事。

步上進入校園的必經斜路，那是每天爸爸或媽媽送她或接她放學的路徑，她拾起地上的樹葉，開始哼起了那首「古怪」的校歌。「古怪」？因在 Sara 的認知中，這首歌的歌詞與她記憶中的學校景象截然不同，這激發了她的好奇心。於是，她開始深入研究這首校歌的來歷，逐漸發現了學校背後一個非常有趣的故事。

她發現，這首校歌似乎是從另一所於廣州的培英學校校歌移植而來，因為歌詞多達九成相似。為了弄清楚它的來龍去脈，她化身村校「福爾摩斯」，在圖書館查閱資料，找到香港培英學校的校刊，因為他們講校史，自然追溯到最初，就是位於廣州的培英最先建立的歷史。她又訪問葵涌公立學校創校長老的後代。謎底解開，原來其中一位建校捐款人曾是廣州培英中學的校長，將整份曲詞帶進學校，只把那校歌中的校名一改，便移植成葵涌公立學校的校歌。這個發現，也啟發她日後以「移植」為概念進行葵涌公立學校有關的創作。

☰ Sara 於葵涌公立學校清拆前留影，手上拿着展覽「落葉如歌」的作品。（圖片來源：急急子）

☰ 左一為小四時的 Sara，身後為葵涌公立學校的昆才紀念堂。

葵涌公立學校校歌　VS　培英學校（廣州）校歌

♪ 葵涌公立學校校歌

我愛我葵涌學校　校地清新
東臨蓬館　西接煙雨名津
書聲琴韻　花香鳥語總宜人
修藏遊息　咸沾教澤如春
我愛我葵涌學校　校舍雲連
巍峨黌宇　聲教一脈相傳
且細看環林縈映　圓海回泉
胸懷光霽　樂哉風月無邊

♪ 培英學校（廣州）校歌

我愛我培英學校　校地清新
東臨蓬館　西接煙雨名津
書聲琴韻　花香鳥語總宜人
藏修游息　咸沾教澤如春
我愛我培英學校　校舍雲連
巍峨橫宇　聲教一脈相傳
且細看環林縈映　圓海回泉
胸懷光霽　樂哉風月無邊

2019 年，Sara 第一次舉辦了以葵涌公立學校為主題的藝術展覽「落葉如歌」，就是將從學校撿來的樹葉轉化，燒製成脆弱卻永恆的陶瓷作品，再配上學校相片、校歌的移印，投射對學校的記憶。然而，學校現已拆卸，坐落校舍的那個小山丘也夷平了，將會興建一群公共屋邨，提供一千七百個公營房屋。當實體校舍逝去，她不得不思考，如何把故事「移植」？

☰ 展覽「落葉如歌」的作品上印有葵涌公立學校的校歌歌詞，而樹葉是 Sara 在葵涌公立學校中收集的枯葉，她將葉子燒成陶瓷，代表脆弱但永存。

拓印碑文　移植村校

2019 年，在 Sara 的穿針引線下，我們曾約舊生在校門前錄音。記憶中，那校舍絕對是「城中村」，像工業區內的綠洲，校園種滿了許多大樹。最有趣的是，校舍的牆壁變成了大型的塗鴉畫廊。錄校歌之時，已不停收到消息，說校舍快要拆了，我們也未能肯定，甚麼日子會開始清拆，只知道，要快點約舊生錄校歌，拆了就回不去。

由那時開始，Sara 就一直用許多不同的方法，把學校的「實體」留住。她用拓印把整個課室的地板和士多房的地板印出來。這些地板令她聯想到兒時家中的地板。在製作過程中，她本以為這些工作可以獨力完成，但發現工程非常巨大，幸好一眾舊校友兩脇插刀，前來幫忙完成拓印。最大的難關是，當時校舍已無水無電，但拓印前需要用水清洗封塵的地板才能開始，校友攜着水桶，到附近公廁幫忙「打水」。2021 年，我在策劃「香・校變奏：時光藝術展」村校校歌展，想邀請作為村校舊生，同時又是藝術家的 Sara 為展覽創作作品。Sara 決意要把昆才紀念堂的碑文拓出來，放到展覽中。碑文有建校歷史、擴建歷史，及鄉紳捐助的紀錄，是構成葵涌公立學校的重要記錄。

☰ 2020 年，「香・校變奏」錄音團隊相約葵涌公立學生錄校歌，在他們的母校前留影。

☰ Sara 在「香・校變奏」展覽上的作品是把昆才紀念堂的碑文拓印，留住葵涌公立學校的重要記錄。

☰ 老師和校友一同回昆才紀念堂進行拓印 。

☰ Sara 也曾於葵涌公立學校士多房、課室拓印地板，作品於六廠紡織文化藝術館展出。

以母校泥土製陶

2023 年，Sara 獲悉母校真的要拆了，周旋於不同政府部門和詢問專業意見，希望可以把校內昆才紀念堂的石碑全數保存，而不是隨便成為瓦礫中的碎片。儘管該校校舍並非屬於有級別的歷史建築，在 Sara 和校友努力下，土木工程拓展署和房委會要求承建商在拆卸時，小心移除並妥善保存昆才紀念堂的石碑，以便在日後的發展項目內，把可用的部份向公眾展示。Sara 笑說：「石碑已拆了下來，現在放在工地辦公室，我還未有機會見過。」

最後一次進入母校那天，Sara 向地盤工作人員取了一袋泥，是盛載母校小山丘的泥土。由於 Sara 是一位陶瓷藝術家，她仍深深認為陶瓷的可塑性和能力很大，她提到：「陶瓷是一種很恆久的材料，即使它破碎了，碎片仍可以黏合一起，訴說過去的故事。」她特別提到一件考古發現 —— 在捷

☰ Sara 最後一次進入母校時，Sara 向地盤工作人員取了一袋屬於母校小山丘的泥土。

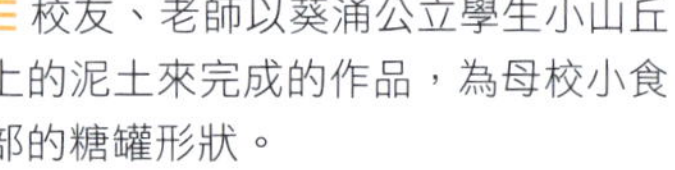

☰ 校友、老師以葵涌公立學生小山丘上的泥土來完成的作品，為母校小食部的糖罐形狀。

克出土的一件二萬七千年前的陶瓷女神像，背面還留有一個指紋。這讓她深深感受到，陶瓷不僅能跨越時間，還能將人與人之間的情感連結起來。

於是，她邀舊生及老師一同將這些來自母校小山丘的泥土用於藝術創作，每人製作一個從前小食部的糖果罌陶瓷藝術品，把自己的手印打上去，以創作將學校記憶留住。她回憶起於 2024 年最後一次進入校園的情景，那時她戴着工程帽和工鞋，須簽下「如有意外，需自行負責」的同意書，才得以進入已經變成工地的校園。眼見自己曾經熟悉的木棉樹被砍倒，也不能再隨意走進學校，她心中充滿了傷感，惟作品留住了學校存在過的印記。

保留歷史　也療癒自我

這次經驗對 Sara 來說，亦是創作路上的一次跨越。作品不僅是對村校歷史的記錄，更是對自我療癒的過程。她坦言：「小學是我們從家庭走向外界的第一個重要階段，那段時光對我們的影響很深。通過這些創作，我重新審視了自己的童年，也療癒了許多內心的傷痕。」她回憶起自己小時候在學校的時光，那段日子充滿了對自然的探索與對世界的初次感知。學校周圍的梯田、樹木，甚至是水泥地下的貝殼，都成為她童年記憶的一部份。

Sara 小學時個性內向，會被同學取笑為「自閉」，不願表現自己。但每天放學，她都會在斜路的一棵木棉樹下，蹲在地上，試圖把凝在水泥的貝殼拉出來，一邊等待爸爸到來，接她回家。那一條每天放學都與父親一起走過的斜路，見證了她與父親之間的親密時光，也承載她內心深處的一個秘密。有一天，父親猶如每一天在路上拖着她回家時，卻突然問了她一個有關家庭的問題：帶一個差不多同齡的孩子來同住，並一起上學好不好？Sara 呆住不懂回應，成為二人關係的裂縫。自此，明明走在同一條路上，她卻不再牽父親的手，甚至不再與他多說話，父女關係變得冷淡，這段記憶也成為她童年的一個心結。

這些年，她不時回到葵涌公立學校進行記錄或創作，有一次，有機會進行長達一個月的「在地」記錄，創作和展覽。她每天重新走過那條路時，童年的記憶再次湧上心頭，通過創作，她開始直面這段記憶，慢慢地解開心結。她發現，以母校作為創作，不僅是對過去的回望，更是對自我內心的探索與療癒。

與校友的共同回憶

隨着時間的推移，Sara 的創作逐漸從個人療癒轉向與校友的共同回憶。她通過展覽與活動，重新聯繫了許多不同年代的校友，聽取他們對學校的記憶與感受。她發現，每個人對學校的回憶都不盡相同，卻共同構成了學校的歷史。她感慨：「每個人就像一本書，閱讀他們的經歷，也讓我更加理解自己。」通過創作與校友的交流，她獲得了許多啟發。Sara 意識到，童年的記憶與心結並不會隨着時間的流逝而消失，需要通過直接面對與反思來解開。她說：「很多年後，直到自己長大，我才明白，有些事情並不是單純的對與錯。」

她開始重新審視自己與父親的關係，嘗試從新的角度看待這段記憶。她發現，父親與母親的關係不好，並不意味着她與父親的關係也必須如此。通過創作與反思，她逐漸解開了原生家庭的鬱結。童年沉默寡言的 Sara，由一位善於個人創作的陶瓷藝術家，因對母校的情結而連繫師生，成為社區創作的藝術家，她笑說：「我不想成為指導者，只是想透過藝文活動連繫已拆母校的師生。看見大家再相聚，再唱校歌，瞬間變成動人的時刻，這是超乎我想像的事。」

多年後，當 Sara 再次回到葵涌公立學校時，學校已經廢棄，水泥地也開始剝落。她驚喜地發現，當年斜路上曾經讓她着迷的貝殼，依然靜靜躺在地上。這些貝殼的來源，其實與學校的建築歷史有關。Sara 後來在研究學校的歷史時發現，學校的水泥地是用附近海邊的泥沙混合而成的，因此裏面自然夾雜着許多貝殼。她說：「那時候的水泥地，其實是就地取材，用海邊的泥沙做的。所以那些貝殼，就像是學校與海洋之間的一種連結。」她彎下腰，撿起幾顆貝殼，彷彿找回了童年的那份純真與好奇。她說：「那一刻，我真的很激動。小時候一直想挖出來的貝殼，終於被我找到了。雖然它們已經不像記憶中那麼完整，但那種感覺，就像是一種圓滿。」

☰ 時隔多年後，Sara 從水泥地取出童年着迷的貝殼，又從貝殼發現學校的建築歷史。

第三章

守護村校的人

殺校潮中與時間賽跑 著書研村校發展

自 2012 年開始，我走訪了許多鄉村學校。每當看見這些荒涼閒置卻承載着無數回憶的校園，總感到萬分惋惜。雖然想要記錄，但似乎已經消逝的實在太多。在這段尋找的旅程中，我逐漸遇見了許多以不同專業方式守護村校記憶的人們。他們用各自的方式詮釋着對村校的珍視：有人埋首檔案堆梳理校史，有人奔走聯絡散落各處的校友，更有人用藝術創作重現消逝的校園風景。如今這些村校仍能被有系統地記述，全賴前輩們當年的努力與堅持。他們教會我，守護記憶不僅是保存過去，更是為未來鋪路，用自己擅長的方式，一點一滴地拼湊着即將消逝的記憶。書寫《藍天樹下：新界鄉村學校》的羅慧燕博士正是其中一位：「村校的生命就像人一樣，或像植物一樣，從種子發芽、生長，到衰老、衰落，是一個自然的過程。當時短短幾年間超過五十間村校突然結束，實在非常震撼，因此，及時記錄顯得尤為重要。」她說。

我與羅慧燕博士的結緣，始於她在 2015 年出版這本有關村校發展的專著。書中系統性蒐集香港鄉村學校文化資料，並訪問了相關人士，從教學方法、校園環境、語言使用到習俗傳統，展現了村校悠遠流長的歷史。對我而言，這本書如同一本「天書」，讓我能夠結合親身經驗與學術研究成果，更立體地理解村校的來龍去脈。

資料整理的藝術

羅博士的村校研究主要在 2006 至 2008 年進行。「這正是村校結束的高鋒期，短短幾年間，幾十間學校突然結束，實在是教育史所罕見。」她做這項研究，不僅是為了提交報告，而是希望每所學校都能夠有一份獨立的學校檔案，講述它學校的故事。「2006 年開始，我與研究團隊走訪五十四間學校，為每所學校書寫學校的歷史和相片故事，拍攝大量相片，還有十八位人

☰ 著有《藍天樹下：新界鄉村學校》的羅慧燕博士站在其村校研究的起點惠群學校留影。2019 年 2 月，我曾在長春社文化古蹟資源中心（現香港文化古蹟資源中心）舉辦「有你有我有田有山有水有意」村校校歌展，邀請羅慧燕博士參與展覽中的一場論壇。

☰「香港鄉村學校研究計劃」研究團隊在 2005 年 7 月探訪今已拆卸的葵涌公立學校，於昆才學校紀念堂細看碑文。

士的口述史訪談記錄，都是在兩年多時間裏的課餘及暑假完成，實在不知道當時是怎樣做到的。」那時候她有經費聘請研究助理幫忙，成功受聘的幸好是體力較好的男性：「我們經常晨早要到學校，研究助理鄭漢癸不能從學院出發，於是他會把手提電腦、掃描機、相機、腳架等先搬回家，他母親曾對他說：『你做嘅係咩嘢工，咁辛苦嘅！』」。

十八位口述史訪談中，也有幸與村校前輩相遇。羅博士說：「口述史包括了年過九十歲的退休校長，其中李其彬、巫文斌校長及張雲校監均為大埔官立漢文師範學校畢業，『埔師』較『鄉師』還要早，以『寬進嚴出』著名，『埔師』為新界教育作出重要的貢獻，只覺備受忽視。」「他們都是創校校長，年事已高，訪談時溫文爾雅，記憶清晰；訪談完後，人也累了，校長竟準備了西餅下午茶，很是感動，他們目睹自己一手創辦的學校突然結束，真是情何以堪。」

口述史部份為學校歷史存留珍貴記錄；她將許多原始檔案轉化為文字記錄，為學校設計了搜集資料的檔案系統，這些資料成為她後續著作的基礎。「村校研究之後，很希望能編纂『村校名冊』，以輯錄香港曾經出現的村校，記述其校名及由來、創辦等基礎資料，可惜未能申請研究經費而作罷。」

鄉村教育的價值

村校研究的源起，是羅博士幫忙元朗神召會惠群小學「救校」開始。「早在 2003 年之前，因協助樂施會研究香港到內地助學的民間團體，而認識創辦育苗行動的惠群小學鍾立本校長，他會帶同老師和學生家長一同到中國較貧困的地方。」有一天，她知道惠群小學要結束，心裏震驚，想寫文章支持鍾校長，午飯時跟同事葉建源聊起這事，他跟羅博士說:「要做就要做，不要拖延。」

「我真的趕緊聯絡鍾校長，想知道是怎麼一回事，還記得在他的辦公室裏，掛了『處變不驚』四個大字，也由此開始了解村校。那時候惠群的小二有兩班，學校沒有收生問題，學生部份來自轉校生，換言之，學生家長並非在政府規限的時間報名，後來我用了『一線氣窗』做了論文的題目，『氣窗』

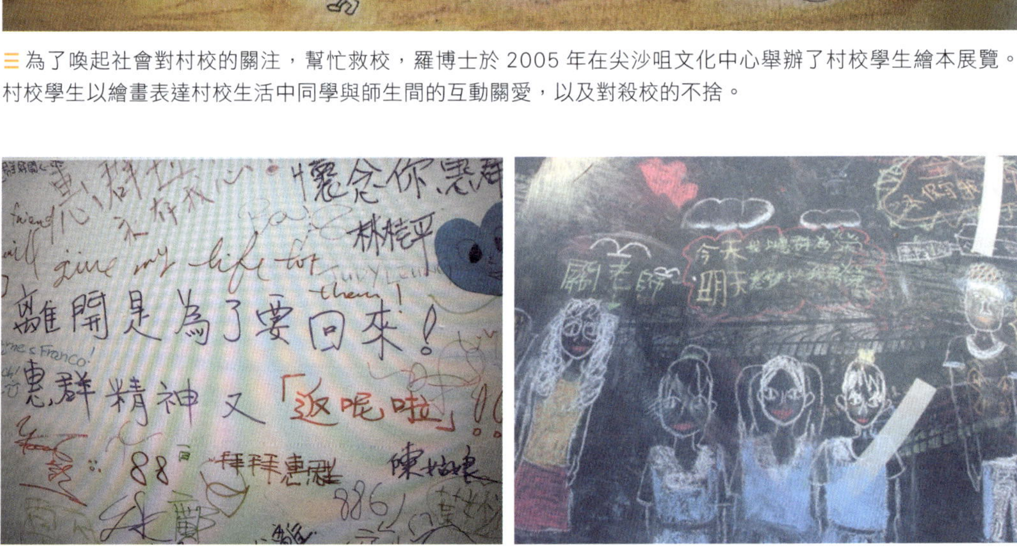

☰ 為了喚起社會對村校的關注，幫忙救校，羅博士於 2005 年在尖沙咀文化中心舉辦了村校學生繪本展覽。村校學生以繪畫表達村校生活中同學與師生間的互動關愛，以及對殺校的不捨。

☰ 惠群小學結校禮上，學生於校園留下的彩筆畫及學生心聲，令羅博士難忘。

是形容村校能補主流學校不足的意思。」

在香港歷史博物館還沒有支持村校研究之前，她與村校的緣份，原來從「救校」開始。

轉校生的研究中，發現許多學生轉校的背後有着各種原因和故事。有些學生因為適應不了新環境；有些則是因為原來學校重視成績，功課壓力過大；有的因為人際關係問題，甚至有學生因為健康狀況不佳而選擇轉校。這些因素讓她更加理解村校存在的意義，亦揭示了鄉村學校與主流學校之間的不同定位。

「雖然香港不斷發展，仍有村校保留了大自然的環境，最記得長洲公立學校，校園在盛夏裏鳳凰木怒放，襯着磚紅色的屋頂，別有意境。學校沒有車聲，只有鳥鳴聲，婆娑樹影令人平靜；村校的樹木、藍天、草地……，至今仍然非常懷念！」

記得有一句來自村校轉校生的話深深觸動了她，「學校的天空好大。」村校就是一個保留着廣闊的天空和清新空氣的地方，為學生提供了一種喘息的機會。他們可以在草地自由跑跳，走出課室，以大自然作為教材，親身感受學習的快樂。

難忘一幕：火燒學籍表

有一天，羅博士到將近關閉的元朗志貞學校，剛到學校操場，赫然看到校長正在燒毀歷年的學籍表。她從火堆中搶救了其中一張，上面記錄着學生的籍貫和父母的職業，以及從哪間學校轉過來等等，這些資料不僅是個別學生的歷史，更是整個學校的記憶，如有資源，可以用來進行統計與分析，有助了解當時學生背景的變化，尋找香港社會變遷的軌跡，為何要燒毀呢？

「校長無奈表示，學校快要結束了，志貞學校由梁志貞女士創辦，不是村辦，沒有辦學團體負責，學籍表無處可放，沒有人保管，只好這樣處理……」熊熊烈火，面對焚燒中的學籍表，羅博士不勝感慨。她明白箇中難處，學校結束了，誰會關心學生的記錄應如何保存安放呢？學校不少寶貴資料，也有同樣的命運。

羅博士目睹正在燒毀的志貞學校（左）歷年學籍表（右），已化成灰燼。

從報告到教育博物館的旅程

羅博士於 2008 年完成「香港鄉村學校研究計劃」研究後，香港教育學院建立了香港教育博物館。香港教育博物館的成立，與村校研究有淵源，香港的鄉村村校成為教育博物館第二個主題展覽。當時得到館長歐陽詠敏（Susan）的協助，她豐富的策展經驗令這個展覽得以順利進行，並讓更多人了解香港村校的歷史。

「Susan 非常專業，熱愛工作，在博物館細小的房間，經常到晚上也不回家；她是館長，也是策展人，我幫忙選擇展品，並書寫展覽的文稿。」羅博士對於能跟她合作感到很幸運，也從旁了解到如何「策展」，自此對博物館產生了濃厚的興趣，其後開辦「與博物館懈逅」及「心繫博物館」兩個課程，看見外國博物館經常排長龍，父母帶着孩子在門外等候，羅博士對學生說：「希望他們將來也會帶孩子到博物館來。」事實上，喜歡逛博物館的學生，很多也是自小由父母帶他們去，希望他們因而欣賞博物館的魅力，對博物館產生興趣。她又表示，村校也可以是一所「活的博物館」（Living Museum），「學校可視為一個獨特的展示場所，只要我們願意去探索、發現，與記錄，許多地方都充滿故事。」

這種理念不僅讓學生對博物館產生興趣，更讓他們理解到周遭環境，都可以說故事，了解現實與博物館的關係。

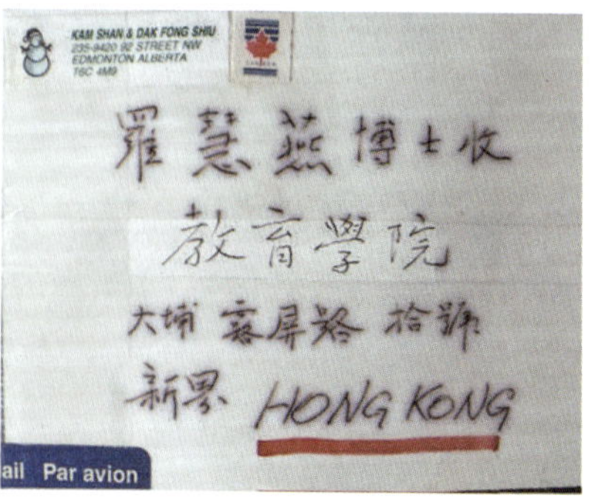

☰ 華山公立學校蕭錦燊校長給羅博士親手寫的聖誕卡，信封依然被小心翼翼地保存着，成為她研究旅程中一段重要的回憶。

☰ 由羅博士協助製作的香港鄉村村校展覽場刊刊載了多間學校的校徽。

校長崢嶸風範　研究的遺憾

在羅博士接觸過的村校受訪者中，有幾位年過九十歲的老校長，令她印象深刻。其中一位老校長，那時已九十多歲，獨自一人在家中生活，不倚賴他人，異常堅強。他喜歡飲茶，通常談完之後，會與他一起飲茶吃午飯。「校長軍人出身，很有魄力，學校佔據了他大部份的人生歲月。雖然早已退休了，仍非常關心學校，生怕學校結束，經常與現任校長和老師飲茶。」「我借了他編的幾本校刊，記得他說：『羅博士，記得要還給我！』借了幾個月，他真的緊記腦海，催我歸還，可見他非常在意。他曾說：房間堆了幾箱學校文件，他日百年歸老，會轉送學校。」後來校長因意外跌倒離世，房子出售

☰ 飯聚後，攝於香港教育學院，最左為蕭錦燊校長。

了，校長房間的幾箱資料，後人不太明白而丟棄了。「真有點難過，如果他的子女早一點知道便好了，校長與學校，深情至此。」

尚在角落的故事

2024 年 5 月，第一次我與羅博士同行，邀請她一同前往沙頭角的群雅學校錄製校歌。那天，羅博士手裏拿着一本綠色的文件夾，見面時，她將文件夾遞給我，笑着說：「這裏面是我在做『香港鄉村學校研究計劃』時收集的校歌資料，有三十多首，還有十多首沒找到，你繼續去尋找吧！」那一刻，我感受到她對村校研究的熱忱與信任，心中滿是感動。

我打開那本綠色文件夾，發現裏面記錄的學校名字，超過一半是我未曾聽過的，而且整理得非常整齊和有系統。那一刻，我意識到，關於村校的故事，還有許多未知的角落等待探索。羅博士提到，當年她是有意識地去收集這些校歌的：「當時學校仍在辦學，要找到校歌相對容易，從學校的手冊或校刊中，可以掃描保存。校歌的歌詞有的描述學校環境，文字簡單，流露對莘莘學子未來的憧憬，反映了學校辦學的價值。」

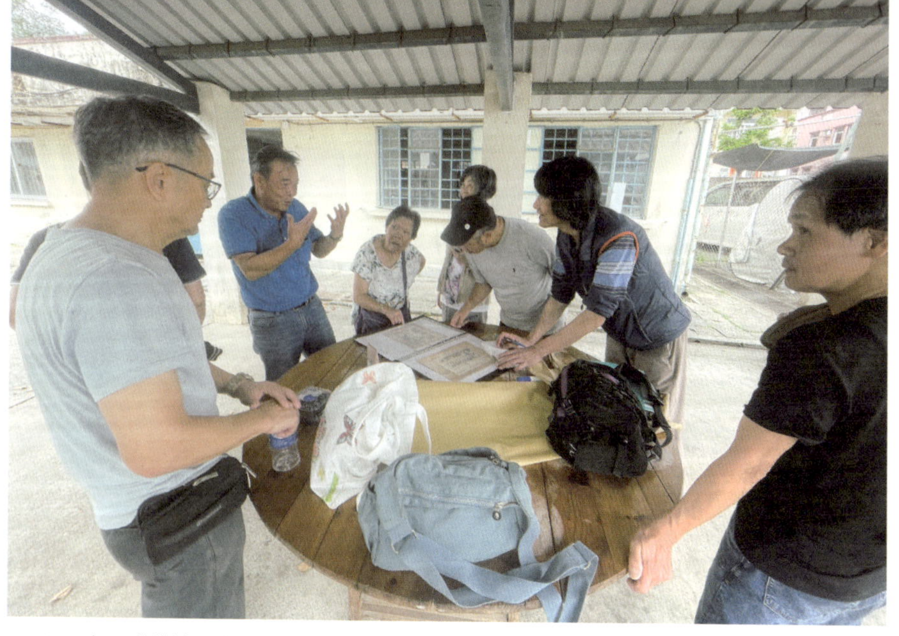

☰ 2024 年，我邀請羅博士（右四）一同於群雅學校錄製校歌。

在研究過程中，羅博士發現校歌有不同的版本，例如，一些校歌曾以客家話演唱，展現了濃厚的文化和地方色彩。她特別提到粉嶺的從謙學校，在校舍結束的那一天，她和團隊特意去拍攝結校禮。幸運的是，他們錄下了一位校友用客家話演唱校歌。這段錄音後來成為村校展覽中的重要展品，見證了那段歷史的變遷。

未完的旋律　村校研究的延續與探索

在羅慧燕博士的心中，村校研究始終是一個充滿魅力的課題。她曾趕在「殺校潮」的尾聲，走訪那些即將關門的學校，試圖捕捉它們最後的身影。然而，時間的沖刷讓許多校舍變成了廢墟，只剩下殘破的牆壁和散落的回憶。即便如此，羅博士依然懷抱着一份執着，希望能再次踏上那些廢校的土地，甚至探訪一些只聞其名、未曾踏足的村校，用腳步去丈量這些學校的距離，感受它們的故事。

最近，羅博士開始與朋友們交流，希望將自己過去的研究與他人的興趣結合起來，探索新的研究與紀錄方向。她渴望整理出一份系統性的資料，讓更多人了解這些學校的歷史背景，並從中找到新的啟發。在追尋村校校歌的旅程中，這些散落的旋律就如一首未完的交響曲，在歲月的長河中繼續傳唱、轉化。

一份大學論文
1980 年代的城鄉共生夢

2022 年 12 月，我在沙頭角梅子林籌備一個名為「森活節」的年度活動，遇見了黃錦星先生（KS）。早在他時任環境局局長期間，由於我是「鄉郊保育諮詢委員會」的青年自薦委員，而 KS 是委員會的主席，我們早就「認識」。但那時正值疫情，會議都在線上進行，直至梅子林的相遇才是第一次面對面認識。

在往後沙頭角一帶的活動中，我時常會遇見 KS，他總是以實際行動支持我們推廣村落復育的工作，不僅出席活動，更會親身參與其中。2024 年，我翻閱他的新書《邁向碳中和：香港人和事》，意外發現他與村校的淵源 —— 那要追溯到 1980 年代的一份大學論文。KS 揭開封塵已久的港大畢業論文，重閱那些年的老師評語，重遊村校原址，以及回想將「廢校」升級再造的心路歷程。

1980 年代大學生的「綠覺醒」

1980 年代的香港，「環保」仍是陌生的詞彙。米埔自然保護區剛成立不久，1986 年米埔沼澤野生生物教育中心新建落成。二十出頭的「城市仔」黃錦星（KS），因應香港大學畢業論文的自選主題關乎郊野教育建築場所的設計，1987 至 1988 年間就首度造訪當時相當老遠的米埔自然保護區，去了解其新建小建築的大意義，其時有緣開了眼界，醒覺原來香港擁有如此鄉郊。當年，KS 正埋頭伏案，夢想勾勒一項另類的建築設計論文 —— 選址西貢北潭涌，將一所空置鄉村校舍和相連小丘，改造活化為香港首座旨於連繫城鄉郊野之間的環境教育中心。

這所空置村校原名培才學校，位處西貢東郊野公園主入口（設有北潭涌巴士總站）與麥徑首段起點之間，相對易達，靜中帶旺，KS 認為可設計為「城鄉對話的門廊」。原校舍主要由兩間大課室組成，先後建於 1950 年代

☰ 黃錦星在 1980 年代撰寫的大學論文，探討如何將培才學校的空置校舍和相連小丘，改造為香港首座連繫城鄉的環境教育中心。今重訪培才學校原校舍，百感交集。

與 1960 年代，兩課室之間設有寬敞通透的有蓋門廊，前後兩端開敞，前接校門石階及操場，後通山崗小徑及衛生間小屋。當年初探此校，KS 就被這虛實交織的空間吸引，操場的西南面廣植一排高聳的木麻黃（又稱牛尾松或馬尾樹），助夏季時遮陽抗熱。其時，KS 在空置村校前測繪，有感兩室之間門廊的穿堂風徐徐吹過，又聽到風吹動木麻黃時沙沙作響，與林間鳥鳴和奏，正是郊野交響曲。此情此景，KS 認定此地就是轉化為環保「郊野學舍」的培才好基地，包括可環保重用既有建築，以及活化善用宜居宜學的鄉郊好環境，是構想這篇論文的好開始。

然而，KS 隨之的論文撰寫過程絕非坦途。一方面，當年可參考的設計個案如鳳毛麟角，以「綠色建築」正名的書籍更遲至他畢業幾年後的 1990 年代初才面世；又或如 1969 年由伊恩．麥克哈格（Ian McHarg）所著《道法自然》（*Design with Nature*）雖有涉及，但此經典著作聚焦生態規劃，非在建築設計層面。另一方面，KS 的論文取向，涵蓋既有村校場地的「微

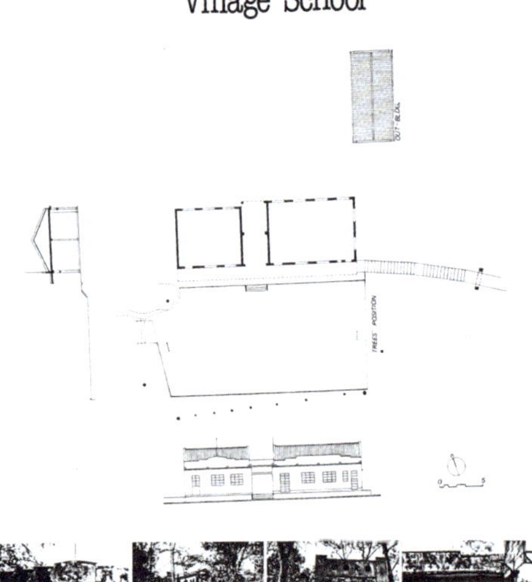

☰ 1987 至 1988 年，KS 以測繪和鏡頭記錄的培才學校。

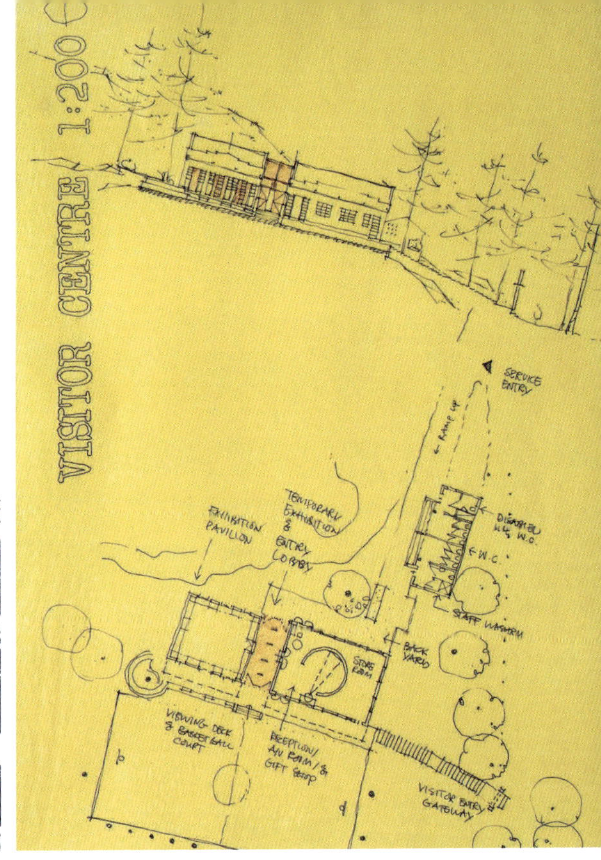

☰ KS 的設計草圖中，注有紅色的地方為校舍中的有蓋門廊位置，可見對原校舍「虛」空間的着墨。

改造」以及後邊山崗的新建建築作留宿空間等，整體的建築體量克制，不傾向大興土木，但在中期階段的老師聯席評圖時，有些就批評：「規模太小，不像畢業論文。」甚至直指不知所謂：「Rubbish!」

最終，KS 順利畢業，還幸運地被他最心儀的建築師事務所招聘入職，隨後更正式開展他投入綠色建築師之旅。相隔逾三分一世紀，因應是次村校相關的專訪，KS 揭開封塵而久的港大畢業論文，重閱那些年的老師評語，重遊村校原址，以及回想將「廢校」升級再造的心路歷程。當年，KS 本着赤子之心，選擇以活化一所微型荒廢村校為本，不選宏大構築，不作炫目造型，只有對舊建築的謙卑改造及新擴建的簡約設計，這份建築設計論文希望來自城市的用者可在此「郊野學舍」，感悟綠色建築以至綠色生活的意義，包括當今所需推廣的「少即是多」（less is more）的態度。

驀然回首，KS 頓覺這份逾三分一世紀的「微建築」畢業論文，是香港鄉郊活化、城鄉共生等相關論述的小種子。

村校啟蒙：從小學村校宿營到綠建夢

KS 與村校的緣分，其實早於 1970 年代中開始，緣起又與畢業關聯。

小學時期，家在慈雲山公共屋邨的 KS 就讀邨旁中華基督教會基慈小學，畢業前被選往大澳村校宿營，留宿地是中華基督教會大澳小學的臨海校舍。1970 年代，從九龍慈雲山前往大澳，需轉車轉船，花大半天才到村，可說是 KS 人生第一次遠行假期。對近半個世紀前的大澳村貌，KS 稱：「大澳的傳統橫水渡（由人手拉動纜索渡河的小木船）、漁村棚屋、老街古屋、簷下燕舞，還有蝦膏蒸豬肉⋯⋯ 那味道和沿岸鹽田遺址，至今仍歷歷在目。」他的小學畢業之旅沒有拍照留影，但這偏遠鄉村中道法自然的傳統建築環境在他腦海深留烙印。KS 初嚐了鄉郊的好味道，一試難忘。

中三暑期，KS 的大家姐帶他參加社區中心的義工訓練班，當中包括鄉郊行山露營的體驗，從中開始學習山藝。KS 回想：「當年在班裏義工隊，我年紀最細。尤記得曾跟大隊，背負重甸甸的營具，沿天梯登大東山頂，途中汗流浹背兼雙腿發軟，但從此深愛行山穿村樂。」

大學階段，KS 修讀建築。大一下學期，教授揀選了全級的設計習作定點於大埔沙羅洞村一帶，因當年此處的私人擁有土地，正掀起鄉郊發展和保育的爭議。有危有機，KS 和同窗們因而有機會在大一時就投入偏遠鄉郊聚落的田野考察和設計想像，而其時 KS 在設計課的分組老師是龍炳頤教授。隨之，KS 及幾位同學對傳統鄉郊建築甚感興趣，於是在當時專注中國傳統民居研究的龍教授帶領下，多年在香港及內地的偏遠鄉村進行傳統建築記錄，成為本港建築界進行相關學術研究的先頭部隊之一。例如，在元朗錦田水頭村，KS 對建於清朝道光年間（1840 年）的二帝書院印象尤深，是本地「古早版」村校，在 1992 年評定為法定古蹟。另外，在新界的客家村落，如沙頭角上禾坑村，於清朝同治年間（1872 年）重修的鏡蓉書屋，亦是龍教授及 KS 早年曾造訪的傳統村校，其後於 1991 年列為法定古蹟。[1]

大學畢業，KS 隨之入職建築師事務所，初期參與的設計項目包括公共

1　清朝時期，讀書是村落中的重要事，所以鄉親會籌建書室，讓子弟接受教育。

建築、工商大廈、學校以及住宅屋苑。當中，於 1990 年代，KS 擔任大型公共房屋項目「茵怡花園」的項目建築師，兼統籌同期的香港環保住宅建築研究，與團隊打造此屋邨為環保住宅經典，屢獲殊榮。2010 年代初，建築師 KS 又帶領了香港首座零碳建築的環保設計，位於九龍灣，名為「零碳天地」，在園境空間當中更打造了本地首個都市原生林，猶如將傳統鄉村的風水林帶至市區旺地，支持生物多樣性，示範另類的城鄉共生。

KS 從小學畢業的村校宿營，至大學畢業的「郊野學舍」論文，再到環保屋邨、零碳建築及都市原生林的綠色設計及研究，似在圍繞着一個綠建夢。歷年來，他的夢想得以步步落實，開花結果。

從論文綠建夢到保育政策

2012 年年中，KS 轉任環境局局長，每屆任期五年。當時，香港正面對嚴峻的多重環境挑戰，包括空氣污染、廢物危機、生態損失、氣候變化等，急需更全面的方略。KS 首屆上任，致力與團隊在 2013 至 2017 年間，先後推出一系列可持續發展的政策藍圖，涵蓋《香港清新空氣藍圖》、《香港資源循環藍圖》、《香港都市節能藍圖》、《生物多樣性策略及行動計劃》、《香港氣候行動藍圖》等，平均一年一藍圖以應對各環保急務。到首屆任期尾聲的一年半載，KS 還用心力思考哪一範疇亟需創新政策的及時扶持呢？香港偏遠鄉村的保育挑戰，再次湧現他腦海。

縱使需急救各主要政策範疇，KS 仍心繫鄉郊。其實，自他大學時期（即 1980 年代）一直糾纏香港社會的沙羅洞生態保育爭議，以至 2010 年代初荔枝窩村民歸僑聯同多方有心人醞釀復興空心村，在 KS 上任局長前都已經不同途徑傳入他的心扉。讀者若參考《香港環境報告 2012-2022》或類似文獻，從中可概覽他的心路歷程及相關施政。舉例，2013 年底，成功將西貢大浪西灣等「不包括土地」納入郊野公園，以提升整體保育及景觀價值；2018 年，成立鄉保保育辦公室，隨後推出鄉郊保育資助計劃；2021 年，香港地質公園加入世界地質公園網絡十周年，政策已由聚焦地景，轉向全面關顧區內鄉郊的風土人情，包括先後在多地將村屋或村校改造為故事館，例如

☰ KS 形容位於元朗錦田水頭村的二帝書院為本地「古早版」村校。

☰ 香港的經典環保屋邨茵怡花園，位於將軍澳。圖為設計模型之一，現為 M+ 藏品。

在沙頭角印洲塘一帶的地質公園內，鴨洲昔日的漁民子弟學校於 2018 年改建成鴨洲故事館，荔枝窩自 1980 年代尾已關閉的小瀛學校部份校舍於 2021 年改造為小瀛故事館；2022 年年中，正式完成非原址換地程序以長遠保育沙羅洞，是香港鄉郊保育進程的又一里程碑。

於是，2017 年 1 月《施政報告》公布：「部份偏遠鄉郊地區瀕於荒蕪，寶貴的生態和人文資源流失。郊野公園以外，政府近年以多元和靈活方式，支持及推動民間力量保育鄉郊環境。例如，荔枝窩擁有豐富生態價值及三百多年客家圍村文化，政府積極與多個非政府組織合作，獲村民支持，透過多樣資源，進行多項活化工作和小型改善工程等，以復育當地鄉郊生態、人文和建築環境。為了進一步推動復育偏遠鄉郊環境，政府將為設立保育基金成立籌備委員會……」2017 年年中，政府換屆，KS 續任環境局局長。2017

年 10 月，新一份《施政報告》續指：「政府會成立『鄉郊保育辦公室』來統籌保育鄉郊計劃，以促進偏遠鄉郊的可持續發展；及預留 10 億元進行相關的保育工作及活化工程。辦公室的優先工作將會與非政府團體互動協作，推展多元及創新的活動和計劃深化荔枝窩的鄉郊復育工作，以及推行沙羅洞的生態保育等。」KS 解夢，指政策要有夢想，亦需天時、地利、人和，才會枝繁葉茂。

KS 早年曾數次往「新界東北環走」遠足穿村，每次路過荔枝窩、梅子林等古村時，見如世外桃源的環境凋零，心感嘆息。至 2010 年代初，聽聞荔枝窩醞釀復興，KS 心中暗喜。之後有關人士開始在村復耕復育，但在 2014 至 2015 年間，他們遇上難解的阻滯，最終找上時任環境局局長求救。所謂何事？正因荔枝窩地處一隅，車路不達，有關人士引頸以待定期街渡，以方便遊人、村民及工作人員等往來，配合偏遠鄉郊的復育進程所需，但申請街渡服務牌照屢戰屢敗。鑒於荔枝窩實屬地質公園範圍內的村落，KS 作為主事此範疇的時任局長，於是介入。2016 年元旦早晨，街渡終於正式首航，從馬料水駛至荔枝窩碼頭，報章形容：「荔枝窩新氣象，街渡通航願望成真……是送給村民，亦是送給香港市民的新年禮物。」同時，KS 有感其時積極投入鄉村振興的村民，大都是生於村、曾長於村的最後一代，但這批有心人都相當年長了，從政者若想這代心懷鄉愁的村民能同行復育鄉郊，政策出台的時機就要及早了。

村校重訪：村校通風廊下的人生迴響

踏入 2025 年，KS 首次重回北潭涌培才學校原址。轉眼三分一世紀，KS 經歷了大學畢業論文「鄉郊學舍」、逾二十年綠色建築設計項目包括「零碳天地」、十年環境局局長並推動新政如「鄉郊保育」。自環境局卸任後，KS 於 2022 年下旬起擔任「無止橋慈善基金」主席，投入內地和香港兩地的鄉村振興，當中結合低碳環保和兩地青年參與。

KS 被問及其「鄉郊保育」政策的感想。鄉郊保育辦公室於 2018 年正式成立，至今七年，有何思何想？KS 在不同崗位，都一直密切觀察它至今

☰ 黃錦星（左一）任環境局局長期間及卸任後都心繫鄉郊，並不時走訪沙頭角一帶鄉村，如 2022 年卸任不久於梅子林支持鄉郊活動。

的「七年之養」，見它正好提供所需的政策養分支持偏遠鄉郊復育，又助力育養多元的民間鄉村振興項目以積累實例，還有投入培養各方人士包括村民、學者、團體、企業、青年及其他志工發揮所長，協力貢獻城鄉共生。KS 樂見本地各界擁抱此政策，同時見證內地於差不多時期亦推出了鄉村振興戰略。在港，跨城鄉、跨學科、跨領域、跨世代等等人士包括年輕人積極參與鄉村振興，不但對香港如發展中的北部都會區有所裨益，亦有可能對國家城鄉融合發展的夢想作出貢獻。

KS 站在培才學校原校舍中央的門廊，環顧四周景物，大致如舊，只是於近年已被活化為一所培育外語幼童的「森林學校」，猶如他大學論文的微型版。現職老師分享：「這處是『通風廊』。炎夏時，最愛在此避暑。」KS 在此虛實交織的門廊，感受清風依舊，若有所悟：「當下於無止橋的公益工作，就像與逾三分一世紀前的論文隔空對話，希望如流過這門廊的穿堂風，不斷有更多人加入，支持鄉村振興。」近期，無止橋同事與 KS 於香港鄉郊，聚焦沙頭角一帶，如荔枝窩、梅子林、谷埔、榕樹凹等客家古村，支持復育其村，並以鄉郊環境予青年及社會義工等作為服務研習場所，過程中推廣低碳環保的共創共學，造就連繫城鄉共生的橋樑。KS 在想，無止橋現今的「鄉村振興 × 青年發展 × 低碳環保」公益項目，不就是他「鄉郊學舍」論文的深化擴大版？

最後，如 KS 於 2024 年所著《邁向碳中和：香港人和事》的書中所言，他或會向年青人提及其大學畢業論文「麻麻地」，本意在激勵後輩不需因一時挫折而過於失意。經這回人生反思，或可添上另一層意義：「別怕想法太另類，周邊人或許尚未懂欣賞，但誰知它一直牽引，帶引穿越萬重山，邁向城鄉共生夢想至今天？」KS 盼望更多人同行，邁向城鄉永續，綠綠無止。

☰ 1960 年代的培才學校，校舍仍未擴建，沒有「通風廊」。

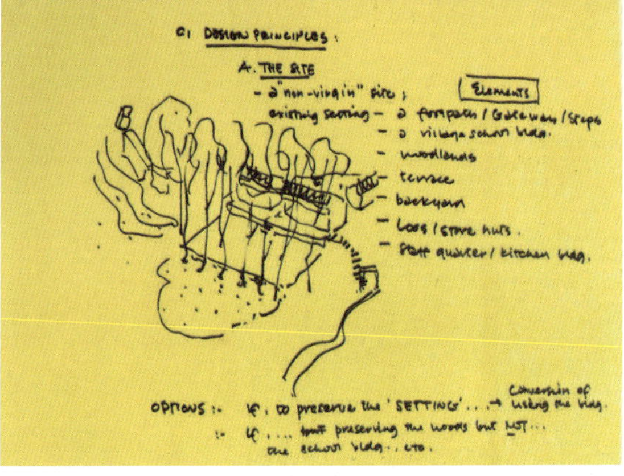

☰ KS 在論文中構思如何活化空置校舍的過程中，需先對培才學校原址作環境和建築元素分析，以及為活化取捨列出選項方向等。

守護村校記憶的鄉村女性

鄧妙薇（May 姐），一位生長於傳統本地圍村厦村的女性，於 1967 年入讀公立友恭學校。她的家族在村中歷代為讀書人，父親鄧鈞鐸曾是村長，祖父鄧啟芳更是村中的文書專家，負責對外的文書往來與祠堂事務，二十多歲時便開始在祠堂擔任禮生，負責撰寫重要的文書與紀錄。「我爺爺真的很有記性，」May 姐回憶道，「他覺得自己的記憶力好，有些事若是不方便被人知道，便不會以文字記下來，他也不讓任何人碰他的東西。我結婚後，沒有搬離外家，他和我住在同一間屋，唯一替他打理及整理文章書籍的，就是我。」

☰May 姐背後是香港法定古蹟友恭堂禮賓樓，前身正是公立友恭學校。

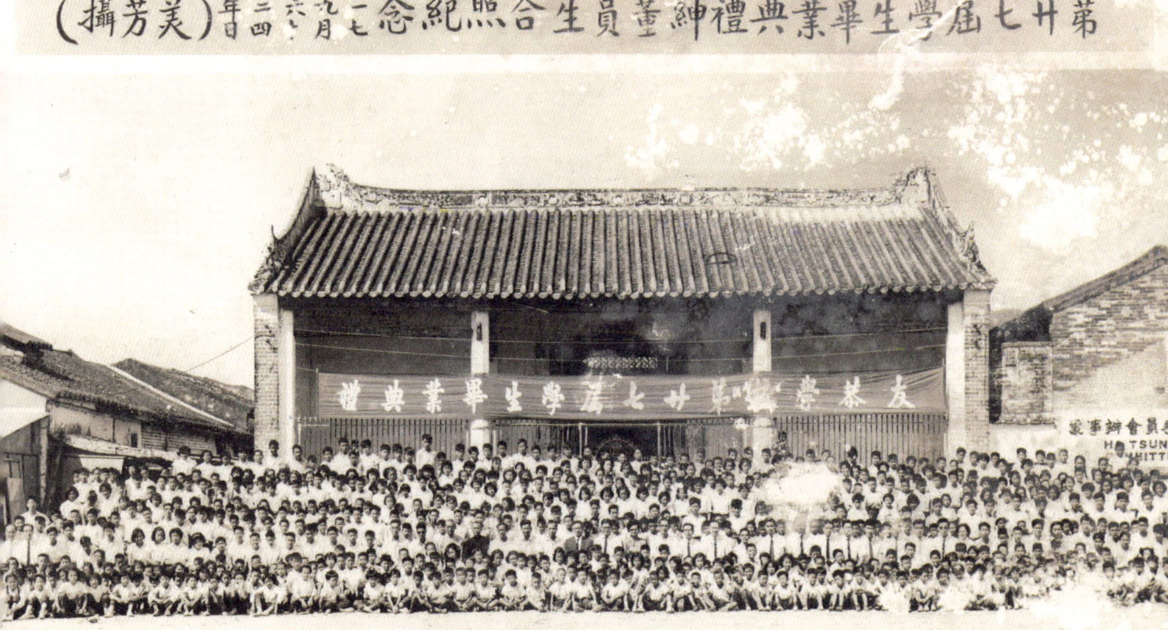

1962 年，公立友恭學校學生在元朗厦村鄧氏宗祠友恭堂前拍下的畢業典禮照片。

1963 年的友恭學校體育日。

May 姐從小就幫祖父磨墨、整理文書，成為他的小書僮。這段經歷讓她對村中的歷史與文化有了深刻的認識，也造就她日後成為村校歷史守護者的因緣。然而，身在重男輕女的鄉村，即使生於書香世家，又有讀書機會，還是處處看到無處不在的性別界限。

性別與教育的衝突

May 姐的童年充滿了家務與責任。作為家中的女兒，她從小就要照顧弟弟、擔水、餵豬、洗衣服，幾乎沒有時間專心讀書。「五歲就開始做家務和照顧弟弟，哪裏還有精神做功課？」她苦笑道。

儘管如此，她對知識的渴望從未減弱，雖然家務繁重，May 姐依然努力讀書。「我知道讀書很重要，」她說，「家裏每個人都會寫字，我沒理由不讀書。」她的努力也得到了回報，成績一直不錯，甚至考上了中學。然而，作為女兒，她的教育之路並不平坦。May 姐經歷小學會考，考上中學，當時母親卻反對她繼續讀書。「媽媽說，兩個姐姐都沒機會讀中學，你是女兒，也不要讀了。」她回憶道。這種性別偏見在圍村中極為普遍，許多女孩早早輟學，幫忙家務或嫁人。

幸運的是，她的姐姐們為她爭取到了讀書的機會。「兩個姐姐說，我們那時候想讀都不能讀，她考到中學，為甚麼不讓她讀呢？」最終，母親同意了，但條件是 May 姐必須繼續承擔家務。「我每天早上五時多起床，做完家務、煮好自己上學帶的飯才去上學，」她說，「放學回來已經五時了，還要繼續做家務。」儘管如此，她從未放棄對知識的追求。

May 姐的努力並沒有白費。她的成績一直不錯，父親也因此對她格外疼愛。「有一年，爸爸買了一盒水果糖給我，說是聖誕禮物，」她笑着回憶道，「那時候我們根本不知道甚麼是聖誕節，但那盒糖讓我覺得自己被重視了。」這種認可讓她對讀書的決心更堅定。「我覺得讀書好、聽話，應該會好一點，」她說，「爺爺很偏心男孫，但看我成績好，有時候會給我一毛錢，或是撕一小塊東西給我吃。」

這些小小的獎勵，成為她童年中最珍貴的回憶，也讓她明白，讀書不僅是改變命運的途徑，更是自我價值的體現。

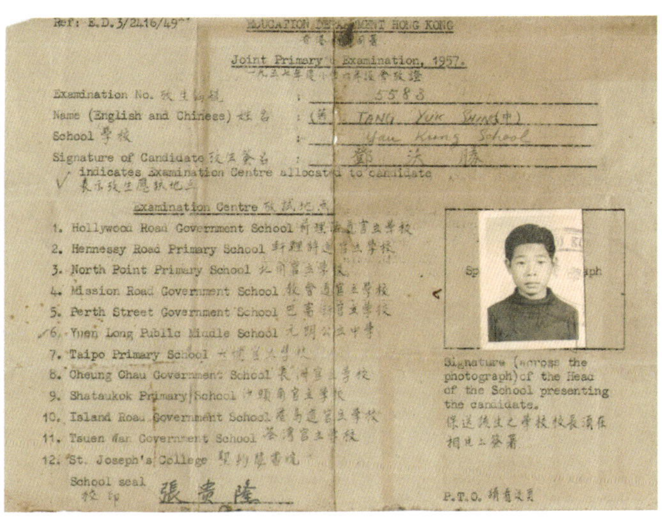

Ref: E.D.3/2416/49

EDUCATION DEPARTMENT HONG KONG
香港教育司署

Joint Primary 6 Examination, 1957.
一九五七年度小學六年級會考證

Examination No. 考生編號 : 5583
Name (English and Chinese) 姓名 : (英) TANG YUK SHING (中)
School 學校 : Yau Kung School
Signature of Candidate 考生簽名 : 鄧沃勝

√ indicates Examination Centre allocated to candidate
√ 表示考生應試地點

Examination Centre 考試地點

1. Hollywood Road Government School 荷李活道官立學校
2. Hennessy Road Primary School 軒尼詩道官立學校
3. North Point Primary School 北角官立學校
4. Mission Road Government School 教會道官立學校
5. Perth Street Government School 巴富街官立學校
√6. Yuen Long Public Middle School 元朗公立中學
7. Taipo Primary School 大埔官立學校
8. Cheung Chau Government School 長洲官立學校
9. Shataukok Primary School 沙頭角官立學校
10. Island Road Government School 香島道官立學校
11. Tsuen Wan Government School 荃灣官立學校
12. St. Joseph's College 聖約瑟書院

School seal 校印 張貴隆

Signature (across the photograph) of the Head of the School presenting the candidate.
保送考生之學校校長須在相片上簽署

P.T.O. 請看背頁

≡1957 年小學六年級會考證。由友恭學校舊生鄧沃勝提供。

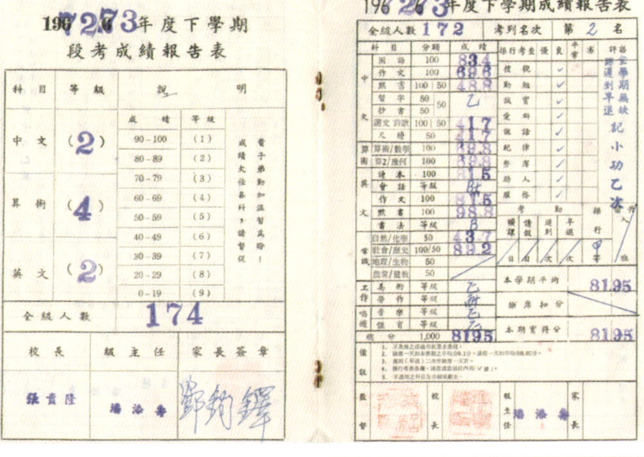

1972/73 年度下學期 段考成績報告表

科目	等級	成績	等級	說明
中文	(2)	90-100	(1)	看子弟如此成績，請家長對於各科加緊督促，溫習為盼！
		80-89	(2)	
		70-79	(3)	
算術	(4)	60-69	(4)	
		50-59	(5)	
		40-49	(6)	
英文	(2)	30-39	(7)	
		20-29	(8)	
		0-19	(9)	
全級人數	174			

校長	級主任	家長簽章
張貴隆	潘洽泰	鄧鈞鐸

1972/73 年度下學期成績報告表

全級人數 172　考列名次 第 2 名

≡May 姐於 1972 至 1973 年度的下學期成績表，全級考第二名。上列今天已沒有的尺牘、農業常識科等。

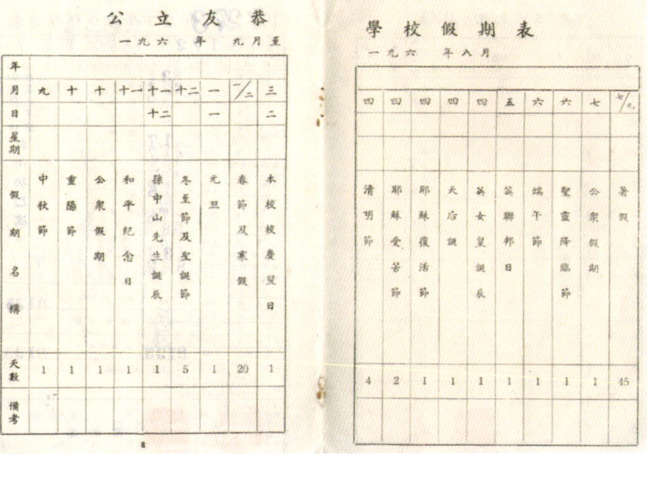

公立友恭

一九六 年 九月至

月	九	十	十	十一	十一	十二	一	一/二	三
日					十二		一		二
星期									
假期名稱	中秋節	重陽節	公眾假期	和平紀念日	孫中山先生誕辰	冬至節及聖誕節	元旦	春節及寒假	本校校慶紀念日
天數	1	1	1	1	1	5	1	20	1
備考									

學校假期表

一九六 年八月

月	四	四	四	四	四	五	六	六	七	七/八
假期名稱	清明節	耶穌受苦節	耶穌復活節	天后誕	英女皇誕辰	英聯邦日	端午節	聖靈降臨節	公眾假期	暑假
天數	4	2	1	1	1	1	1	1	1	45

≡公立友恭學校學生手冊內的假期表。

☰ May 姐主編的友恭學校校友會創刊號。

成立校友會　保存歷史

May 姐由讀書到出嫁，一直未有離開厦村，她曾在友恭堂讀幼稚園，後來轉到西山村的小學就讀，直至小學畢業。

2012 年，友恭學校校友會正式成立，May 姐因緣際會被推舉為資訊組成員。雖然她最初並未打算參與，但在她親叔叔（人稱「尾叔」的鄧季良）的鼓勵下，決定扛起這份責任。「尾叔話，『阿薇，你懂電腦，幫我們做文書處理。』我就答應了。」她笑着回憶道。

校友會的成立，不僅是為了凝聚舊生，更是為了保存村校的歷史與文化。May 姐感慨當年友恭學校結束時，只有當時的鄧永成校長寄存了一些多年學生的學籍表和重要相片。故友恭學校舊校舍被推倒時，未有人能及時「拯救」學校文件與文物，「我們有很多重要的東西都被人拿走了，」May 姐感慨道，「後來有校友撿回幾本入學冊，我們才勉強保存了一些歷史。」

May 姐帶領校友會舉辦了多場活動，包括導賞團、興趣班等，吸引了許多村民與外來遊客的參與，記錄村校的點滴，製作特刊。

☰ 1960 年代，學生於祠堂門前，集隊進入位於祠堂內的班房。

性別界限無處不在

然而，守護歷史的道路並不平坦。May 姐在推動校友會工作的早期，曾遭遇了許多困難與批評。在圍村文化中，性別角色分工極為嚴格。May 姐回憶道：「以前點燈儀式主要是男生負責，女人根本沒有機會進入祠堂。」這種傳統在村中根深蒂固，女性在公共事務中的參與受到極大限制。

即使在村校，性別的界限也無處不在。「從前學生在祠堂上課，用屏風隔開課室，隔壁說話的聲音都聽得清清楚楚，」她說，「但女生只能走到天井，再往裏面就不准進入了。」這種限制不僅體現在空間上，也反映在社會觀念中。女生若不小心走進祠堂的深處，便會遭到村中長輩的責罵。然而，隨着時代變遷，這些傳統逐漸被打破。「現在祠堂已經開放給所有人，無論男女，」May 姐感慨道，「但以前的環境真的沒辦法，女性在村中的地位很低，但其實一直在背後艱辛地準備大小事務。」

May 姐最初開始在村中舉辦活動時，有同鄉叔父不明白 May 姐意欲保存村落文化的用意，直接罵 May 姐身為女流之輩，不要多顧閒事。她無奈地說：「只是希望為村校和鄉村文化做點事。」儘管如此，May 姐並未放棄。她堅信，村校的歷史與文化值得被記錄與傳承。她的努力也逐漸得到了認可，愈來愈多村民與校友開始認同和支持她的工作。

為厦村歷史奔走

如今，May 姐仍在為厦村的歷史奔走。她希望未來能出版一本關於厦村的書籍，詳細記錄這個滿載故事的圍村故事。「很多歷史專業的人寫村史，但我們自己人寫自己的東西，才能真正反映村中的故事。」她說。例如，她記得小時侯家中用灶頭煮飯，會用一個大鐵鑊，每隔一段日子，婦女便要「刮」鑊底，以免積聚太多「炭屎」在鍋底。

「記得八九歲，我開始幫家中刮鑊，但我們是不可以隨便刮鑊的，要查《通勝》。在我負責之前，由兩個姐姐負責幫忙刮鑊或做前後的工夫。聽二姐阿雲說過，她在母親刮鑊前要逐家拍門喊聲：『刮鑊啦！』」她解釋，這是因為那時圍村沒有嬰兒床，家家都用曬穀的窩欄墊着棉布安置幼兒在地

☰ 2019 年，一眾友恭校友出席「有你有我有田有山有水有意」村校校歌展開幕，於開幕中大唱友恭學校校歌。左一為尾叔。

上。老一輩認為，圓鑊倒扣時形似窩欄，若不及早抱起孩子，怕會「攝」了小兒魂魄。因此，母親刮鑊前必先吆喝一下嗓子，前後巷的嬸母便會紛紛把孩兒從窩欄裏抱起，或摟在懷裏。各家也會於同一時間「刮」獲，以減少「擾民」次數，刮鑊聲漸歇，孩童才重新落回窩欄。這般講究的做法，如今怕已無人知曉。

May 姐笑說：「阿媽有句格言：『未到死那天，你都要勞動。』」尾叔於 2019 年時離開，他走之前，May 姐答應了他繼續保育友恭學校歷史及為厦村服務。「答應了別人的東西，我會幫忙去完成。」May 姐開設了一個 facebook 粉絲專頁和公開群組「吾土吾情話厦村」，記錄村校的點滴，並與外界分享村中的故事，讓歷史承傳。

圍繞「白雪公主」的村校拼圖

歷史的拼圖需要有人用心守護，只要耐心等待，當各種偶然相遇，就能拼湊出更為完整的村校故事。好像 May 姐成立的網上群組「吾土吾情話厦村」，不止留下她所知的村中事，也藉此連結舊生，交流回憶，重遇陳年舊照上的「白雪公主」。

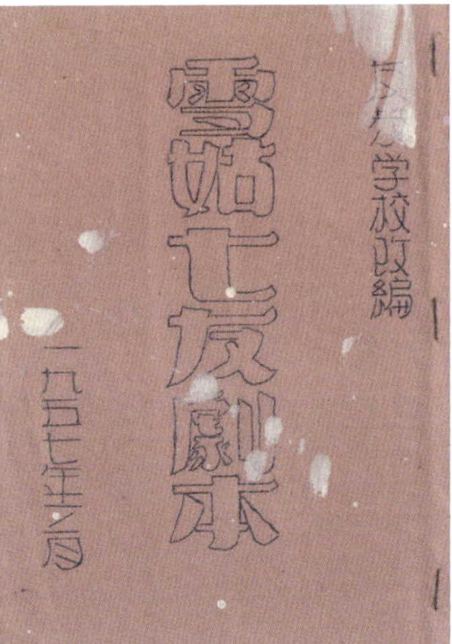

由友恭學校改編的《雪姑七友》劇本，寫於 1957 年。

2018 年，是我第一次到訪友恭學校校舍。校內牆上掛着數張黑白照，是 1957 年 7 月 25 日友恭學校畢業典禮時的學生表演，一看便知道上演劇目為《白雪公主》。當時覺得很神奇：於 1950 年代的元朗厦村友恭學校內上演《白雪公主》，感覺很新潮啊！一位舊生就似是而非地解釋，「印象中，當年老師見我們之中有個同學是混血兒，就決定做《白雪公主》了！」然而，模糊的記憶缺乏實感，後來跟同讀友恭學校的 May 姐聯繫，她卻提起早前厦村打醮時，當年飾演白雪公主的那位學姐曾經回港，「她特別找我帶她參觀祠堂，想讓她的下一代了解厦村的歷史。最令人感動的是，她還記得當年的歌怎麼唱呢！」May 姐說，頓時將藏於舊照的過去帶到當下。

令人驚喜的是，之後我在收藏家梁經緯的藏品找到了這個表演的完整劇本和歌譜，改編過的劇本名稱採用舊時常見的翻譯《雪姑七友》，是一套三幕的歌劇。作為演藝學院畢業生，我發現這些 1957 年的演出資料非常專業 —— 從劇本編排、場景設計到後台細節都有細緻規劃，展現出驚人的水準，難以想像這是在廈村一所仍在祠堂辦學的學校所製作的演出，令人驚嘆。祠堂裏的西方童話劇照片、移民海外的校友、保存完好的劇本，得以共同訴說屬於友恭學校的白雪公主故事。

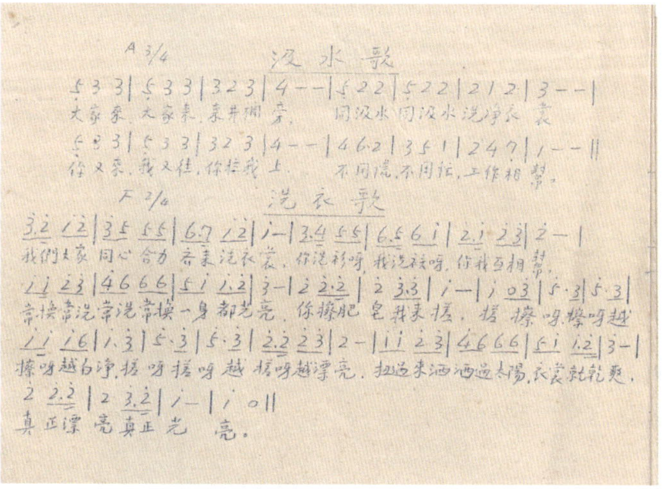

☰ 載於《雪姑七友》劇本內的插曲之一：汲水歌和洗衣歌。

☰《雪姑七友》劇本裏描繪的舞台佈置設計圖。

從友恭學校校舍一張舊照上可見當年上演《雪姑七友》的故事。

左三正是飾演白雪公主的友恭校友張桂芳，她右邊的是飾演七個小矮人之一的鄧偉崇，左邊為 May 姐。

友恭學校簡史

文：鄧妙薇

May 姐一直計劃書寫一本村史，自十多年前開始搜集散落在不同地方的友恭學校歷史，整合爬疏。以下收錄她的一篇友恭學校簡史。

筆者是厦村鄉人，厦村以鄧姓為望族，聚居於此已有八百多年，清末至十九世紀初，鄉村書館私塾式學校林立。後時代演變，1930 年代時，新式學校乘時興起，私塾式微，友恭學校遂告誕生。

當時鄉中賢俊鄧慶堂、鄧英照、鄧兆蘭、鄧煜廷、鄧鈺君等人為普及教育，聯同創辦友恭學校，以供鄧氏子弟就讀，並推舉鄧慶堂為首任校長，於 1936 年 2 月聘請鍾少庭老師任教，以友恭堂後花園的一座建築物為校舍，創校招生，當時招收一至三年級學生，合一室授課。後得香港政府津貼，學校規模始定。

香港淪陷期間，日軍統治，政府津貼中斷，學校經營困難，校政一度中斷。1944 年有張姓夫婦借校居住，全義務教學，卻因學生時而上課，時而停學，慘淡經營。

香港重光，學校復得政府津貼。1948 年由鄧紹衮先生接掌校政，重新註冊，各村耆老群起贊助，出錢出力，增闢友恭堂上進兩旁充作課室，拓祠堂前面空地為操場，購置校具，制校服，設獎激勵，校務因而復興。

1952 年香港教育則例頒佈施行後，政府撥付津貼友恭學校經費及訓練師資，校董會聘請張貴隆先生為校長，得各村紳董鼎力協助，校務從此納入正軌。1958 年夏，學校有六級十一班，分為上下午及全日班，學生由一百七十餘人增至四百餘人。

1962 年夏則有六級十八班，分上下午班，學生增至七百五十人。當時包括宗祠中進及文昌廳有九間課室，已不敷使用。校董們為興建新校而成立不牟利法團，聯同張貴隆校長前往各村集會，力陳建新校的迫切性，各村群起響應，以門捐方式籌集資金，建校之資能迅速集成。新校址位於厦村鄉新生（西山）村後山麓，是該村村民獻出交由香港政府轉贈學校，連同政府租借地，佔地約十四萬呎，於 1963 年秋興工，1964 年 6 月 26 日遷入新校上課。當時開設一至六年級兼辦特別中學一年級共二十四班，翌年特中一停辦，仍維持一至六年級共二十四班。至 1970 年共收學生一千零八十人，學額已飽和。董事會有見及此，決議興建一分校，得錫降村校董鄧土生先生等紳耆獻出九千零十方呎村地為分校校址，向政府申請建校，在厦村鄉鄉事委員會鄧齊安主席領導下，在 1974 年建成標準村校校舍。是年九月開始上課，收納錫降村及附近村落和天水圍的學童就讀。

1980 年代開始，政府在新界發展新市鎮，建造大型屋邨，吸引大量人口入住，邨內標準化的校舍吸引大量屋邨內外學生入讀，鄉村學校大受影響，學生減少。適逢田廈路興建污水處理廠，整條田廈路挖通以鋪設污水管，以致田廈路多年都只得半邊馬路使用，加上大量貨櫃車出沒，塞車嚴重，家長不放心子女走路前往學校，聘請校車司機接載，也無司機願意。在此消彼長下，友恭學校收生日減，教育當局於 1996 年初通知校方不再資助學校了，友恭學校無奈在該個學年完成後便結束，完成了在鄉村的教學使命。

搶救舊物
村校文物收藏者

「遇到村校物件的主人，我以前覺得是不可能的事，人年紀大了，遇到的事多了，知道的事多了，原來有些緣分是定了的。」梁經緯（梁 Sir）是香港中文大學藝術系出身，退休前為一中學視藝科老師，自 1990 年代末在偶然機會下加入「搶救香港文物」之旅，收藏及研究範圍包括香港學校、香港舊課本、香港遊樂場、香港及上海電影等。

他與學校文物的不解之緣，始於二十年前一個偶然機遇。當時一位專營舊物的朋友得知他是教師，遞來一袋校章，袋中五十枚鐵質與布質校章靜靜陳列，最古老的已有百年歷史。「當時以一千元購入，平均每枚僅二十元。那時尚未專注收藏村校文物，其中不乏金文泰、皇仁等名校校章，更有戰前學校的珍品。」梁 Sir 感嘆，緣分就是如此奇妙，有時不是你刻意尋覓，而是它主動找上門。「對賣家而言，這些舊校章或許是無人問津的雜物，能以低價轉讓已屬幸事。當我細細端詳這些校章，才驚覺香港學校的多元面貌。」自此，他對天台學校、村校等「冷門」教育場域產生濃厚興趣。

藏身元朗村校的文物

藏身香港不同角落的文物，都是珍貴的歷史見證，但相關文物可遇不可求，收藏過程異常艱難。梁 Sir 特別記得某次經歷：一位賣家告知有批元朗村校文物，他立即前往查看，發現是本記載校園生活的相簿，內藏百餘張照片，涵蓋課堂教學、運動會、郊遊旅行及來賓探訪等場景。「我當下好奇追問這些照片的來歷，賣家解釋是從一座瀕臨倒塌的舊校舍『搶救』而來。那校舍屋頂漏水，地面堆積腐爛雜物，這些文物就散落其間。你以為撿回來就能完好保存？背後需要大量修復工作！」

「賣家初衷或許是牟利，但無論動機為何，他們確實完成了近乎不可能的保存工作。若非這些人，這些文物也許早已灰飛煙滅。」梁 Sir 感慨道：

☰（上）（下）梁 Sir 的工作室井井有條，擺放了他收集多年的藏品，當中也有不少村校舊物。

「當我親眼見過廢棄村校的現狀，才真正理解這些文物能完好保存至今，經歷了多少難以想像的艱辛歷程。」

照片裏的故事

2024年初，我訪問羅慧燕博士，在她的安排下，我第一次走進梁 Sir 的工作室，就被他整齊而系統的收藏深深震撼，有許多是我之前曾攝錄校歌的村校的文件，包括不同來源的資料、相片，可以補充研究資料的不足。也是那一年，梁 Sir 經歷了二十年收藏生涯中最動人的時刻：首次「重逢」文物中的相中人。

當日他應羅博士之邀，前往沙頭角擔水坑村的群雅學校與我一同錄製校歌，特意攜帶收藏多年的該校畢業照及有關該校的文件。當舊生們看見那張 1958 年的畢業照時，皆驚喜萬分，笑說自己的畢業照都已經「灰飛煙滅」了，竟然能看到一張保存得這麼完整的陳年畢業照，紛紛指認畫面中央的創校校長溫果行，以及英文老師、親屬等人物，另外，更指出畢業照上注有的攝影師的細節。「美真攝影院」是在沙頭角新樓街八號二樓的一間影樓，攝影師花名為「新馬仔」，因他外形酷似粵劇名伶新馬司曾。當年，個子小小的攝影師，膊頭抬着重又大型的攝影機，到位於出坡上的群雅學校為師生影拍畢業照。在舊生談及舊事的當下，梁 Sir 覺得靜默的照片在那一刻突然有了生命：「文物不再只是物件，我彷彿成為連接過去與現在的橋樑。這個經歷讓我深刻體悟到，自己是一個中介，我要把這些珍貴的資料交回給這個世界。」

又如他收藏了很多老課本、村校成績表，上面原本寫着不認識的名字，但緣份來到，讓我從一本《兒童詩歌課本》中認出其中一位受訪者溫玉香，讓他們重逢，才得以勾起更多這位培文學校舊生的回憶。（見第二章「沒有校歌的培文記憶」）

收藏家的鑑賞之道

梁 Sir 分享他獨特的收藏哲學：對於同類文物（如成績單），他更重視

☰ 因為一張群雅學校的 1958 年畢業照，舊生得以喚回當年的記憶，紛紛指認照片中的人物和笑談往事。

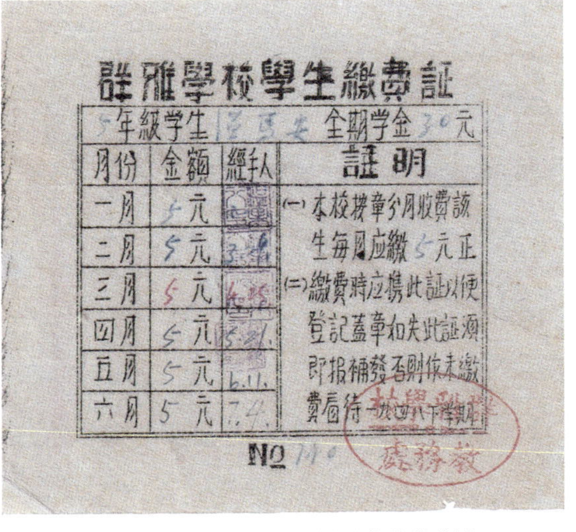

群雅學校學生繳費証

5 年級学生 [illegible] 全期学金 30 元

月份	金額	經手人	註明
一月	5 元	[illegible]	(一) 本校按章分月收費該
二月	5 元	[illegible]	生每月应繳 5 元正
三月	5 元	[illegible]	(二) 繳費時应携此証以便
四月	5 元	5.31.	登記蓋章如失此証須
五月	5 元	6.11.	即报補發否則作未繳
六月	5 元	7.4.	費倫待 一九五八年

NO 110

☰ 在梁 Sir 的藏品中找到沙頭角群雅學校的繳費證。

☰ 在前述群雅學校的畢業照，梁 Sir 發現了師生隊伍後方一張「平安小姐」的宣傳海報。

時代代表性。以培文學校成績單為例，他會區分油印與印刷版本，向賣家每款各收一張。「在我眼中，不同年代的版本就是獨特藏品，不會太關注上面的姓名。」

在整理舊照片時，梁 Sir 總喜歡仔細觀察畫面背景中那些不經意留下的時代痕跡。例如前述群雅學校的畢業照，在師生隊伍的後方，意外發現了一張「平安小姐」的宣傳海報。這位「平安小姐」可說是香港公共衛生宣傳的開山鼻祖。作為港英政府時期的經典宣傳形象，她以獨特的造型深植人心：頭部是工整的「平」字造型，身穿「安」字圖案的連身裙，整體設計既幽默

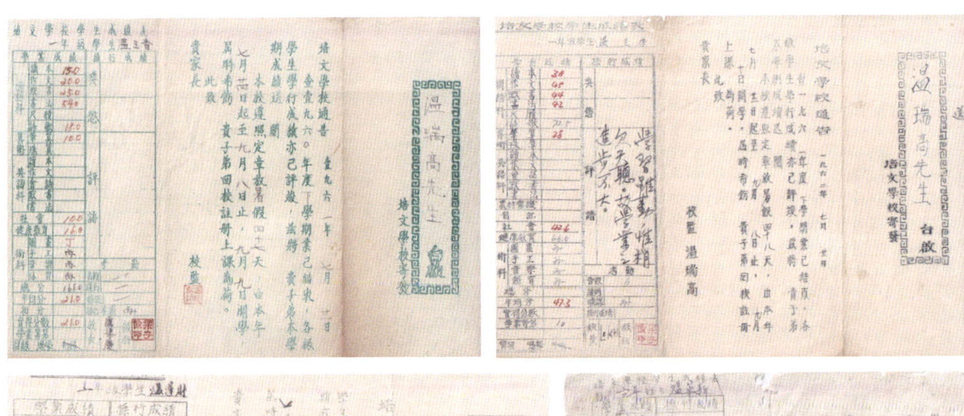

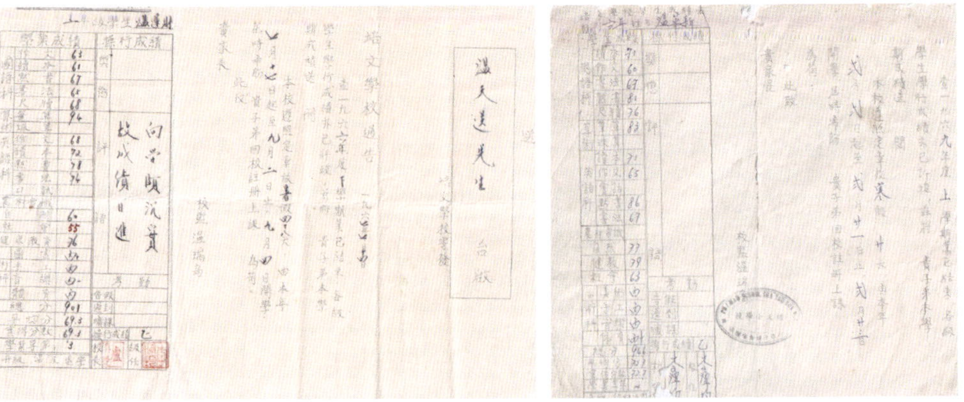

培文學校歷年的成績表，只要集合在一起比照，便會看到每一款的排版及印刷方式均有不同。

又富有教育意義。1950 年代，政府正是透過這位形象鮮明的「平安小姐」，向市民推廣環境清潔的重要性。在當今的收藏市場上，要尋獲一張保存完好的「平安小姐」原版海報，梁 Sir 說：「難呀！」

他又拿起那本寫有「溫玉香」的《兒童詩歌課本》笑言：「這本書，我當初只注意封面插畫是否精美、科目類別及保存狀況，從未留意上面的署名。過去只追求品相完美，但現在經歷了這些文物與物主的重新連繫後，如今反而珍視那些歲月痕跡 —— 每道摺痕、每塊斑漬都在訴說歷史。」

這番話，又為我上了珍貴的一課。

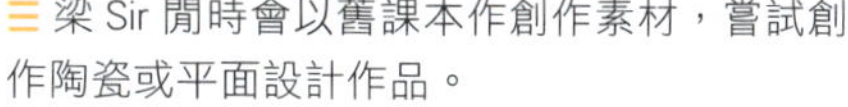

☰ 梁 Sir 閒時會以舊課本作創作素材，嘗試創作陶瓷或平面設計作品。

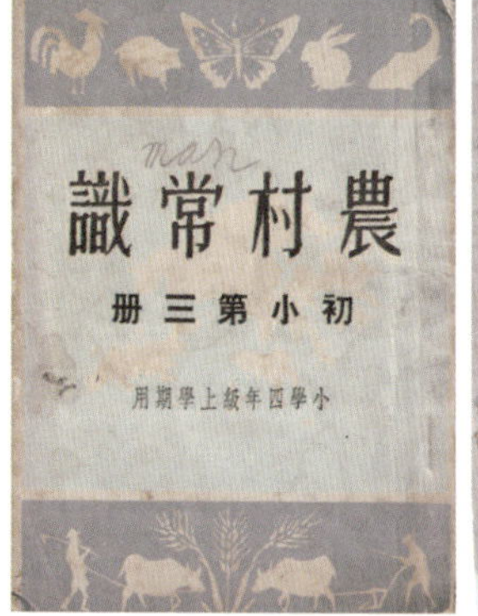

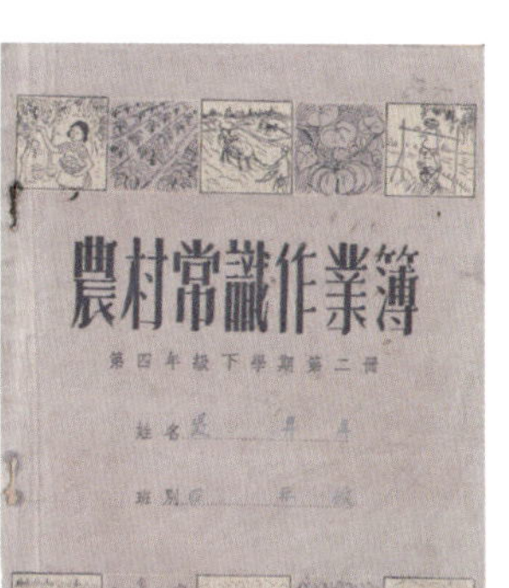

☰ 早年教授農村常識的課本和作業簿。

村校必修的「農業常識」

舊物的細節常藏有已經消失了的歷史痕跡。翻閱許多村校舊生的成績表，不難發現「農業常識」這一科目。據村友校友回憶，由於村校學生多來自務農家庭，平日需協助父母耕種，因此當時的教育司署特別設立此科，教授現代化的農耕知識，幫助學童更有效地應對農業生活。然而，這一科目大約在 1960 年代中期逐漸消失，見證了香港社會轉型、農業式微的歷史進程。

隨着「零碳生活」和「綠色生活」理念興起，不少學校設立了天台農場、魚菜共生系統，讓學生親身體驗種植的樂趣與重要性。過往村校這段歷史不禁讓人思考：如果能復辦校際種植比賽，說不定能傳承舊日的農業教育精神，讓新一代在實踐中學習永續生活的價值。

一九五八年農產品展覽會

本地的農業，還是用着陳舊的方法，費力很多，出產量卻不大，應即採用新法，努力改良。

政府為謀農林漁業的改進，設立了一個農林漁業管理處，派出了許多人員，到港九新界各農村，指導和協助農民從事改良農牧的技術。近年成立的嘉道理農業輔助會，專以提倡農業為目的，致力於建築水閘，開闢果園等工作，同時舉辦農貸，直接給

大帽山蔬菜試驗場

予農民以經濟上的幫助。本地的農業，在各方培育之下，正在光明的前途中邁進。

用牛犂田的情形

農林漁業管理處攝

用新式犂田機犂田的情形

第十二課　蛋的醃製

【研究問題】

(一)為甚麼製造鹹蛋多用鴨蛋？
(二)鹹蛋是怎樣製成的？
(三)製鹹蛋一百個要用若干材料？
(四)皮蛋是怎樣製成的？
(五)糟蛋是怎樣製成的？

鹹蛋的製法　通常用鴨蛋來製造鹹蛋。雞蛋也可製成，但鹹雞蛋沒有鹹鴨蛋的風味好。製法是先把食鹽、燒酒、紅茶汁、蠔灰或爐灰攪勻，加水使成糊狀，然後塗在蛋殼上面，厚約五分之一吋，放入甕中，密閉甕口，約三、四十日後，即可供食用。大約食鹽二磅、燒酒二磅、紅茶汁二杯、蠔灰或爐灰六、七磅，可製鹹蛋一百個。

皮蛋的製法　製造皮蛋也是用鴨蛋的。製法各地略有不同，普通是把生石灰五份、鹼一份、食鹽一份、草木灰五份、黏土八、九

份，加入適量的水，做成泥漿，塗在蛋上，厚約四分之一吋，每個外面更撒布些穀殼，然後放入甕中，用油紙封閉甕口，經過四十日即成。

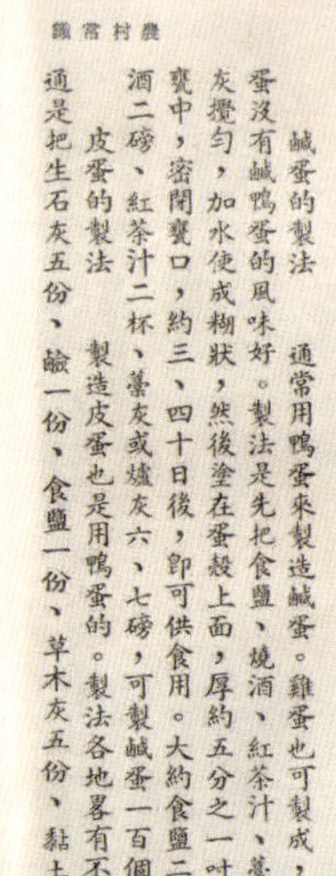

鹹蛋的醃製

糟蛋的製法　糟蛋是用鴨蛋或鵝蛋製成的。各地都有製造，而以浙江嘉興出產的最著名。製法是把酒糟二十磅放入甕中，加入適量食鹽和小量醋，攪勻後才放入鴨蛋一百二十個或鵝蛋一百個。把甕口密閉，靜置一個月之後，即可取用。

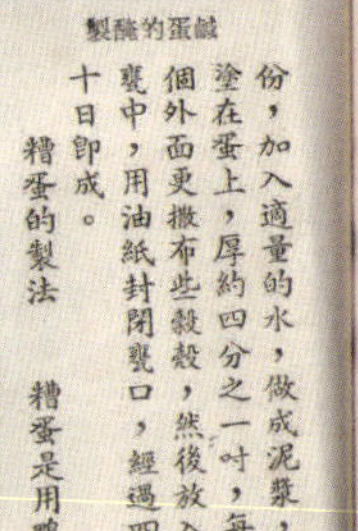

皮蛋

《農村常識》除簡單介紹當時香港的農業情況（上），還傳授醃製蛋的方法（下）。

重譜校歌
上山下鄉的司琴

抬着一部琴，遊走香港不同村校，不知不覺十二年過去，錄了三十間村校的校歌。劉子斌（Bunn）是伴我完成記錄村校校歌項目的靈魂人物之一，他是一位與音樂相關的工作者，亦是馬鞍山聖若瑟學校的村校舊生。

2013 年，我們在坪洋公立學校舉辦「坪洋・村校・展演」，邀請舊生在開幕禮上唱校歌。當時想到要有司琴伴奏，因為我覺得有鋼琴聲伴隨歌聲才有唱校歌的味道。Bunn 當天雖然因事未能到現場伴奏，卻預先錄了鋼琴版，譜下村校校歌伴奏旅程的序曲。其後我們一起上山下鄉，走過茶果嶺四山公立學校、馬鞍山聖若瑟學校、大澳永助學校等，展開為村校校歌伴奏的旅程。

於大埔六鄉新村公立學校，舊生與 Bunn 練習、討論校歌。

首次錄音的「意外」

「記憶中第一首正式去錄的校歌，是在茶果嶺四山公立學校。」然而，這次錄音卻出現我們都料想不到的「意外」。那天去到茶果嶺四山公立學校已過了黃昏，天色陰暗。出發前，Bunn 已準備了四山公立學校的校歌歌譜，胸有成竹地準備伴奏。誰料在場四位舊生唱出來的校歌，完全有別於我們手上準備好的版本。原來，他們唱的是「舊」校歌，校歌歌詞和旋律都不同。

幸好，Bunn 之前有多年為舞蹈伴奏的經驗，曾跟不同人合作。他很快與幾位舊生一起商量如何修改。其中一位舊生黎錦華，尤其喜歡唱歌，能一字不漏把校歌逐句唱出。Bunn 於是立刻寫譜，將四山公立學校的舊版校歌歌詞寫下，再作伴奏。這次講求臨時應變的經驗很珍貴，也展示了 Bunn 做伴奏的能力。自此，我每一次到村校錄校歌，都會找劉子斌。

香港茶菓嶺
四山公立學校開幕
CHAKWOLING SCHOOL

☰ Bunn 第一間正式錄製校歌的學校是茶果嶺四山公立學校，他去到才發現該校校歌有新舊版本，須臨時應變。圖為四山公立學校開幕報道。《東風畫報》，第 230 期，1952 年 4 月 12 日。

事前功夫：簡譜和 Demo

錄校歌會有突發意外，但更多時候全靠事前準備的功夫。當我找到某間村校的舊生願意唱校歌，便會嘗試收集樂譜，傳給 Bunn 看。Bunn 看樂譜時，會留意它的完整性，「我會嘗試在鍵盤上試奏，有問題的地方再調整。」但有一些校歌沒有樂譜，只有校友清唱的錄音，Bunn 便在聆聽錄音後，用速記的方式記成簡譜，然後嘗試灌錄一個伴奏用的示範錄音（demo），多數是有和聲的。我收到後便把 Demo 傳給校友，詢問他們的意見，有時會有其他校友傳來清唱的錄音，這時 Bunn 便要作出修改，甚至需要來回幾次才能定稿。「當然到了錄譜當天，仍會有無限的變數。」試唱的時候，先由一些校友領唱，定下速度。我們首先以樂譜為依歸，但有時也會在速度和音調上作出調節。經過反覆的溝通、磨合，才成就一段成功的錄音。

一所尚存村校的凝聚力

現在人們常說非物質文化遺產，逐漸在舊生腦海消逝的村校校歌，也算得上是一種「非遺」。為了盡力還原有鋼琴伴奏的校歌，我和 Bunn 一起與時間競賽，希望能在它們消失之前用影音留住，但有時候也只能依靠緣份。因此每次成功約得舊生出來錄校歌，都是珍貴的機緣，即使只有一個村校舊生出來錄影，也不會有過於挫敗的感受。

事實上，一條曾盛載村校的「村」存在與否，對錄校歌的狀態有很大影響。例如，青衣公立學校的校舍如今已變成青衣公園，錄校歌的那天，我們能在事前約多少人出來，現場就有多少人。但在沙頭角擔水坑村的群雅學校，錄音的情況就很不同，「村內仍有頗多舊生居住，大部份似乎是退休後『回流』。行過舊校，看到一班人聚集，他們會好奇問：『你們在做甚麼呀？錄校歌呀？』然後便有可能加入。」Bunn 又說：「當一大群跨越年代的舊生來到錄音，又有另一種體驗。我很享受在錄校歌的途中，有舊生不斷加入的狀態。『等埋你呀！』當一位舊生跑到其他校友之間，那一刻他們好像真的『回校』了。」

讓校歌回到所屬的鄉村甚至校園，自自然然就會將不同世代的人連結。錄影當日，有些校友可能只是第一次會面，亦不知道不同年齡層的舊生之

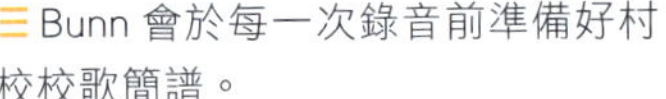

☰ Bunn 會於每一次錄音前準備好村校校歌簡譜。

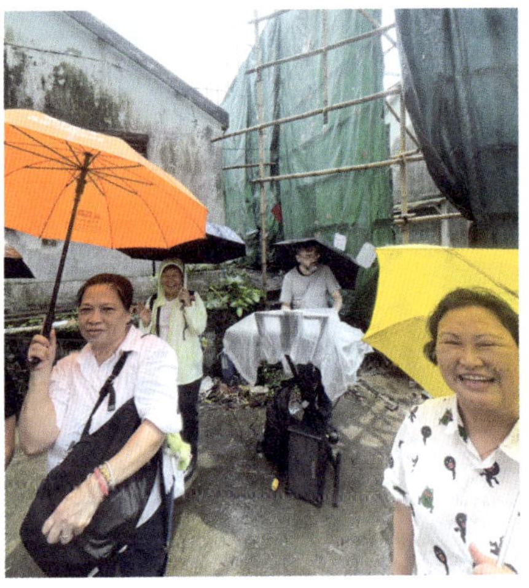

☰ Bunn 在即將拆卸的大埔漁民子弟學校中，與舊生們錄校歌。錄音期間，突然下大雨，校友立刻從背包中拿出雨衣，蓋好 Bunn 的鋼琴，讓錄音得以順利完成。

間橫跨多少年，我們甚至無法精確「預測」有多少舊生會出現，但當音樂響起，他們就有可能七嘴八舌交流對校歌的回憶。

他是司琴　也是村校舊生

有一件趣事，就是 Bunn 擔任了好一段時間的村校校歌司琴，我們才知道他也是來自村校：馬鞍山聖若瑟小學校。「我不是刻意隱瞞，只是一直未有把自己和到訪過的『村校』連繫上。我們之前到過的學校，通常是甚麼公立學校，跟我的小學名字不一樣。」Bunn 一家當年從觀塘搬入黃泥塘村，位於馬鞍山碼頭附近，是近海的一條村落，左邊有另一條村叫紅泥塘。顧名思義，黃泥塘的泥是黃色的，而紅泥塘則是紅色的。他就讀的馬鞍山聖若瑟小學校就在海邊。

「我清楚記得那裏矗立着一座天主堂，教堂前方就是沙灘。讀書時，每個學生都要輪流擔任值日生。最令我難忘的，就是負責清掃天主堂外操場上那些沙沙作響的落葉。操場角落有一個焚化爐。我們需要將滿地的枯葉仔細掃起，再一次一次地倒入爐中，待落葉堆積到某個高度，似乎是校役的人就會把它燒去。」Bunn 還說，學校海邊的教堂有一部非電動的管風琴，即需要踩上腳踏，把風送入管中發聲。「管風琴由一位修女老師負責彈奏，她那時候已挺老了，坐在教堂後面的位置彈奏。記憶中，音樂堂是在教堂中上課。教堂那個半跪式的坐椅前，有一個供放置歌書的抽屜，內裏有一本詩歌集，它的名字已經模糊不清，似乎經歷了很多年都沒有改版。」那時 Bunn 在上課時聽到哪首歌好，便會把歌書帶回家，在琴前彈奏，「印象中都是一些單音譜，那時候年紀小，也不懂得怎樣配和弦，但在家中唱完認為好聽的音樂，我也感到很開心。」

大概是潛而默化，這些小時候在校園認識的簡單旋律，就此記在腦海裏，聖詩般的伴奏一直伴隨着他的成長。而這種旋律較為簡單的伴奏方式也很適合村校校歌，難怪他為村校校歌伴奏時，普遍舊生會覺得「好似樣」、「好有 feel」！

連結今昔的琴音

從一開始邀請 Bunn 替坪洋公立學校錄校歌伴奏，到偶然發現他也是村校舊生，喚起他的村校回憶，一切都是緣份。若認真回想，我們平均一年只錄兩首半左右，其實數量一點也不多，但我們從來沒有為了趕進度而去另覓一位司琴，因為沒有同為村校舊生的 Bunn 所彈奏的聲音，無法帶動舊生們的真感情。每一次到村校錄校歌，舊生都會緊張又興奮地練歌，抓着 Bunn「夾歌」，還會主動說某一句的音不太動聽，提議拉長一點，或者在提到一些細節時，夾雜一些音樂用語，如豆點呀、最尾延長呀等等。從這些珍貴的對話，能看到舊生對母校的校歌有深厚的記憶和情感。許多村校舊生告訴我，因為有司琴 Bunn 在，他們感覺受到尊重，每當村校校歌前奏響起，舊生就得以回到那些年的時光。

至於 Bunn，提起這個旅程的得着，他想到其中一樣是多了一個觀看這個城市的角度，「最近無意經過幾個我們曾經到過錄村校校歌的地方，看到坐落葵涌公立學校的山丘夷平了；坐 72 號巴士經過大埔一望，大埔漁民子弟學校也消失了。」但他強調，這句話與其說是感慨，不如是多認識了所在的城市。他有份伴奏的校歌，亦已用音樂的形式，留住香港的一頁回憶。

≡ 馬鞍山聖若瑟小學校位於山峰，眺望山下海洋。

≡ 馬鞍山聖若瑟學校的山下校舍仍保留天主堂，作每周彌撒及上課之用。圖為 1970 年代的天主堂。

☰ Bunn 曾入讀的馬鞍山聖若瑟小學校山下校舍，左為天主堂。

☰ Bunn 與錄音團隊在馬鞍山聖若瑟小學校（山上舊校舍）尋找合適錄校歌的位置。

☰ Bunn 回到今為馬鞍山耀安邨的母校舊址，自彈自唱校歌。山下舊校舍已變成公園，沒有留下一點學校的痕跡。

馬鞍山舊生的記憶地圖，由插畫師 Stella So 與村校舊生一同製作。圖畫中顯示山上及山下馬鞍山聖若瑟學校的環境及校園記憶。

錄校歌四寶

每當我們邀請村校校友回到母校錄製校歌時，總少不了隨身攜帶圖中四樣必備工具。我們戲稱它們為「錄校歌四寶」，缺一不可。值得慶幸的是，現代音響技術的進步，讓電子琴、錄音機和攝像機都不再需要外接電源，只需裝上電池就能運作。這使我們能夠無拘無束地穿梭於各個角落——無論是偏遠村落、城市邊緣的社區學校，還是早已廢棄或活化再利用的舊校舍，我們的流動錄音設備都能應付自如。

然而，「大字報」這個工具卻是我們始料未及的。所謂大字報，其實就是將校歌歌詞用大字體謄寫在大型紙張上，讓校友們能夠清楚看見。許多返校錄音的校友常會表示忘記歌詞，或是因為緊張而影響表現。為了確保錄影效果，我們希望他們能自然地望向鏡頭，而不是低頭看着手中的小抄。就在這樣的困境中，團隊靈光一閃，創造出大字報這個解決方案。

大字報的擺放位置極其講究——必須讓演唱者清楚看見，卻又不能出現在鏡頭裏。每次錄製前，我們都得在現場尋找合適的支撐物或位置來安置這張重要的紙張。有趣的是，大字報往往成為錄音前的熱門話題。校友常在檢查歌詞時發現錯漏，讓我們得以及時修正。透過與各校校友的互動，我們的錄製工作也一次比一次更加順利、完善。

在糧船灣公立學校錄校歌前，利用大字報，跟舊生一同練習新校歌。

為谷埔啟才學校錄校歌時的大字報。

於老圍公立學校錄校歌時，臨時借來一張木椅子安放大字報，讓舊生能清楚看到校歌歌詞。

村校行者
以藝術為香港村落留聲

自從 2013 年在坪洋公立學校舉辦「空城藝術節」接觸了村校校歌，我就養成在日常生活中尋找「村落人」的習慣。每次不期而遇的相會，都會認識到更多來自不同村落的校友，在交往中拼湊出一首又一首的村校校歌，發掘新的村落故事，讓我更確切感到正在消逝的村校校歌，原來仍然散落在城市的不同角落。

2016 年，我再度籌辦「空城藝術節」，其間也是自由身的劇場音響師，每當在劇場開場前為設備調校好後的閒暇時刻，我總愛觀察化妝師為演員上妝的專注神情。某日在新光戲院後台，與化妝師譚德祺閒聊時，他隨口提到的「梅窩」二字，意外開啟了一段追尋村校記憶的旅程。「那你小學讀哪間學校？」我問道。「是村校，黃公田六村學校，聽過嗎？」這個回答讓我眼睛一亮。當祺哥哼出校歌開頭幾句「矗立銀礦灣，環境優美，空氣清新……」時，我彷彿發現了埋藏在城市角落的珍寶。後來透過祺哥聯絡舊同學，我們拼湊出完整的校歌。這首夾雜廣東話口語「啦」的校歌，流露着濃厚的本土生活氣息，正是逐漸消逝的民間記憶。

類似的相遇在我的生活中愈發頻繁。從劇場同事到朋友的長輩，每當聽到「我在村長大」的回答，簡單的一句「你讀哪間村校？」就成了打開記憶之門的鑰匙。我開始用好奇的目光重新審視周遭，發現原來有這麼多人帶着村落的印記生活在城市裏。香港藝術發展局的資助讓這個偶然的發現得以延續。從茶餘飯後的閒談，到有系統的田野調查，我逐步展開記錄村校故事與校歌的計劃。每一次新的發現，都讓我更確信這些散落城市各處的村校記憶，若不及時保存，終將隨時間消逝。

從記錄到藝術

2019 年 2 月，我在歷史悠久的前長春社文化古蹟資源中心會址（前西

☰ 相中可見 1964 年的黃公田六村學校位於山的中央，被翠綠山野圍繞，我們可以從相中感受校歌歌詞的描述：「矗立銀礦灣，環境優美，空氣清新。」（圖片來源：香港大學圖書館特藏部）

約公立醫局）舉辦了第一次的村校校歌展覽。這棟二級歷史建築斑駁的磚牆，與我們試圖保存的村校記憶產生了奇妙的共鳴。選址市區，正是希望這些源自村落的故事能夠跨越地理界限，觸動更多都市人的心靈。

籌備過程中，最令人動容的莫過於搜集蒲苔學校校歌的經歷。當我和錄音團隊打算前往蒲苔學校錄音時，得悉舊生正準備為張啟勳校長舉辦八十大壽壽宴，便來到張校長的壽宴。面前筵開二十多席，每一席分別坐着張校長在蒲苔學校任教二十多年以來教過的舊生，這一次跨代的連繫，讓我很動容，堅定了我想保存這些教育記憶的決心。

然而，首展的呈現過於側重歷史記錄而忽略了藝術轉化，展覽只着重展示搜集村校校歌過程中借來的各村校或舊生文物，當中未有太清晰的藝術策展概念，後來香港藝術發展局藝評員指出，展覽散亂而缺乏焦點。有關批評一針見血，卻也為我們指明了改進方向。從單純的記錄到藝術性的呈現，從零散的收集到系統性的整理，這次經驗讓我想到藝術作為橋樑，不只連結起

☰ 張啟勳校長的八十大壽壽宴現場，每一屆的畢業生均坐滿一席，為他們的恩師祝壽。

村校歷史的持份者和觀眾，亦應能夠駁通過去、現在與未來，指引將來發展的路向，令我希望往後能繼續以藝術作品的形式，真正做到回應村校生活、校園生活，和對理想生活的想像，從不同角度給觀眾帶來更多思考。

發現校歌的凝聚能量

雖然第一次的村校校歌展覽存在不足，但建基於這是有關村校口述歷史的項目，我發現許多村校舊生會因為自己珍貴的母校未曾被人認識而感到可惜，並因而願意站出來唱出塵封多年的校歌。聽着那些略帶顫抖卻充滿感情的歌聲，我由衷覺得這些校歌本身就是最動人的藝術作品。時任長春社文化古蹟資源中心副執行總監黃競聰博士（Desmond）看出了這個項目的獨特價值 —— 邀請舊生演唱校歌，實則是讓那些見證社區變遷的眼睛，重新凝視充滿記憶的場所。在學校面臨拆卸、閒置或重建的當下，這些歌聲成為喚醒共同記憶與身份認同的鑰匙。

Desmond 原本以為鄉村學校研究必須先與村民建立深厚關係，過程必然艱難。但當他看到我們從校歌入手，竟能讓素未謀面的村民願意參與、分享，甚至串聯起不同世代時，才驚覺校歌具有讓人卸下心防的神奇力量。每當播放這些塵封多年的校歌，觀眾總會露出會心微笑，隨之而來的疑問卻是：「這些學校都消失這麼久了，你們是怎麼找到這些舊生的？」除了靠緣分與「傻勁」，我們主要發展出幾種實質方法：首先是「村民帶路」——在坪輋舉辦藝術節期間建立的友誼，成為最直接的橋樑，而初期亦得到熟悉打鼓嶺地區的攝影師蔡旭威（John Choy）的協助，幫忙聯絡各村村民。記得有位來自公立攸潭美學校的朱惠賢（朱 Sir）笑着說：「你們對這些老歌這麼有興趣，真難得，好啦！唱給你聽！」第二個方法是「長老指點」——Desmond 憑藉田野調查經驗，總能找到各村最熟悉掌故的長者。這些村中長老往往熱心幫忙聯繫：「我記得有幾位當年的學生還住在附近⋯⋯」在各種搜集校歌的渠道中，最令人驚喜的是「主動來訊」。《信念》雜誌專訪後，我接到盧永安（Johnny）的電話：「我看了你的訪問，特意找到聯絡方式。你們知道嗎？青衣以前是個孤島！我們青衣公立學校的校歌非常優雅。」

Johnny 的分享不僅讓我們收穫一首動人校歌，更帶來全新視角 —— 那些已被城市發展淹沒的「城中村」，它們的故事同樣值得記錄。從青衣到其他新市鎮，昔日都曾是鄉郊村落，而村校便是扎根於此的文化幼苗。這引發我的思考：我們能否透過這些城市化後的空間，追溯它們作為原始村落時的歷史容顏？這個意外收穫，讓我們的研究從傳統鄉村擴展至都市中的歷史記憶，開啟了更豐富的可能性。

以人為本　採集村校故事

2021 年，我以非牟利組織「香村」名義策劃了「香．校變奏：時光藝術展」計劃，以「城中村」為研究視角。計劃獲香港特別行政區政府「藝能發展資助計劃」的資助，主辦為前長春社文化古蹟資源中心。吸取了第一次校歌展的經驗，這次更着重以「人」為核心作為村校校歌搜集及創作計劃的引路燈，希望找到只有透過真實的互動與對話才能採集得到的村校故事，並將其轉化為創作靈感。那時雖然是疫情，舊生們仍願意透過線上方式與我們持續會面，橫洲公立學校舊生蔡建新透過線上會議，分享了一個意外發現 —— 母校校歌開篇竟與德國國歌旋律相似！原來他年輕時在德國餐館工作，電視播放德國國歌時，熟悉的旋律瞬間喚醒了他的童年記憶。這樣的故事讓我們意識到，這些校歌不僅是教育記憶，更是跨越時空的文化紐帶。

我們又與資深故事人雄仔叔叔、音樂藝術家劉子斌合作，在學校舉辦創意工作坊。學生們在引導下觀察社區、分享校園生活，以童詩記錄所見所聞。這些文字隨後被譜成短曲，學生們更用日常物品製作敲擊樂器，創作出屬於自己的「新校歌」。這種參與式藝術不僅增強學生對學校的歸屬感，更讓他們親身體驗從生活出發的藝術創作過程。

眾多珍貴相遇中，在青衣漁民子弟學校的發現尤為動人。那首傳唱於十四間漁民子弟學校的校歌 ——「我們是海的兒女，勤奮勇進取」，生動呈現了漁民的堅韌精神，讓我們看到香港歷史的宏大敘事中，真正的漁村生活細節，補上了歷史中重要的一筆。

用藝術讓村校重生

我一直想做的都是能跟實在的生活、歷史連結的藝術，回首整個香港鄉村教育的發展，見證了新界變遷。二戰後，政府鼓勵民間辦學，村校應運而生；隨新市鎮發展，村校逐漸式微；回歸後更因未達指標而大量停辦。這些曾孕育世代記憶的空間，在時代洪流中該何去何從？

2017 年，政府開放閒置校舍使用權，我們在 2022 年想到不如選址於位處大埔市中心，活化了的六鄉新村公立學校舊址，舉辦「香．校變奏：時光藝術展」村校校歌展。六鄉新村公立學校停辦後，校舍由基督教香港信義會接管，轉型為青少年綜合服務中心「六鄉學習園地」。這裏保存完好的校舍、大草地與老榕樹，能讓觀眾瞬間穿越時空。最終，展覽透過校歌、文物、史料及多元藝術作品（包括傳統技藝與當代藝術的融合、聲音裝置等），讓來者得以重新回望鄉學歷史，同時開啟對村校未來的想像。基督教香港信義會服務總監陳曉暉表示：「這次展覽讓校友重返校園，也讓新世代認識這個地方，真正實現了『讓學校重獲新生』的承諾。」更令人欣慰的是，展覽激發六鄉社區自主收集歷史資料，為籌建文化館奠定基礎。它也示範了藝術活化歷史空間的可能。有了這次嘗試，我相信活化村校空間並不是為了停留在過去，而是讓這些珍貴記憶能夠繼續影響未來，並為城鄉共融帶來了啟示。

重看城市邊緣的村校

「香・校變奏」計劃長達兩年，以探討位處城市邊緣的村校歷史與狀態為旨，除了在六鄉新村公立學校舊址中舉辦最後的成果展覽，亦於計劃第一年的尾期，於青衣漁民子弟學校舊址作中期展演，其他曾作記錄的村校包括橫洲公立學校、老圍公立學校、大欖涌公立學校、青衣公立學校、葵涌公立學校、四山公立學校、馬鞍山聖若瑟學校、中華基督教會長洲堂錦江小學共十間村校。所謂的「邊緣」，不一定意味着地理上的被包圍，更貼切是指發展速度上與城市的落差。如中華基督教會長洲堂錦江小學，即使位處不能稱作城市的離島，惟當長洲已發展成假日遊人絡繹不絕的鬧市，足見和校歌裏所紀錄、創校時的「渡遠方，開荒蕪」之風景形成鮮明對比。

而計劃所選取的十間被城市所包圍的村校，不只地理位置分佈甚廣，其校舍現況狀態皆迥異。如有校舍始終閒置的橫洲公立學校、即將面臨拆卸的葵涌公立學校（現已拆卸）、仍在辦學的中華基督教會長洲堂錦江小學，更有已經活化的青衣漁民子弟學校等等，足見村校校舍的命途懸殊。我們想呈現不同閒置村校的近況。透過這十間學校不同的狀態，讓大家思考引致差異的原因。從這十個不同可能性，或許就能爬梳出影響村校盛衰的因素。

思考藝術與村校關係

Leonard Cohen 有句歌詞寫：「萬物皆有裂痕，那是光透進來的地方。」那些在城市夾縫中存續的村校，也像 Cohen 歌詞中的裂痕 —— 面臨清拆的村落、閒置的校舍，看似與繁華都市格格不入，卻在這些縫隙中展現出頑強的生命力。因此我們以此作為「香・校變奏」展覽的策展概念，思考藝術

☰ 2022 年「香・校變奏：時光藝術展」村校校歌展的展覽現場，將計劃中搜集的十間「城中村校」的資料、舊物及邀約舊生的校歌錄音片段展示，這空間為前六鄉新村公立學校的助學亭。這建築物於 1981 年得《華僑日報》捐助而興建。

與村校關係的起點，並邀請不同領域的藝術家與非遺傳承人合作，展開跨媒介創作。田野調查中，我發現非遺項目與村校有着深刻連結：慶典時的花牌製作、借用學校操場搭建的天后誕戲棚⋯⋯這些活態傳統不是用來感懷過去，而是為了慶祝鄉校故事值得被重新述說。因此我們特別強調創作要以「歌頌」為基調，而非沉溺感傷。

為完整呈現鄉校歷史，團隊規劃了八個創作方向：校舍環境、建築變遷、校園活動、校歌記憶等。每位創作者都會先研讀整理好的口述史料，部份更能直接與校友對談。這種將歷史研究與藝術創作有機結合的方式，正是「香・校變奏」的核心精神 —— 讓歷史滋養藝術，讓藝術活化歷史。回首「香・校變奏」從最初單純的校歌採集，逐步演變為融合歷史考證、藝術創作與社區參與的綜合性文化工程，這段為期兩年的探索旅程，不僅成功保存了十所「城中村校」的珍貴記憶，更透過創新的展演形式，讓這些瀕臨消

☰「狹縫曙光」為「香・校變奏」的藝術策劃意念，探索以歷史糅合藝術創作的可能性。希望能以藝術作品，回應到村校生活、校園生活，及對理想生活的想像，從不同角度帶給觀眾更多思考。當中包含村校中常見的「非遺」元素的轉化，例如圖中的戲棚。

失的教育故事重新被看見、被討論。對香港的文化保育工作而言，這項計劃示範了如何跳脫單純的懷舊情懷，轉而建立一種更具參與性、創造性的歷史保存模式。

因歌劇邂逅離鄉村民

續後於 2022 年開始，我加入了沙頭角文化生態協會，參與「森林村落」計劃的工作，於沙頭角梅子林村及蛤塘村，更直接地參與在偏遠鄉郊的村落復育工作，更深刻體會到村落蘊藏的智慧，有意繼續在村落中嘗試不同的藝術試驗。一直以來，工作中最令我着迷的莫過於傾聽村民的故事，我常常說村落裏都是卧虎藏龍之輩，豐富的人生閱歷總能帶給我意想不到的驚喜。我喜愛邀請村民一同策劃活動，在歡聲笑語中拼湊出香港村落的歷史圖景。於是又連繫村民，一同創作一場屬於這片土地的環境音樂劇場。

早於 2019 年下旬，我就在坪輋籌辦過一個合家歡歌劇演出，邀請了荷蘭音樂家 Monique Krüs 來港參與。某日，我們在村中漫步時偶遇坪洋村村民房水哥。當我介紹 Monique 來自荷蘭時，房水哥竟以流利的荷蘭語與她交談，令我震驚不已。後來才得知，他曾在荷蘭工作多年，這次邂逅讓我開始注意到，新界村落中隱藏着許多這樣的故事 —— 村民們年輕時離鄉背井，在異國他鄉打拼，最終又選擇落葉歸根。

這些發現引領我思考一個更深刻的問題：對這些漂泊後歸來的客家人而言，「家」究竟意味着甚麼？客家人長期以「客」自居，自三百多年前從北方南下，他們一直在尋找能夠安放心靈的土地。香港東北面的沙頭角村落，成為客家人落地生根的天地，自數百年前起孕育出無數關於家的故事。今天，我們每人仍然對「家」抱着期盼，理想的家到底是在遠方彼岸還是近在眼前？

這些問題一直在我腦中，未有答案。適逢在沙頭角村落中工作，認識了一班有相似越洋生活背景的客家人，因此開始與梅子林和荔枝窩村村民共同創作，在村落中上演一齣在地環境音樂劇場《村上吾家》，演出團隊希望透過音樂與環境劇場，讓觀眾親身感受接觸一個個客家人離家、想家、回家，到重建新「家」的故事。

比如荔枝窩的女村長黃群英女士（群英姐），也跟我分享了十六歲那年離開家鄉的情景：「那天我穿着一套粉紅色連身裙，提着皮箱和棉被，在碼頭等着船隻離開荔枝窩，準備去啟德機場坐飛機去英國。」這正為是次創作提供了開首的引子，我邀請群英姐加入演出團隊，而她爽快地答應了，還分享更多她在英國的經歷。她說那時候華人在英國生活不易，娛樂活動也少，大家會組織各種社團互相照應。熱愛表演的她加入了歌舞團，「我們那時很厲害的，會到不同地方（埠）演出。我最記得曾經演過《白毛女》，但我不是主角，而是在旁邊飾演賣煙仔那個！」她笑着回憶道。

「朝早對住個爐頭，夜晚對住個枕頭。」這是 1960 年代到英國生存的大部份華人的生活寫照。「我在小瀛學校只讀到四年級就輟學了。那年，家裏務農需要幫手，而我是家中大女兒 ，因此我的求學之路就此中斷。還記得四年級才開始學英文，第一課教的是『A pen and a man』。那時的我，連英國在地圖上哪個位置都不知道，卻對這個遙遠的國度充滿幻想。一心只想逃離荔枝窩這個『鬼地方』，我們這裏太偏僻了，生活實在太苦。」

堅持真實　尋找記憶拼圖

在整個創作過程中，我們堅持以村民真實經歷為素材。在整合集體記憶的過程中，村校自然成為重要的一環。荔枝窩村口的小瀛學校，曾是慶春約七村孩童共同求學的地方，承載着這一帶村民的教育記憶。群英姐就熱心地指引我：「你想知道小瀛學校的事？快點到隔壁屋子！有幾位從英國回來的校友正在和以前的校長敘舊。」

令人意外的是，我竟在那裏遇見了任兆祺校長。2019 年籌備村校校歌展覽時，我們曾在嶺英公立學校有過一面之緣，沒想到他就是小瀛學校的最後一任校長。任校長分享了許多珍貴回憶，特別解釋了校內對聯「小院藏書供飽讀，瀛洲有路許同登」的深意，「這正是小瀛學校名字的由來，意思是這所小校舍有藏書以供學生飽讀，瀛洲是中國神話中仙人所居的神山，大家可一同步向那地方。」更令人動容的是，他提到任教期間住在村裏，常常幫婦女們閱讀海外丈夫寄來的家書，並代筆回信。那些年，他見證了無數飄洋過海的思念與牽掛。即使離開荔枝窩後，任校長仍熱心為村校服務。2007 年，面對「縮班殺校」政策導致超過百間學校停辦的困境，他時任北區小學校長會主席，成功爭取開放落馬洲支線口岸供校巴通行，解決跨境學童就學問題，也讓邊境村校獲得新生。

這些相遇不僅串連起不同村校的歷史，更讓我們看見教育工作者在鄉村的多重角色 —— 他們是知識的傳授者，更是社區情感的維繫者，見證並參與着村民生活的點滴，為村落生命默默地努力。

村落啟示錄

參與「森林村落」的時光中，梅子林的梯田與古樹教會我閱讀土地的故事，而村民們的故事亦讓我看見鄉村教育的深遠影響。梅子林村村長曾玉安

正是其中一位代表 —— 這位小瀛學校畢業生，憑藉姊姊在沙頭角新樓街順興雜貨「車衫」打工供養，未有離港而得以繼續在本地求學，最終成為中學教師。但他一直心繫村落資源對下一代的珍貴，投身村落復育達二十多年。他把家鄉梅子林由 1980 年代荒廢、雜草叢生的村落，一點一點地復育，以開放的態度與不同持分者合作。他的經歷詮釋了村校如何培育出守護鄉土的中堅力量。

在村落生態調查中，我常想起村校舊生分享的童年記憶：辨識蛙鳴、追蹤動物足跡、辨認植物物種，這些如今成為生態研究的技能，正是昔日村校孩子們的日常遊戲。我記得有一位村校舊生曾與我分享：「聽到有蛙叫，即是沒有蛇，因為蛇是食蛙的。」在夜間考察時，義工僅憑叫聲就能分辨蛙種的專業，與村校教育強調的在地知識不謀而合。

☰ 2023 年 12 月，於梅子林村上演《村上吾家》在地環境音樂劇場後的大合照，後排右五為梅子林村曾玉安村長。演出團隊內包括梅子林村村民、荔枝窩村村民及沙頭角中心小學學生等。

過去，我常認為村落必須為原住民聚居才能稱之為「村」，但梅子林的案例證明，它完全可以轉型為一個開放的社區空間 —— 既有村民參與建設，也有外來義工與組織協作，共同營造一個吸引公眾體驗村落文化與自然環境的活態場所。這種模式打破了宗族空間的封閉性，通過開放與共享，讓更多人得以感受森林村落的獨特魅力。

這些年來，踏足了處於香港東南西北的村落，透過無數訪談、音樂創作與藝術活動策劃，我始終嘗試在時光中搭建一座橋樑 —— 讓那些來自鄉村的歷史碎片與生命經驗，能跨越時代，與未來對話。而這條路，我仍想繼續讓身邊的「村落人」、村落事與地，誘發我的靈感，再一同前行。

村落可以藝術，但我們還可不可以村落？

盧韻淇（Wiki）現為恆生大學藝術及設計系講師及跨媒介創作人，這十多年來，我與她一同經歷了大大小小的村落藝術實驗，她以一個參與者，同時為旁觀者的身份，累積了對以藝術保存村落故事的看法，能補充我在視覺及空間上所忽視了的元素，於是也邀請她分享看法。她回憶：「我們在十多年前第一次相遇，當時在綵排一個劇場演出，你說希望找一些非常規空間來做演出，於是我們又另外找了幾個朋友，寫計劃書，申請以閒置空間為藝術演出場域，當時其實並未有確切場地，然而資助卻是批了，於是我們四出探索。」

那時我們不相信位於山旮旯的村落能吸引觀眾，但城市閒置土地限制太多，最終在友人介紹下，我們找到了坪輋的坪洋公立學校。「在荃灣長大的我，是徹頭徹尾的城市人，鄉村經驗只有小學時跟社區中心到綠田園體驗耕種，再來已是到廣西農村做義工，以及大學迎新營。」Wiki 說。對這位和我一樣於九龍出生、荃灣長大的城市人而言，走入坪輋探訪都是全新的體驗。由於過往的鄉村記憶有限，行山時經過村落，總讓她既嚮往低密度生活，又疑惑日常生活是否諸多不便，未料此後卻一同參與了保育村落故事的一些計劃。

村落很遠，人很近

2012 年一同籌備首屆空城藝術節時，Wiki 每周從西環跋涉至坪輋。幾次往返後，村口的九記士多老闆已能認出她，村民也開始主動攀談。她說，「這是我很少體驗到的信任。」而村民分享的故事亦顛覆了她原初對生活的想像，「好像把麵包留在未鎖的廳中給偷渡客、親手澆築學校操場⋯⋯原來他們的成長不是排隊上車、落車，等升降機和逛購物商場。」

最令 Wiki 深刻的是村民的開放態度：「這裏沒有穿制服的管理員，只

☰ Wiki 於前九龍船塢紀念學校前。這是 Wiki 和我於 2012 年曾經視察並夢想使用的城中閒置地方。時隔十三年，這所校舍仍在等待着新的一章。

要真誠溝通，他們就願意讓我們『試試看』。」這種信任成為藝術節的基礎。團隊將空置校舍轉化為多元場域，舉辦視覺藝術展、音樂會、球賽等活動，兩個周末吸引近二千人參與。「當居民敞開門戶，可能性自然湧現。」Wiki 如此總結。

藝術節後，團隊進一步在村民外牆創作壁畫，甚至將村中小路變成畫布。「這在城市根本不可能，」Wiki 感嘆：「我開始思考，這些讓人自主及活動的空間，是否只有身在村落才可以做到？相對於村落，大廈是否必然地代表着更先進的生活模式？村落的故事，又是否只能等同存在於過去的場景？為甚麼我們只能想像高樓和專業管理制度必然是未來居住模式的唯一選項？」

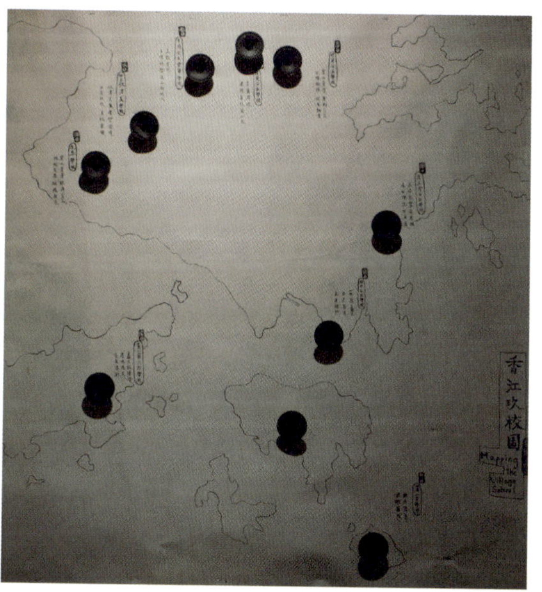

☰ 盧韻淇和我一同為第一次村校展覽而創作的聲音裝置《香江玖校圖》。我們以九間村校為節點，勾勒出一幅香港鄉村教育的聲音地圖。每個黑色圓點代表一隻獨立喇叭，對應香港九間不同區域的村校位置，觀眾可透過互動按鈕觸發播放。每隻喇叭收錄該校校友的口述記憶，他們將娓娓道來，童年校園環境的聲音空間。

以藝術作為 Google 搜尋器

兩屆藝術節後，Wiki 退居比較旁觀和輔助的角色，她仍以不同的身份，協助我去完成以音樂介入的各種鄉村活動，好像在坪輋舉辦歌劇，又在 2023 年於荔枝窩及梅子林辦音樂劇《村上吾家》。「但看見你始終熱切地在更山旮旯的地方明察暗訪，記錄香港各區村校校歌和故事，我有時也會想，藝術在當中的角色或作用是甚麼？就算不去計較藝術是否『有用』，它帶來的經驗又是甚麼？」

Wiki 回首，從一開始的空城藝術節到《村上吾家》，覺得我並沒有懷着一個很大的野心去創造甚麼宏大的藝術，「反而是帶着很大的好奇心和直覺，以及跟陌生人秒速連結的親和力，在不同的村落間搜尋和發現故事，這種對於生活故事的發現，相對於對着屏幕的搜尋，來得有人味一點。」的確，在那些不完整的片言絮語中，這些故事好像來得更真實。我們都覺得，藝術工作者或是曾經生活在村落社區生活的人們，山長水遠地特意來到曾經繁盛的閑置空間，這個行為甚至比之後留下的作品更有藝術性。

她由此想到，在這些記錄的行為過程中，如果要把它想成是藝術，它生產的可能是相遇的條件，讓曾經一起生活的人再次相遇，迸發出過去生活的重述與聆聽，然後又透過展覽或是演出的形式，讓外界和新世代有了學習和認識的空間。

藝術或我們的城市，可否再次村落？

經過多次在村落籌辦活動的經驗，Wiki 發現，或者是因為一個村落的面積比一個展覽空間或表演場地大出了很多，加上邊界模糊，在村落做藝術時，比較容易讓人變得謙遜，「而且那畢竟是在『別人的家』說故事，而不是預訂了一個場地來展示自己。」這種跟村民的互動，她認為有時比跟場地管理者周旋更「費心」，因為在村落做創作的過程，更大程度地是與在地的人、活在「現實中」的人交織共創，當中的分工有時候變得模糊，義務和工作的定義有時候也很難清晰釐清。對於已習慣藝術生產形式愈趨制度化的人來說，這種模糊往往容易造成混亂和感到不可控，然而，上述的環境因素好像在不知不覺中，把藝術的生產帶到一種村落的運作模式，令藝術創作的邊界變得更具彈性，因為一切都按需要、環境因素而行，沒有太多非黑即白的規矩，大家在互相尊重和溝通好的條件下，很多事都可以嘗試，可以發生在我的家或你的家，邊界不用太清晰明瞭。

Wiki 於是想到，我們的城市、我們的創作關係，可否再次走向這樣的模式？村落的文化除了作為讓城市人驚嘆過後打卡的背景，有沒有可能成為未來城市規劃底下一種可實行的社區營造模式？也許正如搜集村校校歌故事所示，微小的敘事往往承載着宏大的歷史脈絡。村校校歌不僅勾勒出香港的地理圖景，更體現了村民長輩對子弟的殷切期許與對教育的堅守，這正是社區營造的生動範本。這些看似細微的記憶碎片，實則編織成連結城市居民的情感網絡。它們如同活水，既傳承着過往的智慧，更滋養着未來的可能。

第四章

三十首村校校歌簡譜

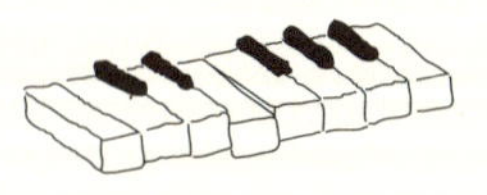

本章收錄以下三十間村校的歌詞，如一間學校同時錄有兩個版本，會一併收錄在內。每首並附簡譜，可掃描 QR Code 聆聽舊生演繹。

4/4 [C]

四山公立學校（舊版）

| 1　1　32　1 | 32　34　5　— |
四　山　學　校　　茶嶺　矗　立

| 66　54　3　— | 51　32　1　— |
西連　茜　草　　東接　鯉　門

| 22　34　5　— | 66　54　3　— |
巍巍　黌　宇　　莘莘　兒　童

| 3·　4　3　2 | 12　15　1　— |
波　光　海　色　　旭日　融　融

| 35　1̇　1̇　— | 2̇·　1̇　7　6 |
春風　化　雨　　新　的　佳　模

| 5·　6　5　3 | 65　43　2　— |
敦　品　禮　學　　績建　偉　雄

| 2·　3　5　5 | 6·　5　1̇　1̇ |
勤　力　功　課　　績　比　高　峰

| 2̇·　1̇　6　1̇ | 2̇1̇　2̇3̇　1̇　— ‖
學　成　自　用　　毋負　翁　翁

4/4 [C]

四山公立學校（新版）

何其遠　作詞

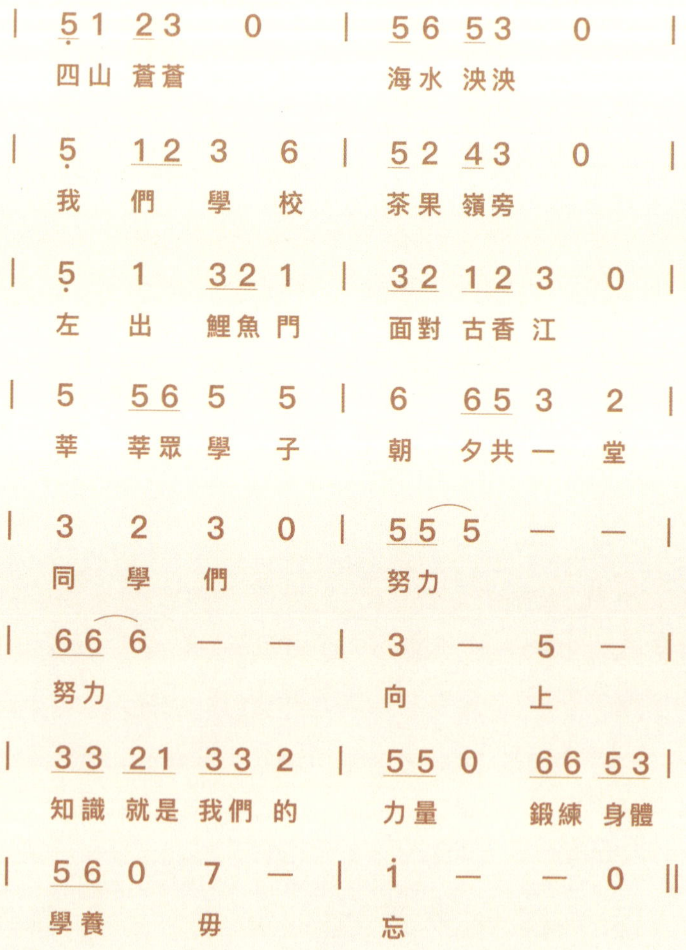

| 5 1 2 3　0 | 5 6 5 3　0 |
四山 蒼蒼　海水 泱泱

| 5　1 2　3　6 | 5 2 4 3　0 |
我　們　學　校　茶果 嶺旁

| 5　1　3 2　1 | 3 2 1 2 3　0 |
左　出　鯉魚　門　面對 古香 江

| 5　5 6　5　5 | 6　6 5　3　2 |
莘　莘眾　學　子　朝　夕共　一　堂

| 3　2　3　0 | 5 5 5　—　— |
同　學　們　努力

| 6 6 6　—　— | 3　—　5　— |
努力　向　上

| 3 3 2 1 3 3 2 | 5 5 0 6 6 5 3 |
知識 就是 我們 的　力量　鍛練 身體

| 5 6 0　7　— | i　—　—　0 ||
學養　毋　忘

4/4 [F]
莊嚴活潑

大埔漁民子弟學校

曲譜根據：Work, For The Night Is Coming

5	3·4	5	5	6	—	5	—
浩	瀚汪	洋	深	又		廣	
海	洋有	魚	和	寶		藏	
1	1·1	1	2	3	—	—	0
我	們並	不	害	怕			
學	問在	書	本	裏			
5	3·4	5	5	6	—	5	—
我	們鍛	煉	好	頭		腦	
我	們是	海	的	兒		女	
1	2	3	2	1	—	—	0
又	有	好	體	魄			
勤	奮	勇	進	取			
2	2·2	2	3	4·	3	2	—
來	來漁	民	的	兒	女	們	
3	3·3	3	#4	5	—	—	0
大	家高	聲	頌	唱			
5	3·4	5	5	6	—	5	—
海	洋學	問	無	窮		盡	
1	2	3	2	1	—	—	0 ‖
母	校	比	天	長			

4/4 [C]

六鄉新村公立學校

| 1· 3 5 3 | 1̇ 76 5 — |
我 校 原 是 育 群三 光

| 6 5 5 3 | 21 23 2 — |
遷 移 大 埔 併稱 六 鄉

| 2 3· 5 1̇· | 1̇7 61̇ 5 — |
六 鄉 六 鄉 日趨 康 強

| 1̇ 5 3 1 | 21 23 1 — |
莘 莘 學 子 努力 向 上

| 3 5· 6 1̇· | 2̇1̇ 2̇3̇ 2̇ — |
向 上 向 上 國家 棟 樑

| 2̇ 1̇ 6 5 | 21 23 2 — |
智 識 就 是 我們 的力 量

| 5 3 1̇ 6 | 2̇1̇ 61̇ 5 — |
以 勤 為 本 以考 持 身

| 6 1̇ 3̇ 1̇ | 2̇1̇ 2̇3̇ 1̇ — ||
敦 品 勵 學 家國 之 光

4/4 [C]

林村公立學校

| 1 34 5 3 | 667 1̇6 5 — |
公 立 學 校 我們的 樂 園

| 6 5 5 3 | 112 35 2 — |
她 建 立 在 優美的 林村 上

| 2 35 6 5 | 1̇ — 5 — |
你 聽那 蟲 吟 雀 唱

| 3 55 6 5 | 3 — 2 — |
和 諧的 書 聲 響 亮

| 2 5 535 21 | 35 6·71̇ 6 — |
又 看 那巒環 水繞 美妙 大塊文 章

| 1̇1̇1̇ 33 666 22 | 643 13 2 — |
還有那 山風 還有那 松濤 伴我們 歌 唱

| 2531 5531 | 1̇·1̇ 2̇1̇ 6 — |
同學們 努力努力 充實 樂 園

| 1̇1̇35 61̇75 | 5̇·1̇ 3̇2̇ 1̇ — ||
同學們 努力努力 建設 鄉 邦

4/4 [C]

舊版

友恭學校

| 1 13 5 5 | 1̇3̇ 2̇1̇ 6 5 |
(舊) 雲 山 蒼 蒼 珠 海 茫 茫
(新) 青 山 毓 秀 鬻 海 流 長

| 1̇ 6 5 3 | 23 12 3 — |
惟 我 友 恭 雄據 南 方
偉 哉 友 恭 日進 無 疆

| 1 13 5 5 | 1̇3̇ 2̇1̇ 6 — |
歲 休 息 休 共 朝 夕
勤 奮 愛 誠 遵 校 訓

| 1̇ 6 5 3 | 21 32 1 — |
海 鳴 風 雨 同 一 堂
進 德 修 業 同 一 堂

| 3·4 50 3·4 50 | 6·5 6·1̇ 5 — |
勤興 奮 愛以 誠 恪守 校 訓
維厦 村 十四 鄉 公立 序 庠

| 6·7 10 6·7 10 | 2̇·1̇ 2̇·3̇ 2̇ — |
如兄 弟 如姊 妹 以立 模 樣
賴群 策 合群 力 福我 鄉 邦

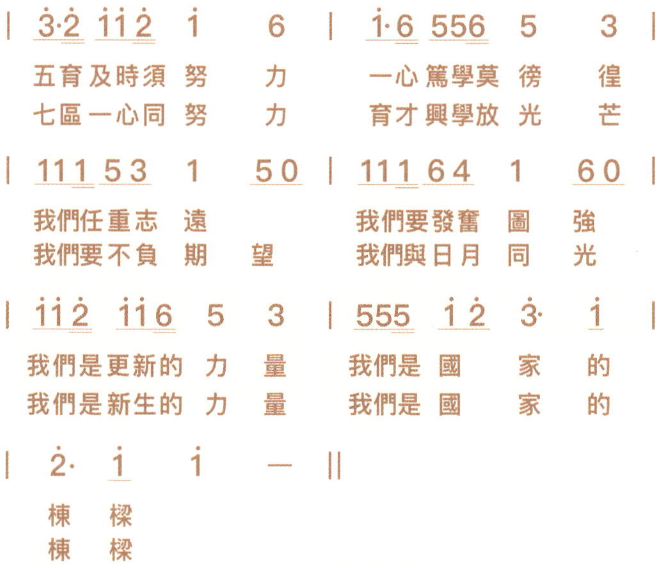

| 3·2 112 1 6 | 1·6 556 5 3 |

五育及時須 努 力 一心篤學莫 徬 徨

七區一心同 努 力 育才興學放 光 芒

| 111 53 1 50 | 111 64 1 60 |

我們任重志 遠 我們要發奮 圖 強

我們要不負 期 望 我們與日月 同 光

| 112 116 5 3 | 555 12 3· 1 |

我們是更新的 力 量 我們是 國 家 的

我們是新生的 力 量 我們是 國 家 的

| 2· 1 1 — ||

棟 樑

棟 樑

4/4 [C]
莊嚴活潑

廣東話版

普通話版

公立攸潭美學校

黄友棣　作曲
王希采　作詞

| 1　1·2　3　— | 1　3·1　5　— |
攸　潭美　麗　　環　巒迴　峰

| 3　56　1̇　1̇ | 5635　2　— |
田　園　欣　欣　　秀毓靈　鍾

| 3　3·2　1　— | 5　5·4　3　— |
我　校屹　立　　化　雨春　風

| 5　6　5　3 | 2332　1　— |
莘　莘　學　子　　負芨　來　從

| 5　5　35　0 | 1̇　1̇　61̇　0 |
教　學　活動　　師　生　共同

| 2̇　1̇　7·1̇　60 | 5776　5　— |
循　循　善　誘　　啟發　蒙　童

| 1̇　1̇7　1̇　50 | 61̇56　3　— |
樹　人　樹　木　　文化先　鋒

| 1335　6　— | 5　6—7 | 1̇　—　—　0 ||
有教　無　類　　洙　泗　溯　宗

4/4 [B♭]

橫洲公立學校

| 1 13 5 5 | 65 34 5 — |
橫 洲 學 校 作育 英 才

| 22 34 3 2 | 1 — — — |
樹人大葉 好 栽 培

| 5 55 5 — | 3 33 3 — |
教 不 倦 學 不 厭

| 22 12 3 4 | 4 44 5 — |
春風 涵育 詠 樸 作 英 材

| i 17 76 5 | 6 65 54 3 |
靈 秀 浴溪 山 靈 秀 浴溪 山

| 2 34 56 32 | 1 7̣ 1 — ||
桃 李 處 處 開

4/4 [E]

大欖涌公立學校

| 5 12 32 1 | 32 16 5 — |
維 我 公 學 環境 清 幽
| 3 34 5 5 | 65 43 2 — |
枕 山 臨 海 氣象 萬 千
| 2 34 5 4 | 54 32 3 — |
鍾 靈 毓 秀 文化 發 揚
| 5 12 3 5 | 22 32 1 — |
五 育 十 準 教導 優 良
| 5 12 32 1 | 32 16 5 — |
大 欖涌 道 上 吾校 迄 立
| 3 34 5 5 | 65 43 2 — |
園 林 秀 麗 花木 四時 春
| 2 34 5 4 | 54 32 3 — |
莘 莘 學 子 喜氣 洋 洋
| 5 12 3 5 | 22 32 1 — |
藏 修 息 遊 其樂 融 融
| 655 — — | 433 — — |
勤學習 勉力行
| 2 34 6 5 | 22 32 1 — ||
服 務 社 會 造福 人 群

4/4 [B ♭]

小瀛學校

| 5· 5 3 5 | 7 6 i — | i· i 6 i | 5 6 5 — |
山 清 水 秀 荔 村 寫 後 枕 大 山 面 小 河

| 5· 5 3 5 | i 2 3 — | 3· 3 2 i | 2· 3 i — |
約 中 父 老 興 教 育 小 瀛 學 校 建 當 初

| i — 0 0 |

| i — 7 — | 7 — 6 — | i — 2 3 | 2 — 0 0 |
師 生 親 愛 勤 研 究

| 2 — 3 — | 2 — i — | 2· i 6 i | 5 — — 0 |
作 育 英 才 數 頗 多

| 5· 5 3 5 | i 6 i — | 2· 3 2 i | 2i 6i 5 — |
慶 春 約 內 皆 兄 弟 互 助 切 磋 貴 琢 磨

| 5· 5 3 5 | i 2 3 — | 3· 3 2 i | 2 — 3 — |
百 尺 竿 頭 齊 努 力 讀 書 運 動 勿 荒

| i — — 0 ||
疏

4/4 [G]

古洞公立愛華學校

陳年柏　作曲
廖　麒　作詞

| 5 1 1 7 | 1· 3 2 — | 22 1 12 3 | 5 1 1 7 |
愛華愛華　我愛華　培養長萌芽　沐春風發

| 1· 3 2 — | 55 2 32 1 | 5 5 552 | 4 3 3 — |
奇葩　師生樂融融　親愛精誠　如一家

| 5 5 552 | 1 2 3 — | 6 6 6 65 | 4345 3 0 |
還有光明　校訓　勤信敏恭　誓不驕誇

| 53 323 1 5 | 55 3 321 | 6 6 5 3 | 1· 2 3 0 |
美哉古洞　古德科學新　追上時代　不後人

| 4 3 22 20 | 3 2 17 60 | 5· 6 1 3 | 5 23 1 — ||
青年同勵志　愛國圖強　萬事成功　首在勤

4/4 [C]

吉澳公立學校

5 | 3· 2 1 3 | 5· 6 5 i |
青 山 環 抱 綠 水 圍 繞 旖

| i 3 3 2 | 6· 3 3 5 |
旎 斯 島 鍾 靈 毓 秀 水

| 3· 2 1 3 | 5· 6 5 i |
陸 一 心 建 校 吉 澳 發

| i· 3 3 — | 3 2 5· 1 |
揚 文 化 孕 育 賢

| 1 — — 1 | 2· 1 2 2 |
豪 興 學 培 才 遠

| 3· 4 5 i | i· 3 3 — |
慮 深 謀 莘 莘 學 子

| 3 2 5· 1 | 1 — — 1 |
負 芨 來 遊 如

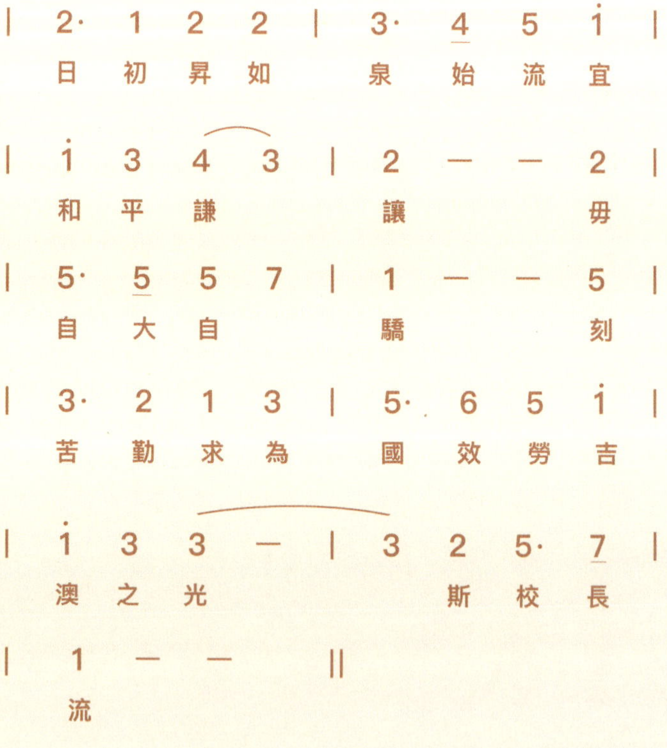

| 2· 1 2 2 | 3· 4 5 i |
日 初 昇 如　泉 始 流 宜

| i 3 4 3 | 2 — — 2 |
和 平 謙　讓　毋

| 5· 5 5 7 | 1 — — 5 |
自 大 自　驕　刻

| 3· 2 1 3 | 5· 6 5 i |
苦 勤 求 為　國 效 勞 吉

| i 3 3 — | 3 2 5· 7 |
澳 之 光　斯 校 長

| 1 — — ||
流

4/4 [F]

沙頭角中心小學

陳銘中 作曲

梁耀明 作詞

|: 5 5 1· 3 | 3· 6 2 — |
抬 頭 看 天 高 日 朗
邁 步 向 大 道 康 莊

| 6 6 2· 4 | 3 65 2 — |
激 我 心 志 飛 揚
公 德 道 義 共 享 往

| 5· 5 5 — | 3 5 6 — |
趁 青 春 莫 等 閒
正 少 年 該 立 志

| 6653 2 3· | 43 2 1 — :|
我們努力 學 習 奮發 向 上
大家和睦 親 愛 共覓 理 想

| 5 5 3 5 | 6· 4 2 — |
我 們 來 自 四 方

| 2· 2 3 — | 3 ♮4 5 — |
同 成 長 同 茁 壯

| 6 6 4 6 | 5· 3 2 — |
毋 忘 師 恩 浩 蕩

| 2 2 1 2 | 4· 2 6· 5 |
育 我 成 才 作 社 會 棟

| 1 — — 0 ||
樑

4/4 [F]
莊嚴活潑

沙頭角漁民子弟學校

曲譜根據： Work, For The Night Is Coming

| 5 3·4 5 5 | 6 — 5 — |
浩 瀚汪 洋 深 又 廣
海 洋有 魚 和 寶 藏

| 1 1·1 1 2 | 3 — — 0 |
我 們並 不 害 怕
學 問在 書 本 裏

| 5 3·4 5 5 | 6 — 5 — |
我 們鍛 煉 好 頭 腦
我 們是 海 的 兒 女

| 1 2 3 2 | 1 — — 0 |
又 有 好 體 魄
勤 奮 勇 進 取

| 2 2·2 2 3 | 4· 3 2 — |
來 來漁 民 的 兒 女 們

| 3 3·3 3 #4 | 5 — — 0 |
大 家高 聲 頌 唱

| 5 3·4 5 5 | 6 — 5 — |
海 洋學 問 無 窮 盡

| 1 2 3 2 | 1 — — 0 ||
母 校 比 天 長

4/4 [B ♭]

坪洋公立學校（舊版）

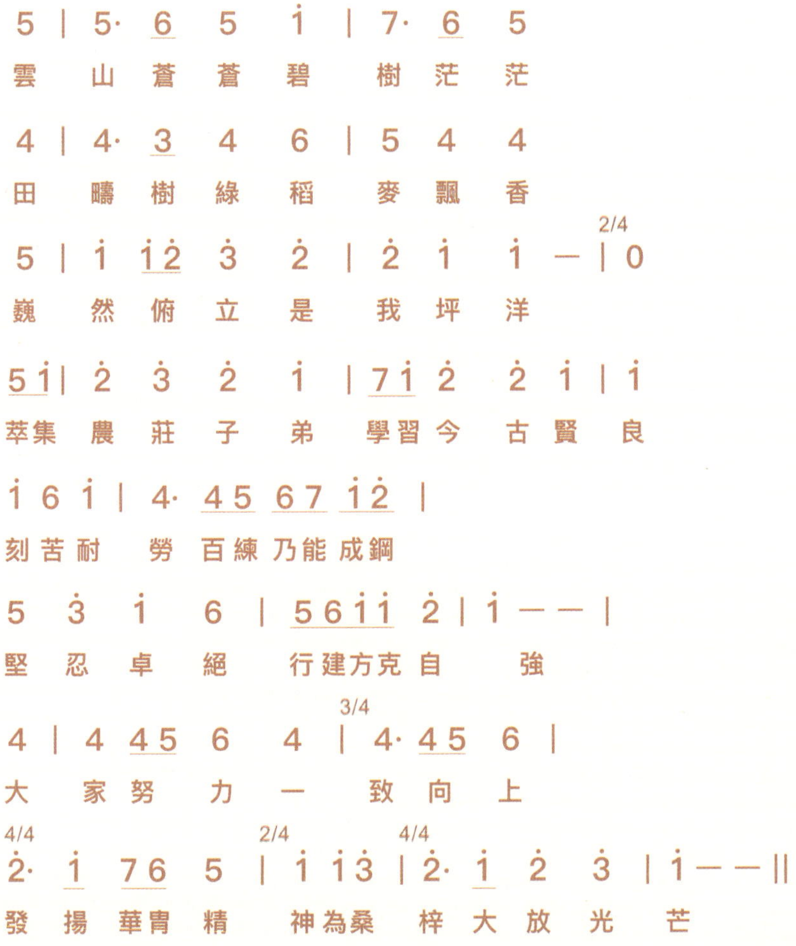

5 | 5· 6 5 1̇ | 7· 6 5
雲 山 蒼 蒼 碧 樹 茫 茫

4 | 4· 3 4 6 | 5 4 4
田 疇 樹 綠 稻 麥 飄 香

5 | 1̇ 1̇2̇ 3̇ 2̇ | 2̇ 1̇ 1̇ — | 2/4 0
巍 然 俯 立 是 我 坪 洋

51̇ | 2̇ 3̇ 2̇ 1̇ | 71̇ 2̇ 2̇ 1̇ | 1̇
萃集 農 莊 子 弟 學習 今 古 賢 良

1̇ 6 1̇ | 4· 45 67 1̇2̇ |
刻 苦 耐 勞 百 練 乃 能 成 鋼

5 3̇ 1̇ 6 | 561̇1̇ 2̇ | 1̇ — — |
堅 忍 卓 絕 行 建 方 克 自 強

4 | 4 45 6 4 | 3/4 4· 45 6 |
大 家 努 力 一 致 向 上

4/4 2̇· 1̇ 76 5 | 2/4 1̇ 1̇3̇ | 4/4 2̇· 1̇ 2̇ 3̇ | 1̇ — — ||
發 揚 華 冑 精 神 為 桑 梓 大 放 光 芒

4/4 [G]

坪洋公立學校（新版）

| 3 32 1 1 | 6 16 5 5 | 6 6 7 7 | 1 2 3 5 |
雲山蒼蒼 碧樹茫茫 田疇樹綠 稻麥飄香

| 6 5 4 3 | 2 31 2 — | 4· 4 2 2 | 3 — 1 — |
巍然屹立 是我坪洋 萃集勤勞 子 弟

| 6· 7 21 76 | 5 — — 0 | 6 6 7 7 | 1· 2 43 21 |
學習今古賢 良 刻苦自勵 百練乃能成

| 2 — — — | 4 4 2 2 | 1· 2 43 21 | 5 — — 55 |
鋼 堅忍卓絕 行建方克自 強 大家

| 1 — 2 — | 3 — — 1·1 | 4 — 5 — | 6 — — 6 |
齊 努 力 大家 齊 努 力 為

| 5 3 4· 2 | 5 — — 6 | 5 3 4· 2 | 1 — — — ||
母校放光 芒 為 母校放光 芒

3/4 [F ♯]

啟才學校

| 5 5 — | 1 1 — | 3 3 1 | 2 1 — |
巍 峨 山 下 谷 埔 莊 前

| 5 5 — | 2 2 — | 3 3 1 | 2 1 — |
沙 頭 角 區 渺 眺 海 邊

| 5 5 — | 2 2 — | 2 3 — | 4/4 2 3 — 3 |
啟 才 學 校 矗 立 聳 然 有

3/4 | 5 5 54 | 3 3 5 | 3 2 21 | 2 1 — |
煥 輪 之 校 舍 有 清 幽 之 環 境

| 5 4 — | 3 2 — | 4 3 1 | 2 1 — |
敦 品 力 學 其 旨 至 善

| 3 4 — | 5 4 — | 3 3 1 | 2 1 — |
孝 悌 忠 信 訓 育 其 言

| 5 5 — | 2 2 — | 5 3 — | 4/4 2 1 — 3 |
創 辦 迄 今 弟 子 萬 千 既

3/4 | 5 — 4 | 3 — 2 | 5 — — | 5 — 5 |
能 發 揚 光 大 又

| 4 — 3 | 2 1 2 | 1 — — | 1 — — ||
為 社 會 貢 獻

4/4 [G]

群雅學校

| 1 5 3 1 | 7243 2 — |
為 我 群 雅 洋林屹 崎

| 1 5 3 3 | 34 2 5 — |
亞 雨 歐 風 文 化 披

| 56 5 55 65 | 3 23 1 — |
況 此 間 水 繞 山 迴

| 5·6 13 32 5 | 3 23 1 — |
風 帆 沙 鳥 夕 陽 裏

| 5 5·6 5 4 | 1 1·2 1 6 |
春 風 婀 娜 桃 李 芳 菲

| 56 12 3 2 | 25 31 6 — |
童 冠 來 遊 人文 蔚 起

| 56 12 3 6 | 65 3 2 — |
维 持 學 務 仗 绅 耆

| 2· 3 6 5 | 23 5 1 — ||
光 前 裕 後 在 於 斯

4/4 [F]

福德學社小學

|0 3·4| 5 — |5 6·5| 3 — |3 3·2| 1· 1 |3 2 1|
遠山 青 景色 美 福德 處 處 好風

| 2 — |2 5·1| 3 — |3 2·1| 5 — |4 3 4| 5 5 |
光 崇儉 樸 純厚 民 風扶幼 敬老

|4 2 3| 1 — |1 3·4| 5 — |5 6·5| 3 — |3 3·2|
慈愛服 從 草翠 綠 林濃 蔭 修業

|1· 1|3 2 1| 2 — |2 5 1| 3 — |3 2·1| 5 — |
怡 情樂悠 悠 有良 師 基礎 鞏

|4 3 4| 5 5 |4 2 3| 1 — | 1 1 |6· 6 |4 5 6|
固禮義 廉恥 校訓煌 煌 同 窗 須 互助

| 5 5 | 0 5 | 3· 3 |3 2 1| 2 — | 2 1 |6· 6|
互愛 不 斷向 前求 進 步創 造新

|6 1 6| 5 5 |0 6 4| 3· 4 | 2 3 | 1 — | 1 0 ||
世界 時代 齊 步走 莫停 留

4/4 [G]

嶺英公立學校

陳克倫　作曲
葉熾昌　作詞

0 5 | 1 3·2 1 5 | 3·4 5·3 6 | 5 — —
嶺　英公立學校　美　麗　輝　煌

5 3 | 2 1 7 2 1 6 | 5 — — 1·2 | 3 3 5 3 |
環　繞着鼓嶺山　光　我們　修藏游息

1·3 2 2· 5 | 1· 2 3· 1 | 3· 4 5 — |
興味深長春　風廣沐濟　濟蹌蹌

| 6·5 4·3 2·4 3·2 | 1 — — 0 5 | 5· 5 5 |
莘莘學子樂　洋　洋　嶺英青年

| 6 | 6· 2 2· 6 | 5· 3 4·3 2 5 | 1 — — ||
努　力向上維　我校譽光大發　揚

4/4 [G]

清水灣中心學校

朱燉戈 作曲
劉 富 作詞

| 3 32 1 5 | 5· 6 5 — |
漁 峰 高 聳 氣 象 雄

| 4 42 3 1 | 2· 3 2 — |
清 水 灣 流 四 海 通

| 3·4 50 11 23 | 4·3 20 3·4 32 |
顯鄉 邦 春風 化雨 禮義 隆 聲名 日播

| 1 2 3 — | 3·4 50 22 34 |
震 遠 東 揚文 化 勤毅 誠愛

| 3·2 10 67 12 | 3 2 5 — |
校訓 崇 吾儕 同學 快 用 功

| 3 32 1 5 | 5· 4 3 — |
服 務 人 群 遍 五 洲

| 4 42 3 1 | 2· 5 1 — ||
清 水 灣 校 耀 千 秋

4/4 [G]

糧船灣公立學校

史嘉茵　作曲

糧船灣公立學校舊生、史嘉茵　作詞

1	5	3	—	53	3	3	—
糧	船	灣		公立	學	校	
2	2	4	—	2	2	7	—
屹	立	於		山	崗	上	
7	1	1	—	7	2	6	—
校	舍	建		大	海	旁	
51	3	3	—	53	5	5	—
南接	東	Y		西接	北	Y	
35	3	3	—	61	3	6	—
後山	白	腊		前面	水	上	
3	1	3	5	1	5	1	—
水	陸	村	民	共	前	往	
0	—	—	—	3	4	3	—
				浪	泊	岸	
5	5	5	—	5·	5	5	—
鐘	聲	響		噹	噹	噹	
2	7	1	—	0	—	—	—
返	學	去					

| 5 1 3 5 | 5 5 3 5 |
純 樸 村 童　莘 莘 學 子

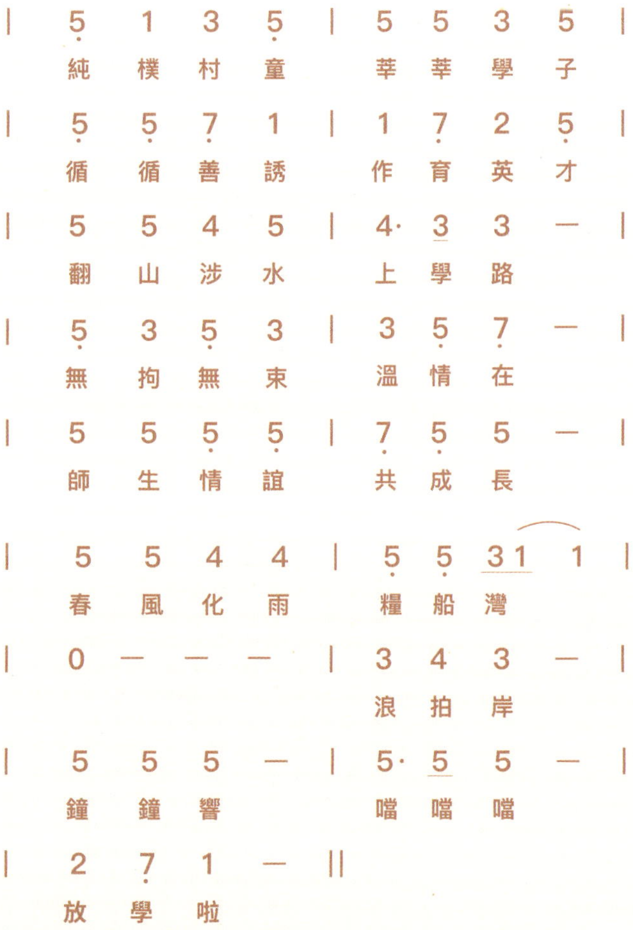

| 5 5 7 1 | 1 7 2 5 |
循 循 善 誘　作 育 英 才

| 5 5 4 5 | 4· 3 3 — |
翻 山 涉 水　上 學 路

| 5 3 5 3 | 3 5 7 — |
無 拘 無 束　溫 情 在

| 5 5 5 5 | 7 5 5 — |
師 生 情 誼　共 成 長

| 5 5 4 4 | 5 5 31 1 |
春 風 化 雨　糧 船 灣

| 0 — — — | 3 4 3 — |
浪 拍 岸

| 5 5 5 — | 5· 5 5 — |
鐘 鐘 響　噹 噹 噹

| 2 7 1 — ||
放 學 啦

4/4 [C]

廣東話版

普通話版

馬鞍山聖若瑟學校（舊版）

胡文義　作曲

| 5　1̇5　6　5 | 6·　5　3　— |

| 2　34　5　3 | 6　75　1̇　— |

| 5　67　1̇　5 | 6　5　3　— |
維　我若　瑟　正　大　光　明

| 2　34　5　1 | 4　3　2　— |
闡　揚文　化　身　體　力　行

| 3　13　5　— | 6　46　1̇　— |
恪　遵校　訓　儉　樸虔　誠

| 1̇　56　7·　6 | 5　♯4　5　— |
革　新思　想　繼　以　忠　誠

| 6　5　4　33 | 2　3　4　— |
進　德　修　業品　學　兼　成

| 5　1̇5　6·　3 | 22　5　1　— |
共　同努　力　為　社會　群　英

| 5　1̇5　6·　3 | 55　7　1　— ||
共　同努　力　為　社會　群　英

4/4 [C]

馬鞍山聖若瑟學校（新版）

胡文義 作曲

胡健挺 作詞

| 5 67 1̇ 5 | 6 5 3 — |
聖 若 瑟 救 主 養 父
聖 若 瑟 我 真 仰 慕

| 2 34 5 1 | 4 3 2 — |
誠 實愛 家 人 禮 義 符
常 繫腦 海 時 覺 自 豪

| 3 13 5 — | 6 46 1̇ — |
勵 圖上 進 闖 成就 庫
睦 鄰棣 友 天 敬學 好

| 1̇ 56 7· 6 | 5 #4 5 — |
安 貧認 真 新 試 念 故
追 求知 識 品 格 盛 抱

| 6 5 4 33 | 2 3 4 — |
修 德 進 業技 能 日 富
克 己 致 力善 勤 儉 素

| 5 1̇5 6· 3 | 22 5 1 — |
群 策群 力 願 互助 相 扶
獻 身社 會 報 學校 薰 陶

| 5 1̇5 6· 3 | 55 7 1̇ — ||
群 策群 力 齊 蒙神 護 顧
獻 身社 會 求 學能 達 到

4/4 [D]
莊嚴活潑

火炭公立學校

黃友棣　作曲
李士秀　作詞

| 1 5 1·2 30 | 51 6 5 — |
九 龍 半 島　沙田 之 東

| 5 5 4 30 | 23 1 2 — |
佛 子 坳 上　立我 黌 宮

| 1 5 1·2 30 | 56 i 5 — |
厥 名 火 炭　烈炎 熊 熊

| 5 05 4 30 | 23 2 1 — |
生 比 鋼 鐵　師如 匠 工

| 6·7 10 1·2 30 | 53 5 6 — |
鍛 之 鍊 之　既冶 且 鎔

| i i 7 60 | 56 2 5 — |
德 智 是 尚　勤毅 成 風

| 5 5 3·4 50 | 66· i 6 — |
莘 莘 學 子　郁郁 葱 葱

| 2 3·4 6 50 | 56 7 i — ||
名 實 相 副　造極 登 峰

4/4 [F]

廣東話版

普通話版

老圍公立學校

梅耐寒 作曲
馮鐘岳 作詞

| 1 5 3 1 | 5·5 56 5 — |
荃 灣 地 勝 大帽 山 青

| 3 5 6 5 | 3·2 13 5 — |
老 圍 學 校 水秀 山 明

| 65 1·2 31 2 | 65 1·2 31 5 |
務耕 務讀 務栽 培 樹人 樹木 樹風 聲

| 5·5 56 55 3 | 3·3 34 32 1 |
德智 體群 美兼 備 博學 篤行 期有 成

| 52 2 0 0 | 31 2 0 0 |
聲相 應 鳥嚶 鳴

| 62 2 0 0 | 16 5 0 0 |
沐春 風 桃李 榮

| 1 5 3 1 | 5·5 56 5 — |
天 真 瀾 漫 團結 精 誠

| 3 5 6 5 | 3·2 17 1 — ||
求 知 致 用 同奮 鵬 程

4/4 [B♭]

青衣公立學校

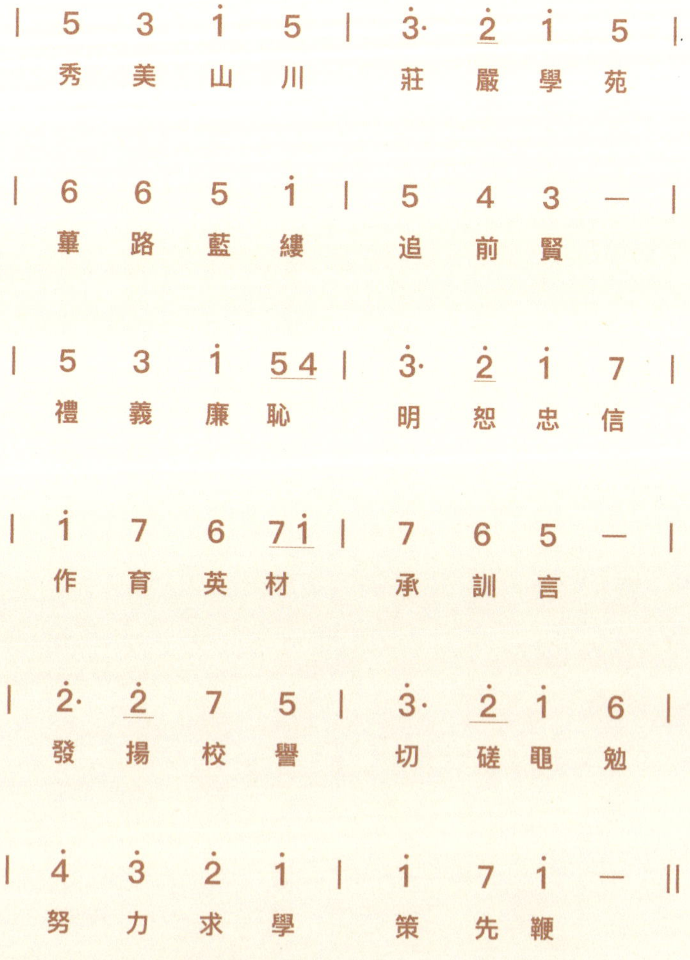

| 5 3 1̇ 5 | 3̇· 2̇ 1̇ 5 |
秀 美 山 川　莊 嚴 學 苑

| 6 6 5 1̇ | 5 4 3 — |
蓽 路 藍 縷　追 前 賢

| 5 3 1̇ 54 | 3̇· 2̇ 1̇ 7 |
禮 義 廉 恥　明 恕 忠 信

| 1̇ 7 6 71̇ | 7 6 5 — |
作 育 英 材　承 訓 言

| 2̇· 2̇ 7 5 | 3̇· 2̇ 1̇ 6 |
發 揚 校 譽　切 磋 黽 勉

| 4̇ 3̇ 2̇ 1̇ | 1̇ 7 1̇ — ||
努 力 求 學　策 先 鞭

4/4 [F]
莊嚴活潑

青衣漁民子弟學校

曲譜根據： Work, For The Night Is Coming

| 5 3·4 5 5 | 6 5 — |
浩 瀚汪 洋 深 又 廣
海 洋有 魚 和 寶 藏

| 1 1·1 1 2 | 3 — — 0 |
我 們並 不 害 怕
學 問在 書 本 裏

| 5 3·4 5 5 | 6 — 5 — |
我 們鍛 煉 好 頭 腦
我 們是 海 的 兒 女

| 1 2 3 2 | 1 — — 0 |
又 有 好 體 魄
勤 奮 勇 進 取

| 2 2·2 2 3 | 4· 3 2 — |
來 來漁 民 的 兒 女 們

| 3 3·3 3 #4 | 5 — — 0 |
大 家高 聲 頌 唱

| 5 3·4 5 5 | 6 — 5 — |
海 洋學 問 無 窮 盡

| 1 2 3 2 | 1 — — 0 ||
母 校 比 天 長

3/4 [A ♭]

葵涌公立學校

| 1 — 76 | 5 5 5 |
我 愛我 葵 涌 學
我 愛我 葵 涌 學

| 6 1 6 | 6 5 0 |
校 校 地 清 新
校 校 舍 雲 連

| 3 — 22 | 1 — 77 |
東 臨蓬 館 西 接
巍 峨矗 宇 聲 教

| 6 5 #4 | 5 — |
煙 雨 名 津
一 脈 相 傳

| 1 — 76 | 5 5 5 |
書 聲琴 韻 花 香
且 細看 環 林 繄

| 4 4 3 | 3 2 0 |
鳥 語 總 宜 人
映 圓 海 回 泉

| 5 — 34 | 5 7 1 |
修 藏遊 息 咸 沾
胸 懷光 霽 樂 哉

| 4 3 2 | 1 — — ‖
教 澤 如 春
風 月 無 邊

4/4 [E ♭]

大澳永助學校

| 5 1 2 3 | 2321 5 — |
我 校 建 立 大澳之 濱

| 3 53 21 2 | 5 32 1 — |
山 清 水 秀 風 氣日 新

| 5· 6 5 3 | 1· 3 2 2 |
永 助 聖 母 師 生 慈 親

| 5 5 6 1 1 | 2 2 1 2 3 |
禮 義 廉 恥 作 則 以 身

| 53 2 16 5 | 123 54 3 |
守校 規 敬師 長 親同學 愛 主

| 2 1 — — | 1·3 5 — 3·5 |
愛 人 勤學 習 常用

| i — 7·6 5 | 5 5 3 2 |
功 堅意 志 為 國 為

| 2 1 — — | 5· 3 1 3 |
民 努 力 奮 鬥

| 22 12 3 — | 55 5 11 1 |
不畏 苦 辛 他日 成功

| 5 12 3 2 | 1 — — 0 ||
永 助 是 因

4/4 [A]

中華基督教會
長洲堂錦江小學

劉文軒　作曲

曹敏誠　作詞

| 0 — — 34 | 5 1̇ — 3̇2̇ |
渡遠 方 開荒

| 1̇ 5 — 1̇7 | 6 6 61̇ 76 |
蕪 基督 恩 臨 立校 長洲

| 6 5 — 34 | 5 1̇ — 3̇2̇ |
小 島 面向 大 海 依山

| 1̇ 6 — 4̇4̇ | 3̇· 1̇ 3̇2̇ 1̇7 |
營 造 四時 香 花 遍 野綠

| 1̇ — 01̇ 71̇ | 2̇· 2̇ 75 1̇2̇ |
草 傳 球競 走 運 尺 動頭

| 3̇ — 03̇ 2̇3̇ | 4̇ 2̇ 3̇2̇ 1̇3̇ |
腦 展 卷朗 讀 揮 翰 抒懷

| 2̇ — — 34 | 5 1̇ — 3̇2̇ |
抱 五育 並 重 互勉

| 1̇ 6 — 76 | 5· 4̇ 3̇ 2̇ |
互 禱 守校 訓 敬 愛 勤

| 3̇ — — 3̇2̇ | 1̇· 5 3̇ 2̇ |
慎 篤志 行 遵 主 真

| 1̇ — — 0 ||
道

2/4 [C]

黃公田六村學校

| 5 65 | 3 13 | 2126 | 1 — |
黃 公 田 六 村 學 校

| 5 65 | 3 1 | 1 — |
矗 立 銀 礦 灣

| 2 2 | 2 5 | 3 3 | 3 1 |
環 境 優 美 空 氣 清 新

| 13 5 | 5543 | 2 — |
禮義 廉 恥為校 訓

| 5 65 | 46 5 | 3 35 | 4 3 | 2
師 長 如 父 母 同學 如 手 足

| 54 | 3234 | 5
今日 快來讀書 啦

| 55 | 67i5 | i — ||
立志 做個好公 民

4/4 [C]

蒲苔學校

| 5 1̇ 1̇ 5 | 5 1̇ 1̇ 5 |
維 我 蒲 苔　猗 歟 盛 哉

5/4
| 34 5 5 56 54 | 2 3 1 — — |
濟濟 多 士 樂 育　英 才

4/4
| 5 1̇ 1̇ 5 | 5 1̇ 1̇ 5 |
春 風 時 雨　桃 李 遍 栽

5/4
| 34 5 5 56 54 | 2 3 1 — — |
梗[illegible] 呈 秀 次 第　成 材

6/4
| 3 3 6 6 — — | 7 1̇7 6 3 — — |
敦 品 慎 行　器 宇 宏 恢

5/4
| 23 #4 6 — | 67 6 5 — |
古今 中 外　學科 備 該

4/4
| 5 1̇ 1̇ 5 | 5 1̇ 1̇ 5 |
精 誠 團 結　金 石 為 開

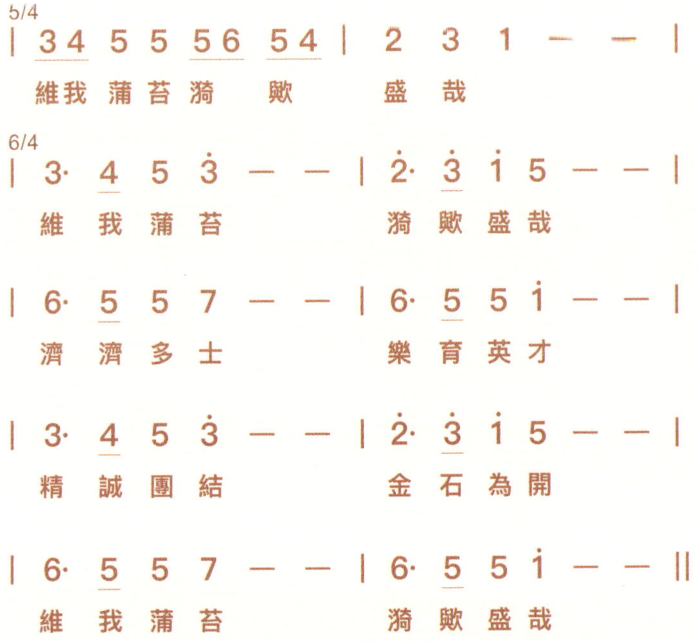

5/4

| 34 5 5 56 54 | 2 3 1 — — |

維我 蒲 苔 猗 歟 盛 哉

6/4

| 3· 4 5 3̇ — — | 2̇· 3̇ 1̇ 5 — — |

維 我 蒲 苔 猗 歟 盛 哉

| 6· 5 5 7 — — | 6· 5 5 1̇ — — |

濟 濟 多 士 樂 育 英 才

| 3· 4 5 3̇ — — | 2̇· 3̇ 1̇ 5 — — |

精 誠 團 結 金 石 為 開

| 6· 5 5 7 — — | 6· 5 5 1̇ — — ||

維 我 蒲 苔 猗 歟 盛 哉

附錄

本書收錄香港村校簡介

觀塘區

四山公立學校

辦學年期：1952-1979
地址：茶果嶺茶果嶺道 210 號

學校由政府撥地，村民自行集資、出錢出力，以麻石建成校舍。學校分成上下午校，是區中名校，亦有不少成名校友。茶果嶺昔日盛產花崗岩，每日中午十二時和下午五時就會燒炮，學生和村民都要到室內暫避滿天的沙塵。每逢天后誕，校舍旁的天后廟都會有盛大的賀誕活動，學生可放假一天。四山公立學校的校歌有新、舊版本。校舍於 2025 年拆卸。

大埔區

大埔漁民子弟學校

辦學年期：不詳 -1994
地址：大埔黃宜坳

學校前身為 1947 年創立於大埔東昌街的漁民子弟學校，1952 年增設大埔墟分校，1956 年兩校合併並獲教育司署津貼。1963 年遷至黃宜坳，校舍由教育司署與魚類統營處共同出資興建，專門收容大埔區鶴佬漁民子弟就讀，校舍於 2024 年拆卸。

六鄉新村公立學校

辦學年期：1966-2006
地址：新界大埔寶鄉街

六鄉新村是由原稱「船灣六鄉」的小滘、大滘、金竹排、橫嶺頭、涌尾及涌背等六條鄉村組成，六鄉新村公立學校由船灣六鄉的兩所村校（三光學校與育群學校）於 1960 年代，因興建船灣淡水湖而搬遷大埔，並合併組成，是村民堅持為六鄉子弟保留的教育場所。2006 年因生源不足停辦後，轉型為六鄉學習園地，繼續服務社區教育需求。

林村公立學校

辦學年期：1950-2004
地址：大埔林村許願樹旁

林村公立學校創建於 1950 年，由戰後大埔林村谷六間小型村校合併而成，校舍坐落放馬莆，毗鄰天后宮。2004 年因人口老化及生源不足，與黃福鑾紀念學校合併，遷往太和邨，原校舍轉作許願廣場用途。

元朗區

友恭學校（舊校）/ 公立友恭學校（新校）

辦學年期：1930-1996
地址：元朗廈村田廈路（舊校）

友恭學校源自廈村友恭堂祠堂，1924 年前已設為傳統家塾，戰後轉型為新式小學，高峰期學生達千人。1964 年因學生眾多，遷至新生村分校，原校改作幼稚園。1980 年代隨鄉村人口減少，兩校相繼停辦，現原校舍部份空間保留為校友會會址及歷史展覽場所。

公立攸潭美學校

辦學年期：1931-2006
地址：元朗牛潭尾村

1938 年由地方鄉紳捐地建校，命名「攸潭美小學」，村民把地區名稱由「牛潭尾」美其名為「攸潭美」，擺脫原有農耕色彩的地名。日佔時期曾停辦，1948 年復校後由創校元老劉群英擔任主任。1961 年響應政府政策擴建校舍，轉型為津貼小學。攸潭美學校於 2006 年因收生不足而被殺校。

橫洲公立學校

辦學年期：1954-2005
地址：元朗橫洲西頭圍

1954 年由關西、泗和兩校合併而成，選址橫洲六村中心，於 1955 年元宵節與遊燈儀式同日舉行開幕典禮。校徽六環相扣象徵六村團結，見證明代古村六百年的教育傳承。這所承載漁米之鄉記憶的學校，歷經半世紀耕耘，最終在 2005 年完成教育使命。

屯門區

大欖涌公立學校

辦學年期：1938-2008
地址：大欖涌青山公路 - 大欖段 16 號

學校前身為大光學校，創於 1946 年，屬當地胡屋村之私塾。1957 年易名至今，於大欖涌的校舍則建於 1961 年。三幢校舍建築呈 U 型，是典型村校設計——兩旁為平房式課室，中間為操場；靠後方的建築樓高兩層。學校吸引了鄰近的懲教署子弟、水警子弟、青山公路沿路各大小村落以及遠至天水圍的學生入讀，全盛時期有逾五百學生、共十三班。最終於 2005 年因收生不足而停辦。

北區

小瀛學校

辦學年期：1927-1988
地址：新界沙頭角荔枝窩

沙頭角慶春約七村（荔枝窩、鎖羅盤、三椏村、梅子林、蛤塘、小灘及牛池湖）中，小瀛學校是規模最大且唯一提供完整小學教育的機構，許多學童每日長途跋涉至此就讀。舊校舍建於 1927 年，建築融合中西特色，包括弧形山牆與花卉裝飾的女兒牆，後方則為教員宿舍；1950 年代至 1960 年代增建新翼，現已活化作「小瀛故事館」。

古洞公立愛華學校

辦學年期：1960-2006
地址：新界上水古洞村

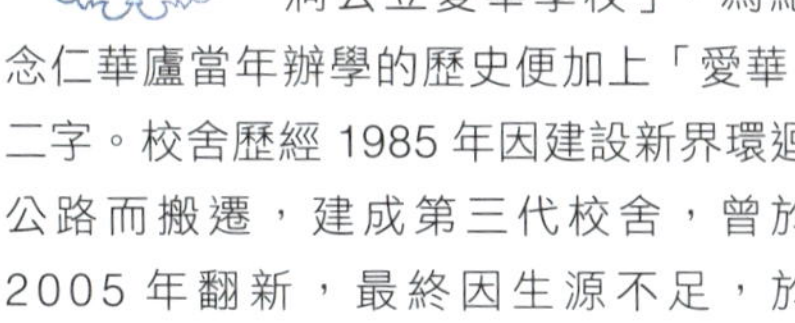

愛華學校前身為 1938 年創立的仁華廬私塾，1960 年遷建新校舍並定名「古洞公立愛華學校」，為紀念仁華廬當年辦學的歷史便加上「愛華」二字。校舍歷經 1985 年因建設新界環迴公路而搬遷，建成第三代校舍，曾於 2005 年翻新，最終因生源不足，於 2006 年停辦。

吉澳公立學校

辦學年期：1931-2007
地址：新界沙頭角吉澳島

吉澳公立學校於 1931 年成立，此後二十多年一直借用天后宮兩側的房屋作為課室，1950 年代吉澳鄉紳向政府申請建校，於 1954 年遷至現址；全盛時有九百多名學生，為吉澳水陸子弟提供教育。

沙頭角中心小學

辦學年期：1988 年至今
地址：新界沙頭角沙頭角墟第四區

學校創立於 1988 年，由大華、鹿頸、萬和、覺群及兩所漁民子弟學校等六所村校合併而成，是政府推行鄉村學校政策的成果。這些前身學校最早可追溯至 1950 年代，見證了沙頭角地區教育發展的變遷。合併後的中心小學延續鄉村教育使命，至今已服務社區逾三十載。

沙頭角漁民子弟學校

辦學年期：不詳-1989
地址：新界沙頭角墟

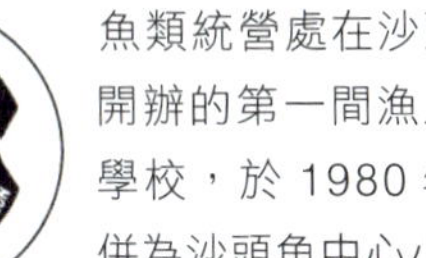

魚類統營處在沙頭角區開辦的第一間漁民子弟學校，於 1980 年代合併為沙頭角中心小學。

坪洋公立學校

辦學年期：1960-2007
地址：新界坪洋新村

坪洋公立學校創立於 1958 年，由村中私塾發展而來，校園佔地近一公頃，設有禮堂、運動場及花園等完善設施。這所凝聚村民心血的學校，曾以優美環境和融洽師生關係著稱，最終因生源不足於 2007 年結束運作，閒置至今。

啟才學校

辦學年期：1932-1993
地址：新界谷埔新屋下

校舍由創校校長宋青參考廣州黃埔軍校總理大樓設計，融合中西建築風格。主體採用青磚石結構配金字瓦頂，設有拱柱走廊和三開間教室，上層牆面還留有防禦用的槍孔。這所在傳統中式村落中獨樹一幟的學校於 1993 年停辦，現已活化成為社區用地。

群雅學校

辦學年期：1930-2006
地址：沙頭角上擔水坑村

1930 年由村民募捐建成的群雅學校，乃担水坑首間及唯一的學校，歷經兩代校舍，第一代校舍前身為泮林書室，前後進行了多次擴充，曾於日佔時期停課。1970 年代，由於學生人數遞增，舊校舍被棄用。

福德學社小學

辦學年期：1959 至今
地址：新界沙頭角山咀村及崗下村

學校前身為關帝廟內的福德私塾，日治時期曾借予廣州中醫學院使用。1959 年，山咀村父老倡建新校，由村民提供土地及籌募經費，再由當時的教育司署資助費用興建新校，由當時村民議決以「山咀」為校名，以表彰村民協助建校，2015 年恢復戰前原名「福德學社小學」。

嶺英公立學校

辦學年期：1958 至今
地址：新界打鼓嶺週田村

前身為 1949 年創立的週田學校，最初由村民自宅改建而成。1956 年獲政府津貼後，在杜錦洪先生與張樹仁校長推動下，1958 年遷建新校舍並更名為嶺英學校，寓意「打鼓嶺作育英才」。隨着教學品質提升與校園建設完善，成為新界知名鄉校，2015 年新建教學大樓啟用，持續為社區提供教育服務至今。

西貢區

清水灣中心學校

辦學年期：1952-1980 年代
地址：西貢上洋村

西貢上洋村凌雲小學與相思灣維新學校於 1959 年合辦成清水灣中心學校，創立西貢區第一間「中心學校」，服務區內六村之子弟。學校由兩座校舍，共三間課室組成，兩座校舍為農田所隔。1970 年代黃泥地足球場改鋪三合土，此工程由「英國陸軍與學生聯合計劃」完成。

糧船灣公立學校

辦學年期：1946-2003
地址：西貢糧船灣

糧船灣的教育始於散落各村廟宇或教堂的私塾，戰後由各村自發整合成立公立學校，於 1958 年完成擴建，島上的東丫村、北丫村及白腊村的男女村民協力開山鑿地，籌款建校、讓島上所有學生集中就讀於該校，使每一個學童都有機會入學，後來上水學童開始入讀，學生增至二百多名，而且為了方便漁民子弟入讀，更設有夜校。

沙田區

馬鞍山聖若瑟學校

辦學年期：1953 年至今
地址：新界馬鞍山恆安邨校舍第一座（現址）

1950 年由比利時神父胡文義創辦，最初為服務礦工子弟的義校，以廣東話和普通話授課。隨着礦業

發展，於今址耀安邨聖若瑟中學附近（山下）擴建校舍，並相繼接辦光明學校和英賢學校。校內教師由修女出任，1976年礦場停產後，山上及山下校舍因生源不足而結束，最終於1986年遷至恆安邨現址繼續辦學，從村校轉型為現代化小學。

火炭公立學校

辦學年期：1920-1987
地址：沙田禾寮坑村

火炭公立學校前身為1920年創立的育文學校，歷經戰亂停辦後，於1958年由鄉賢籌建新校舍。1960年代因鄰近染廠設立，為工廠子弟提供教學而擴建，加上火炭谷安置區建成，全盛時期學生達650人。隨沙田新市鎮發展及工廠遷離，學校於1980年代末因生源不足而停辦。

荃灣區

老圍公立學校

辦學年期：1959-1988
地址：新界荃灣老圍路136

老圍位於荃灣半山的客家村落，由黃、許、張、曾、鄧五姓所建，並組成同和社，作為當區的互助組織。1959年，同和社捐出土地，老圍公立學校落成。初期設有四間課室。1965年因應學額需求，政府撥地七千餘呎擴建校舍，1988年，老圍公立學校收生不足，主動申請停辦，翌年正式停止營運，餘下的學生則安排荃灣信義學校就讀。

葵青區

青衣公立學校

辦學年期：1938-2008
地址：第一代校舍：青衣大街
第二代校舍：青衣長康邨

青衣公立學校建於1938年，被譽為「青衣教育搖籃」，第一代校舍位於青衣大街街尾。開辦初期，課室只有兩間，收生人數高達五百多名。每年天后誕，島上例必禮聘戲班演出神功戲，戲棚位置正好位於學校操場。1984年，港府大力發展青衣，填海造地，興建樓房，新校舍搬遷到長康邨旁。2008年，青衣公立學校因收生不足停止辦學，校址現為職安健學院。

青衣漁民子弟學校

辦學年期：1966-1980年代
地址：新界葵青區青衣聖保祿村

青衣漁民子弟學校，於1966年開辦，為魚類統營處轄下的十三間漁民小學之一，目的為生於漁民社區的幼童提供就學機會。漁民學校毗鄰青衣漁民村及聖保祿村，同處海邊一山崗上。學校旁邊便是昔日的門仔塘，供漁船停泊。

葵涌公立學校

辦學年期：1952-2007
地址：青山道570

前身是昆才學校，約戰後初期建立，位於圳邊村，由傅氏家族開設的私塾。後來傅氏捐出校舍，葵涌村民籌集資金，1952年建成葵涌公立學校。新校舍位於青山道電力公司對面山丘。其時，葵涌工廠林立，適齡學童日眾，學生來自葵涌、荃灣和九華徑一帶。2007 年，葵涌公立學校正式停辦，現已拆卸並準備興建公營房屋。

離島區

大澳永助學校

辦學年期：1923-2003
地址：大澳太平街

自 1923 年由天主教會創立以來，不僅是傳授知識的場所，更成為大澳社區重要的精神與生活支柱。從早年神父發放救濟物資、開設全澳唯一的麵包工坊，到颱風天開放校舍庇護棚屋居民，這所學校始終與街坊風雨同濟。即便 2003 年停辦後，校舍與小堂仍持續作為社區彌撒、議事的公共空間。

中華基督教會長洲堂錦江小學

辦學年期：1935 年至今
地址：新界長洲山頂道西 1 號

長洲島的教育始於 1918 年新界傳道會創辦的端儀女校，開啟了島上教會辦學先河。1935 年盧恩信女士創立長洲女校，歷經戰火洗禮後轉型為男女校。從新興後街的簡陋校舍到山頂道的現代化校園，1978 年，中華基督教會長洲堂受盧女士之託，接辦長洲女校。於 1980 年，以中國基督教會史上首位殉道者車錦江之名傳承信仰精神，易名長洲堂錦江小學，2001 年，校舍再擴建一幢五層高新翼，續正名為中華基督教會長洲堂錦江小學。

黃公田六村學校

辦學年期：1962-1983
地址：大嶼山梅窩黃公田村

六村包括位於梅窩山上的窩田、黃公田、黃竹朗、亞婆朗、坑濱及禾上洞。當年六村為了提供更好的讀書環境，便與政府各出一半資金辦學，決定在中心點黃公田合建學校。校舍只有一層建築，只有三間課室。學校後期收生不足，校方要到六村以外收生，請孩子「上山」讀書。

蒲苔學校

辦學年期：1955-1986
地址：蒲台島

1960 年的蒲台島漁業興旺，聚居的漁民子弟愈來愈多，蒲苔學校為島上唯一一所政府津貼學校。鼎盛時期的蒲苔學校，一年級達到九十人。全校共有五位老師，除了英文科是專科專教外，其他老師均要兼顧別的科目的教學。由於教師和課室有限，課堂只能採用複式教學，不同年級的學生被安排在同一個班房上課，一個老師需同時教兩個年級的學生。

後記

村校校歌與城鄉的未來對話

在執筆之際，香港「北部都會區」發展計劃逐步推進，沙頭角藍綠康樂區、打鼓嶺新區等項目標誌着城鄉互動的新趨勢。在這樣的背景下，「城鄉共生」成為發展中的關鍵詞 —— 不僅是空間的整合，更是文化與記憶的交融。「北部都會區」發展計劃中的區域名對我而言無比熟悉，由新界北的沙頭角、打鼓嶺、古洞，到新界西的新田、攸潭尾、厦村等，她們都曾是或仍是村校的故鄉，承載着無數村民與學生的記憶。

自幼在城市長大的我，因村校校歌而走進了香港不同的村落，享受過當中無數美麗的風光。各師生們對校歌的情感，在每一次分享中都自然流露；他們對校園的歸屬感、對師長的敬重，都深深烙印在記憶裏，一頁頁清晰可見。這樣的經歷逐漸改變了我對教育的理解：身邊出現的每一個人，都可能成為我們的老師。村校讓我體會到，教育不僅是學校範圍內的事，而是整個村落的環境、人與物 —— 它們共同構成了全面的學習場域。如今生活在剛開放的沙頭角墟 —— 這個常被視為香港最偏遠，但又滿有歷史、文化及創意的地方，我漸漸發現，這裏處處都有低調而深刻的生活智慧，正默默引導着我、啟發着我。

藍愛葵（葵姐），坐鎮在沙頭角新樓街的順興雜貨店中，在這棟擁有九十年歷史的廣州式騎樓屋群中扎根，守望着對街中英街與這邊境禁區的近五十年變遷。認識葵姐大約是在 2022 年沙頭角首階段開放時。她待人親切，每次經過店門，我都會和她打招呼，或進店裏聊幾句。葵姐總會問：「吃了飯沒有？有東西吃，快來吃！」順興雜貨彷彿成了街坊的聚腳點，常見沙頭角的阿姨們在店內聊天休息，宛如新樓街的婦女聯誼中心。葵姐除了在順興坐鎮外，亦是連結沙頭角中英街兩地的橋樑，活躍於多個義務團隊，帶領義工服務社區，也常常與我分享昔日中英街「華界」與「蕃界」的故事。

她的店舖時常化身「美女廚房」，一眾街坊婦女會相聚在這裏製作沙頭角特色食品，客家茶粿或是水上人的糖不甩等，葵姐總笑說：「我做的食物，有緣人才能吃到，不賣的！」她樂於分享的態度，是一股能夠聚合社群的能量，在這裏，讓我親身體驗了守望相助的溫暖。而葵姐亦是我的「客家文化老師」。每當我對傳統飲食或習俗有疑問時，就會「落街」去找她請教。她是一本「真人非物質文化遺產圖書館」，懂得製作臘腸、炒魚鰾、各式客家菜式，甚或水上人婚嫁用品等各種傳統技藝，生活知識豐富得數不清。

「我家的鐵閘是新樓街的『第一個』鐵閘。以前都是木造的閘門。這是我父親於 1970 年代更換的，後來其他店舖見這個鐵閘實用又安全，紛紛效仿，漸漸整條街的木門都換成了鐵閘。而我們的閘上有個特別設計，入夜後無需開門，人們仍能從閘上的這個活開口，跟我們購買香煙。」葵姐說。

村校校歌：城鄉共生中的文化橋樑

多年以來，因村校校歌而遇上的人和事都滋養了我，我也一直落手落腳，想讓這些珍貴的村落文化和智慧被更多人看見。然而，隨着「北新都會區」的推進，香港的村落正面臨前所未有的挑戰與變遷。村校校歌大多創作自六十年前的香港村落，下一個六十年，香港的村落將以甚麼樣的面貌呈現給下一代？我們又該如何讓他們想像這片土地的未來？鄉村文化如何留住並轉化？我們又如何透過保育村校與鄉村文化，促進城鄉對話？經過十多年結合藝術、策展和深入各村落訪談的村校校歌保育工作，我更覺得這些散落在香港村落的村校校歌，正好充當城鄉共生中的文化橋樑，亦是值得被珍惜與保護的文化資產。

村校校歌作為一種文字記錄，將過去的環境與情感凝固在時間中。這些歌詞中描繪的自然景觀與人文情懷，記錄着香港鄉村最真實的生活圖景，讓後人得以想像以往

☰ 位於沙頭角新樓街的順興雜貨，在新樓街已屹立超過六十年的歲月。這讓我想起蒐集村校故事時的體悟：有人存在的地方，就有值得記被錄的痕跡。每遇上一位街坊，都像翻開一頁活的歷史書，讓我反思、學習。就像尋找村校校歌的過程，總在意外處遇見啟蒙者 —— 而在這裏，我再次遇見了一位周身刀，張張利的「老師」：葵姐。

☰ 葵姐在她生活了近五十年的順興雜貨中，耍劍玩樂。

的生活情景，並在心中保留那份對土地的熱愛與懷念，如坪洋公立學校的校歌裏有農耕生活的記憶，公立友恭學校的旋律中蘊含着許多鄉民共建校舍的歷史。地方性音樂是最能喚起集體記憶的文化載體之一，一首首獨特的歌詞，不僅是音樂，也是學生們的集體回憶，以及活的歷史檔案。它保存着土地與人的情感連結，提供一個「想像」的窗口，讓現在的我們，重新去「看見」村落。當我們談論「城鄉共生」，不該只是硬件的整合，更應該是記憶與文化的交融。村校的校歌，就像一把鑰匙，能夠打開時光之門，讓我們聽見過去的聲音，在城鄉對話中扮演着關鍵角色。

至於這些與音樂密不可分的

場地 —— 村校，在社區中亦扮演着超越教育場所的角色，是香港歷史裏不可忽略的部份。它們是節慶活動的中心，是村民議事的場所，更是維繫社區情感的重要紐帶。在思考村校未來時，不能僅着眼於建築存廢，更要關注其社會功能的延續。面對城市化帶來的挑戰，香港的鄉村正經歷着深刻的轉變。如將廢棄校舍轉型為文化空間，不僅保存了記憶，更創造了新的社區價值。香港的村校可以探索這樣的轉型之路，讓老校舍在新時代繼續講述故事，成為文化與旅遊的交匯點。

當我們聆聽這些穿越時光的村校校歌，實際上是在進行一場跨越世代的對話，亦是一個渠道，讓城市居民以校歌這「共同回憶」去接觸鄉村文化，增加本土認同感。村校文化的保育不僅是懷舊，更是構建未來身份認同的重要資源。

校歌的未來展望：音樂與網絡的連結

面對未來，村校校歌仍蘊藏無限可能。隨着數位媒體與社交平台的蓬勃發展，校歌的傳播方式正經歷深刻變革。這些改變不僅能讓更多人認識村落文化，更成為連結散居英國、歐洲乃至巴西的新界村校舊生的情感橋樑。透過網絡平台，舊生們能將校歌融入異國生活，分享予親友與下一代，使這份文化遺產以更柔性的姿態跨越地域與世代，重新喚起人們對鄉土價值的珍視。

音樂是直抵人心的語言，而校歌作為村校精神的載體，凝結着村民的集體記憶與情感認同。當舊生在社交媒體上傳唱校歌的錄音或影像，分享唱頌時真實的聲音，並邀他人共鳴時，這些音符便成為文化傳承的活水 —— 既維繫了離散族群的連結，也讓新生代在旋律中尋得自身根源，無形中強化了社區的凝聚力。

此一趨勢更為鄉村復育開拓新徑。校歌可作為文化樞紐，串聯舊生與其後代投入鄉郊重建。透過舉辦以校歌為主題的音樂會、文化節或口述歷史計劃，村民能共同活化閒置空間、記錄地方故事，使校歌從懷舊符碼轉化為行動媒介。年輕世代在參與過程中，將更深刻體悟文化傳承的意義，進而萌生對故土的歸屬感與創生力。

展望未來，校歌的創新詮釋值得期待。融入當代音樂元素或跨界改編，能吸引年輕人主動參與傳唱;而數位化保存與互動式展演（如虛擬合唱、AR 沉浸體驗），則可拓展校歌的教育功能 —— 當孩童在課堂解析歌詞中的村落史，或透過線上平台與海外舊生合唱時，校歌便成為跨越時空的活教材，潛移默化地培育文化自信。

在全球化與在地化並行的時代，村校校歌將持續發揮其獨特力量。無論是慰藉僑居者的鄉愁，或凝聚復育鄉郊的共識，這份以音樂封存的文化基因，必將在代代傳唱中生生不息，成為村民心中永不褪色的精神圖騰。「如日初昇，如泉始流，宜和平謙讓，毋自大自驕：刻苦勤求，為國效勞，吉澳之光，斯校長流。」（節錄自吉澳公立學校校歌）當「北部都會區」的燈火點亮時，願這些承載着村校校歌的旋律，依然能在都會的角落輕輕迴響。

村校能說的事，尚有許多許多。

香港村落智慧的傳承

以前，我總覺得村校的故事離自己很遠。那些閒置的校舍、被遺忘的校歌，不過是滿足自己對舊物的好奇。直到女兒出生，看她蹲在路邊手拿蒲公英，吸一口大氣吹開朵朵小花，撿起石頭對着陽光傻笑，才突然明白 —— 教育從來不在遙遠的地方，就在我們與土地接觸的每一個瞬間。

2013 年，在坪洋新村遇見財哥。他指着我腳邊一叢不起眼的野草說：「這是野莧菜，我們會摘來煲湯去濕。」隨手摘了兩片讓我聞，葉片清新的氣味至今難忘。那時我才發現，真正的知識不在課本裏，而在這些隨口傳授的生活智慧中。

城市發展很快，推土機的聲音總在遠處隆隆作響。但有些東西不該消失 —— 比如孩子觸摸泥土時的驚喜，比如「村落人」隨手指認一株野草就是一味藥材的從容。我們阻止不了高樓拔地而起，卻能在縫隙裏守住這些細微的珍貴。

帶着女兒走進村落，她會自己發現許多我從未注意的事：螞蟻怎麼搬食物、撿起地上樹葉去數數

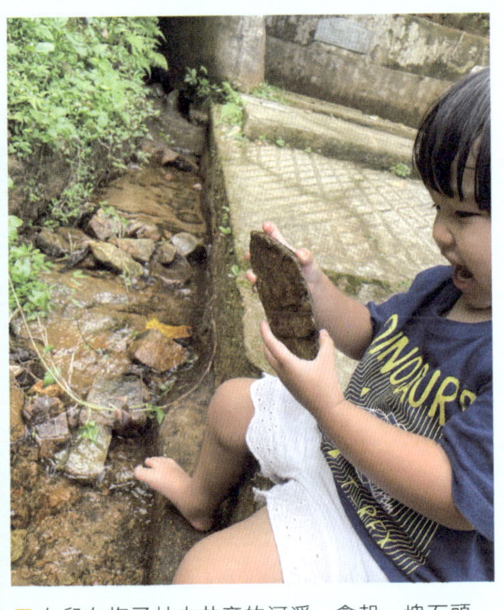

≡ 女兒在梅子林古井旁的河溪，拿起一塊石頭，開懷歡笑，如獲至寶。那笑聲，喚醒了一些意義。

≡ 女兒與我。走在梅子林通往蛤塘的小路上，每每期待看她在路上的新發現。

目。有時我想，或許有一天，她能在這樣的村校裏讀書，在真正的草地上奔跑，而不只是隔着圍欄或屏幕「親近自然」就好了。

常有人說「要把美好留給下一代」，但更重要的，或許是我們此刻是否真正活在這些美好裏。女兒教會我的，是停下腳步看一片葉子如何飄落地上，觸摸石頭的純粹快樂——這些細小的一瞬，才是能真正傳承下去的寶藏。

我希望「香村」——這一個我因受到香港村落啟發，而創辦的非牟利藝術組織能成為一個平台，把我在香港村落中遇上的人、地和事，繼續以藝術方式，跟大家分享，重要的是繼續由「村落人」去訴說。未來會怎樣？至少現在，我們還能一起在鄉間小路上，發現野莧菜、追逐蝴蝶，把歌聲和故事留在記憶裏。

這也許就夠了。

fragrant village

☰ 我多年受香港村落啟發，創辦了名為「香村」的非牟利藝術組織，結合藝術分享「村落人」的故事，旨在述說「香」港「村」落的故事。英文名為 Fragrant Village。

☰ 走過村落，現駐腳於沙頭角新樓街，成立「廿二館」，希望這兒就如村校空間一樣，聚合有關村落的人、地和事，去聆聽，去發展。牆上繪畫為本地插畫師 Stella So 的大型壁畫創作《新樓街時間走廊》。

鳴謝

感謝路途上，曾經支持、教導和遇上的每一個人。

可惜篇幅太短，能力有限，未能一一記錄各村校及當中的人和故事，現在這裏表達謝意：我的父母和家人、羅妙妍、Joanna Lee、李以強、金敏華、Angela So、張潔玲、鏡、蚊、卿、Maria、Roger Tang、Stella So、Nelson Hiu、陳燕遐、盧雁祈、岑宗達、王梓健、Steve Wong、鍾睿維、李珠迪、梁曉端、梁曉莊、江寶盈、迷你噪音、Edmund Leung、黃競聰博士、冒卓祺師傅、陳房水、江水生、盧永安、李肇華、劉亮之、Kevin Li、江田雀、石房福、劉敏財、朱惠賢、李容嬌、余松福、Tony Wong、黎錦華、黃永康、何瑞庭、曾大喜老師、朱國強議員、陳月明議員、梅子林及荔枝窩一眾村民及義工、沙頭角及新樓街眾街坊及空城計劃仝人。

感謝一眾接受訪問，這些年帶我進入香港村落的：黃錦星、林錦平、何馬生、盧銀鳴、葉本立、邱烙汶、莫偉恒、海星校長、李子顏，鄭志興、徐允清、溫玉香、溫華容、謝淑婷、羅慧燕博士、鄧妙薇、梁經緯、劉子斌、盧韻淇、張貴財、譚德祺、張少芳、黃群英、譚德祺、曾玉安、藍愛葵，文中記錄的各村校師生。

慷慨借出書中部份村校舊照片及資料的梁經緯、羅慧燕博士、各村校舊生。攝影師 Ming Wong、Jesse Clockwork、提供村校照片的劉子斌、盧韻淇及白靜薇。

另外，也在此感謝以下機構：Leapfrog Kindergarten、天主教香港方濟會、打鼓嶺坪輋保衛家園聯盟、地政總署測繪處、沙頭角文化生態協會、沙頭角故事舘、香港大學公民社會與治理研究中心、香港大學圖書館特藏部、香港教育大學香港教育博物館、香港童軍總會、基督教香港信義會、森林村落：梅子林及蛤塘永續鄉村計劃、鄉郊保育辦公室、漁類統營處、衞奕信勳爵文物信託（排名按筆畫順序）。

最後感謝中華書局（香港）有限公司出版，編輯白靜薇的幫助及支持。

書中資料或內容如有錯漏，敬請指正。願這本書能為村校校歌與歷史留下一點註腳，更期待這些文字能成為藝術與鄉村復育對話的起點。書中記錄的每一個音符、每一段故事，都是對香港村落記憶的召喚。當您翻閱至此，誠摯邀請您踏進香港的村落中，以行動參與鄉村復育，讓我們共同守護這些鄉村中的香港故事。

參考書目

中文專著

小思，《香港故事》（香港：牛津大學出版社，2002）。

左靖主編，《大南坡：共振村聲》（鄭州：河南科學技術出版社，2024）。

李子建、鄭保瑛、鄧穎瑜編，《林蔭下教育：新界和離島學校的故事》（香港：中華書局，2022）。

明基全、何惠儀、游子安編，《教不倦：新界傳統教育的蛻變》（香港：香港區域市政局，1996）。

茹國烈，《城市如何文化（增訂版）》（香港，中華書局，2023）。

許常惠，《中國新音樂史話》（台北：樂韻出版社，1998）。

黃志華，《粵語歌詞創作談》（香港：匯智出版，2016）。

黃錦星，《邁向碳中和：香港人和事》（香港：中華書局，2024）。

葉賜光，《尋找香港漁歌》（香港，中華書局，2023）。

盧國沾、黃志華，《話説填詞》（香港，坤林出版社，1989）。

錢仁康，《學堂樂歌考源》（上海，上海音樂出版社，2001）。

羅慧燕　，《藍天樹下，新界鄉村學校》（香港：三聯書店，2015）。

中文期刊及其他

「香 ・ 校變奏，時光藝術展」場刊，2022。

Tere Wong，〈村校校歌：消失中的鄉村教育記憶〉，《Tere Wong 的部落格》，https://blog.terewong.com/archives/22305

中國藝術研究院音樂研究所、香港中文大學音樂系編，《音樂文化 ・2001》，北京：文化藝術出版社，2002。

天地圖書，《吉澳 · 吉祥之灣》，香港：天地圖書，2020。

朱瑞冰主編，《香港音樂發展概論》，香港：三聯書店，1999。

余少華，《香港音樂的前世今生》，香港：三聯書店，2017。

李健之，《香港新音樂發展史略：1930s-1950s》，香港：香港中文大學音樂系，2018。

周凡夫，《香港文化系列：音樂篇》，香港：香港藝術發展局，2005。

徐允清，〈村校解碼，「校歌」再發現〉，《香港文化古蹟資源中心，〔香 · 校變奏〕成果展示紀錄》，2022 年 12 月 23 日，http://cache.org.hk/blog/vs_exhibitionrecord_essay/

修海林，《中國古代音樂教育》（上海：上海教育出版社，1997），頁 13-20，

40-47。

陳燕婷：〈學堂樂歌：新音樂「共性語言」的源頭〉，載中國藝術研究院音樂研究所、香港中文大學音樂系編：《音樂文化 ・2001》，北京：文化藝術出版社，2002，頁 263-286。

游運明編，《大鵬明珠吉澳：滄海遺珠三百年》(香港：吉澳村公所值理會、旅歐吉澳同鄉會、旅歐吉澳漁聯會，2001)。

齊柏平，〈「學堂樂歌」及其意義研究〉，《音樂創作》，2014 年第七期，頁 103-106。

蔣慧民，〈群眾歌曲與抒情歌曲〉，載「華夏樂韻」編輯委員會編，《華夏樂韻》(香港，香港電台第四台、教育署輔導視學處音樂組、香港教育學院藝術系，1998)，頁 132-138。

Cache，〈香・校變奏〉，《Cache 香港文化研究博客》，日期不詳，http://cache.org.hk/blog/category/ 香 %EF%BC%8E 校變奏 /

Hong Kong Hikers，〈Village Schools - North District〉，《Hong Kong Hikers》，http://www.hkhikers.com/Village%20schools%20-%20North%20District.htm

Hong Kong Hikers，〈Village Schools - Sai Kung〉，《Hong Kong Hikers》，http://www.hkhikers.com/Village%20schools%20-%20Saikung.htm

Skywalker，〈大埔 Tai Ho〉，《Skywalker' s Autozine》，日期不詳，https://skywalker.autozine.org/Place/1308_Tai_Ho/P3.html

Being Hong Kong，〈Facebook 貼文〉，《Facebook》，https://www.facebook.com/beinghkmedia/posts/1122887938217545/?locale=zh_HK

聖公會聖提摩太小學，〈學校歷史〉，《聖公會聖提摩太小學》，https://www.stkcps.edu.hk/it-school/php/webcms/public/index.php?refid=3087&mode=published&lang=zh

維基百科編者，〈林村公立黃福鑾紀念學校〉，《維基百科》，https://zh.wikipedia.org/zh-hk/ 林村公立黃福鑾紀念學校

香港特別行政區政府，〈2017 年施政報告：教育〉，《2017 年行政長官施政報告》，2017 年 10 月 11 日，https://www.policyaddress.gov.hk/2017/chi/policy_ch04.html

香港特別行政區政府古物諮詢委員會，〈新界沙頭角蓮麻坑公立學校評級報告〉，《古物古蹟辦事處》，https://www.aab.gov.hk/filemanager/aab/common/historicbuilding/cn/873_Appraisal_Chin.pdf

香港聯合國教科文組織世界地質公園，〈吉澳公立學校〉，《香港地質公園》，https://www.geopark.gov.hk/tc/discover/attractions/explore/early-kut-o-public-school#:~:text= 吉澳公立學校於，老師用客家話授課 %E3%80%82&text= 早期的吉澳公立學校借用天后宮兩，學生，以男生為主 %E3%80%82

英文專著

Yung, Bell. *Cantonese Opera: Performance as Creative Process*. Cambridge: Cambridge University Press, 1989.

英文期刊及其他

Chan, Sau Yan. "Improvisation in Cantonese Operatic Music." Ph.D. Dissertation, University of Pittsburgh, 1986.

Kwan, Kelina. "Textual and Melodic Contour in Cantonese Popular Songs." In Rossana Dalmonte and Mario Baroni, eds., *Secondo Convegno Europeo di Analisi Musicale.* 2 vols. Tronto: Dipartimento di Storia della Civiltà Europea, Università degli Studi di Trento, 1992, vol. 1, pp. 179-187.

Yung, Bell. "The Role of Speech Tones in the Creative Process of the Cantonese Opera." *CHINOPERL News*, no. 5 (1975): 157-167.

Yung, Bell. "The Music of Cantonese Opera." Ph.D. Dissertation, Harvard University, 1976. Yung, Bell. "Creative Process in Cantonese Opera I: The Role of Linguistic Tones." *Ethnomusicology*, vol. 27, no. 1 (1983): 29-47.

Yung, Bell. "Creative Process in Cantonese Opera II: The Process of T'ien Tz'u (Text-setting)." *Ethnomusicology*, vol. 27, no. 2 (1983): 297-318.

村聲迴響

聆聽香港村校記憶

史嘉茵 著

責任編輯　白靜薇

插　　畫　Stella So

裝幀設計　陳佩珍

排　　版　陳佩珍　陳美連

印　　務　劉漢舉

出版

中華書局（香港）有限公司
香港北角英皇道 499 號北角工業大廈 1 樓 B
電話：（852）2137 2338
傳真：（852）2713 8202
電子郵件：info@chunghwabook.com.hk
網址：http://www.chunghwabook.com.hk

發行

香港聯合書刊物流有限公司
香港新界荃灣德士古道 220-248 號
荃灣工業中心 16 樓
電話：（852）2150 2100
傳真：（852）2407 3062
電子郵件：info@suplogistics.com.hk

版次

2025 年 7 月初版

規格

16 開（240mm x 170mm）

ISBN

978-988-8913-79-4

圖
嶺英公立學校
群雅學校
沙頭角中心學校
福德學社小學
吉澳公立學校
沙頭角漁民子弟學校
公立攸潭美學校
古洞公立愛華學校
坪洋公立學校
啟才學校
小瀛學校
大埔漁民子弟學校
友恭學校
橫洲公立學校
林村公立學校
六鄉新村公立學校
馬鞍山聖若瑟學校(山上)
老圍公立學校
大欖涌公立學校
火炭公立學校
馬鞍山聖若瑟學校(新校)
馬鞍山聖若瑟學校(山下)
糧船灣公立學校
青衣漁民子弟學校
葵涌公立學校
青衣公立學校
清水灣中心學校
黃公田六村學校
四山公立學校
大澳永助學校
錦江小學
蒲苔學校
KUT O PUBLIC SCHOOL
PO TOI SCHOOL